Roland Barthes

罗兰·巴尔特文集

Michelet

米什莱

[法]罗兰·巴尔特（Roland Barthes）/著
张祖建/译

中国人民大学出版社

1 雅克·路易·大卫：《网球馆宣言，1789年6月20日》。（巴黎，卡纳瓦莱博物馆藏）

①|②
③|

2 ① 古居尔：《米什莱》。（巴黎，卡纳瓦莱博物馆藏）

② 圣巴尔博学院。布奥摄。（巴黎，卡纳瓦莱博物馆藏）

③ 杜梅尼尔夫人，古居尔绘制。（卢昂美术馆藏）

①|②
③

3 ① 猫似的罗伯斯庇尔。(巴黎,卡纳瓦莱博物馆藏)

② 奥地利的安娜。鲁本斯绘。(马德里,普拉多国家博物馆)

③ 红里透白的英国人:皮特。"粉红色……有点平庸无奇……这个人的脸上有一种说不出的孩子气,一付易怒和膸肿的小孩样……罩着一付杂色斑驳的虚伪面具。"(《19世纪史》,卷Ⅱ,Ⅰ,2)W.皮特的画像,乔治·希利绘。(凡尔赛城堡博物馆藏)

4 马拉肖像。波兹绘。(巴黎，卡纳瓦莱博物馆藏)

5 疾风似的弗朗索瓦一世。提香绘。"这轻浮的造物撒起谎来那么泰然自若，以至于谎言于他，与其说是一种行为，不如说是一种虚伪性格的自然流露。活生生的谎言，喜剧，笑剧，故事和寓言。连爱吹牛的西班牙人也不这样说话。我倒更喜欢空虚的拉丁人。他呢，既空虚又虚荣。"　（《法国史》，卷 VIII）（巴黎，卢浮宫博物馆藏）

6 ① 鲸鱼人鲁伊斯。尧达安斯绘。"这是一位身宽体胖的卡尔冈都亚，一半是鲸鱼，一半是人。一对漆黑的大眼珠从圆滚滚的脸庞鼓起，它们经过了极其高超的鞣制，放射着奔涌的生命之光，可畏的神采，胜利的感染力。"（《法国史》，卷IX，7）（巴黎，卢浮宫博物馆藏）

② 劳斯肖像。A·德·巴尔塔萨绘。（凡尔赛城堡博物馆藏）

①
②

7 小孩似的英雄霍什。(巴黎，军事博物馆)

8 米什莱孩提时代的拉雪兹神父公墓。米什莱曾经无数次漫步其间。

①

②|③

9 ① 杜梅尼尔家宅，位于安代勒河畔的瓦斯科伊。米什莱曾屡次在此逗留。

② 米什莱。纳达尔摄。

③ 米什莱的女儿阿黛尔，嫁给杜梅尼尔夫人之子阿尔弗雷德为妻。

①|③
②

10 ①② 阿芒蒂·巴浩:《米什莱的第二任妻子阿黛娜伊斯·米娅拉海》。(巴黎,卡纳瓦莱博物馆藏)

③ 1834年的米什莱。浮雕出于昂热的大卫之手。

①|②|③
④

11

① 古居尔：《1842 年时的米什莱》。
② 贝洛克：《米什莱》。
③ 1847 年的米什莱。
④ 1848 年，米什莱和基奈重返法兰西学院课堂。布鲁叶绘制。

12

①|②
③|④|⑤

① “阴间昏睡”，比拉内齐绘制。“巨大的地牢，到处摆放着刑具和武器，地狱似的迷宫，可以无休止地游荡而永远不知身临何处；无尽的阶梯使人心生得见天日的希望，使人徒劳无功地走啊走，结果一无所获，剩下的只是极度失望。”（《大革命史》，V，X，2）（巴黎，法国国家图书馆藏）

② 米什莱墓，巴黎拉雪兹神父。

③ 1860 年的米什莱。（巴黎，法国国家图书馆藏）

④ 米什莱的女婿阿尔弗雷德·杜梅尼尔：“另一个我”。

⑤ 1865 年的米什莱。

① 奥尔良公爵夫人。"这一位嗓音浑浊，拖着长腔，一付懒洋洋的样子，好像一池沉睡的水，一片令人狐疑的沼泽地。"(《法国史》，卷XVI，18)(巴黎，法国国家图书馆藏)

② 《牛头妇：俄国的叶卡捷琳娜》。(巴黎，法国国家图书馆藏)

③ 路易十六，又白又胖的国王。(巴黎，法国国家图书馆藏)

④ 图卢兹妈妈（玛丽－维克多·索非娅· 德·诺阿伊，图卢兹伯爵夫人），"这位夫人成熟，笃信宗教，依然年轻，貌美而体胖，她享有让害羞的国王放心，甚至接受她引诱的特权。"(《法国史》，卷XVI，2)(巴黎，法国国家图书馆藏)

⑤ 生硬的死亡：穆罕默德二世的大炮。(A．丢勒)(巴黎，法国国家图书馆藏)

①
② ③ ④
⑤

② ① ③ ④

14 ① 罗兰夫人。"她身体很强壮，不妨说已经有点大娘的体态，神态自若，坚定，果断，明显具有一种对人品头论足的倾向。"（《法国大革命史》，卷Ⅴ，第Ⅴ册）（巴黎，法国国家图书馆藏）

② 阴险的人：波拿巴。乌东作品。"乌东的半身塑像（1800年），野性，灰暗，阴森森的，好像一个叵测的谜团。"（《19世纪史》，卷Ⅰ，Ⅰ，第391页）

③ 艾瑟小姐。（巴黎，法国国家图书馆藏）

④ 利剑与原则：腓特烈大帝。"他有着18世纪最完整的个性，因为只有他才把观念与力量结合起来。"（《法国史》）

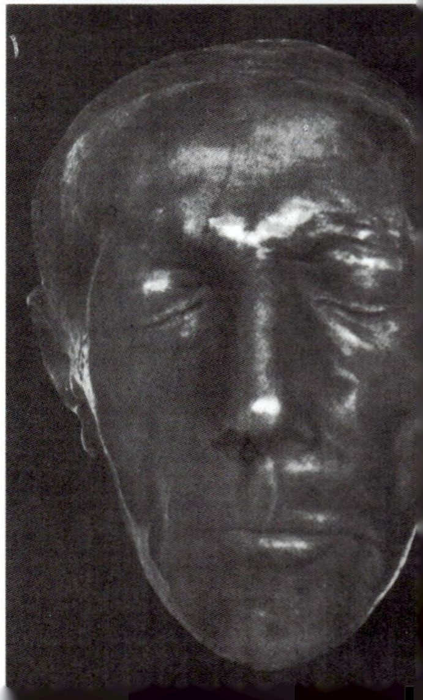

15

① 阿道夫· 拉福斯:《米什莱》。石版画。

② 让·古容:《流动》"……让·古容这位巧夺天工的魔术师，他的双手赋予石块以优雅的动感和法兰西的呼吸，这双手可使大理石像我们那些奔流不息的河流一样流动，使它们在瞬息即逝的巨大植物和时间无定的收获之间取得平衡。" (《法国史》，卷VIII，第19章)

③ 圣-茹斯特。(巴黎，法国国家图书馆藏)

④ 矿物质：奥地利的弗朗索瓦二世。"不是一个人，也不是一付面具，而是用斯皮尔伯格[1]的石头砌起的一堵墙。" (《法国大革命》，卷III，第VI册，6)

⑤ 米什莱。版画，布瓦勒万作。(巴黎，法国国家图书馆藏)

① ② ③ ④ ⑤

[1] 斯皮尔伯格(špilberk)，今捷克共和国东部小镇，从奥匈帝国时期直到纳粹德国，一直是欧洲著名的政治犯监狱。

① ④
②
③

16

① 公牛丹东。

② 阿黛娜伊斯·米娅拉海， 米什莱的第二任妻子。(巴黎，法国国家图书馆藏)

③ 黄昏和半明半暗时刻的人民：埃及。

④ 米什莱 1825 年购得一幅丢勒的《忧伤》，后以之装饰办公室。他从这幅画中“看到了浮士德的全部思想”。

总　序

罗兰·巴尔特（1915—1980）是已故法兰西学院讲座教授，法国当代著名文学思想家和理论家，结构主义运动主要代表者之一，并被学界公认为法国文学符号学和法国新批评的创始人。其一生经历可大致划分为三个阶段：媒体文化评论期（1947—1962）、高等研究院教学期（1962—1976）以及法兰西学院讲座教授期（1976—1980）。作者故世后留下了5卷本全集约6 000页和3卷本讲演录近千页。这7 000页的文稿，表现出了作者在文学、文化研究和人文科学诸领域内的卓越艺术品鉴力和理论想象力，因此可当之无愧为当代西方影响最大的文学思想家之一。时至今日，在西方人文学内最称活跃的文学理论及批评领域，巴尔特的学术影响力仍然是其他文学批评家和理论家难以企及的。

1980 年春，当代法国两位文学理论大师罗兰·巴尔特和保罗·萨特于三周之内相继谢世，标志了第二次世界大战后法国乃至西方两大文学思潮——结构主义和存在主义的终结。4 月中旬萨特出殡时，数万人随棺送行，场面壮观；而 3 月下旬巴尔特在居住地 Urt 小墓园下葬时，仅有百十位朋友学生送别（包括格雷马斯和福科）。两人都是福楼拜的热爱者和研究者，而彼此的文学实践方式非常不同，最后是萨特得以安息在巴黎著名的 Montparnasse 墓地内福楼拜墓穴附近。萨特是雅俗共赏的社会名流，巴尔特则仅能享誉学界。

1976 年，巴尔特以其欠缺研究生资历的背景（据说 20 世纪 50 年代末列维-斯特劳斯还曾否定过巴尔特参加研究生论文计划的资格），在福科推荐下，得以破格进入最高学府法兰西学院。1977 年 1 月，挽臂随其步入就职讲演大厅的是他的母亲。8 个月后，与其厮守一生的母亲故世，巴尔特顿失精神依持。在一次伤不致死的车祸后，1980 年，时当盛年的巴尔特，竟“自愿”随母而去，留下了有关其死前真实心迹和其未了（小说）写作遗愿之谜。去世前两个月，他刚完成其最后一部讲演稿文本《小说的准备》，这也是他交付法兰西学院及留给世人的最后一部作品。而他的第一本书《写作的零度》，则是他结束 6 年疗养院读书生活后，对饱受二战屈辱的法国文坛所做的第一次“个人文学立场宣言”。这份文学宣言书是直接针对他所景仰的萨特同时期发表的另一份文学宣言书《什么是文学?》的。结果，30 年间，没有进入过作为法国智慧资历象征的“高等师范学院”的巴尔特，却逐渐在文学学术思想界取代了萨特的影响力，后者不仅曾为“高师”哲学系高材生，并且日后成为法国二战后首屈一指的哲学家。如今，萨特的社会知名度仍然远远大于巴尔特，而后者的学术思想遗产的理论价值则明显超过了前者。不过应当说，两人各为20世纪文学思想留下了一份巨大的精神遗产。

如果说列夫·托尔斯泰是19世纪“文学思想”的一面镜子，我们不妨说罗兰·巴尔特是20世纪“文学思想”的一面镜子（请参阅附论《罗兰·巴尔特：当代西方文学思想的一面镜子》）。欧洲两个世纪以来的社会文化内容和形成条件变迁甚巨，“文学思想”的意涵也各有不同。文学之“思想”不再专指作品的内容（其价值和意义须参照时代文化和社会整体的演变来确定），而须特别指“文学性话语”之“构成机制”（形式结构）。对于20世纪特别是二战后的环境而言，“文学实践”的重心或主体已大幅度地转移到批评和理论方面，“文学思想”从而进一步相关于文学实践和文学思想的环境、条件和目的等方面。后者遂与文学的“形式”（能指）研究靠近，而与作为文学实践“材料”（素材）的内容（“所指”）研究疏远。而在当代西方一切文学批评和文学理论领域，处于文学科学派和文学哲学派中间，并处于理论探索和作品分析中间的罗兰·巴尔特文学符号学，遂具有最能代表当代“文学思想”的资格。巴尔特的文学结构主义的影响和意义，也就因此既不限于二战后的法国，也不限于文学理论界，而可扩展至以广义“文学”为标志的一般西方思想界了。

中国人民大学出版社编选的这套“罗兰·巴尔特文集”，目前包括10卷12部作品，它们在一定程度上反映了罗兰·巴尔特文学思想的基本面貌。由于版权问题，出版社目前尚不能将他的其他一些重要作品一一收入。关心巴尔特文学思想和理论的读者，当然可以参照国内其他巴尔特译著，以扩大对作者思想学术的更全面了解。此外，文集还精选了菲利普·罗歇（Philippe Roger）的著名巴尔特评传：《罗兰·巴尔特传》(1985)，作为本文集的附卷。

现将文集目前所收卷目及中译者列示于下：

1. 写作的零度（1953）·新文学批评论文集（1972）·法兰西学院就职讲演（1977）：李幼蒸

2. 米什莱（1954)：张祖建

3. 文艺批评文集（1964)：张智庭（怀宇）

4. 埃菲尔铁塔（1964)：李幼蒸

5. 符号学原理（1964)：李幼蒸

6. 符号学历险（1985)：李幼蒸

7. 罗兰·巴尔特自述（1976)：张智庭

8. 如何共同生活（讲演集 1)（2002)：张智庭

9. 中性（讲演集 2)（2002)：张祖建

10. 小说的准备（讲演集 3)：李幼蒸

附卷：罗兰·巴尔特传：张祖建

讲演集是在法国巴尔特专家埃里克·马蒂（Eric Marty）主持下根据作者的手写稿和录音带，费时多年编辑而成的。这三部由讲演稿编成的著作与已经出版的 5 卷本全集中的内容和形式都有所不同，翻译的难度也相对大一些。由于法文符号学和文学批评用语抽象，不易安排法中术语的准确对译，各位译者的理解和处理也就不尽相同，所以这部文集的术语并不强求全部统一，生僻语词则附以原文和适当说明。本文集大致涉及罗兰·巴尔特著作内容中以下五个主要方面：文本理论、符号学理论、作品批评、文化批评、讲演集。关于各卷内容概要和背景介绍，请参见各卷译者序或译后记。

在组织翻译这套文集时，出版社和译者曾多方设法邀约适当人选共同参与译事，但最后能够投入文集翻译工作的目前仅为我们三人。张智庭先生（笔名怀宇）和张祖建先生都是法语专家。张智庭先生为国内最早从事巴尔特研究和翻译的学者之一，且已有不少相关译作出版。早在1988年初的“京津地区符号学座谈会”上，张智庭先生对法国符号学的独到见解即已引起我的注意，其后他陆续出版了不少巴尔特译著。张祖建先生毕业于北京大学法语文学系，后在美国获语言学博士学位，长期在法国和美国任教至今，并有多种理论性译著出版。我本人在法语修养上本来是最无资格处理文学性较强的翻译工作的，最后决定勉为其难，也有主客观两方面原因。一方面，我固然希望有机会将自己的几篇巴尔特旧译纳入文集，但更为主要的动力则源自我本人多年来对作者理论和思想方式的偏爱。大约30年前，当我从一本包含20篇结构主义文章的选集中挑选了巴尔特的《历史的话语》这一篇译出以来，他的思想即成为我研究结构主义和符号学的主要“引线”之一。在比较熟悉哲学性理论话语之后，1977年下半年，我发现了将具体性和抽象性有机结合在一起的结构主义思维方式。而结构主义之中，又以巴尔特的文学符号学最具有普遍的启示性意义。这种认知当然也与我那时开始研习电影符号学的经验有关。我大约是于20世纪70年代末同时将巴尔特的文学符号学和克里斯丁·麦茨、艾柯等人的电影符号学纳入我的研究视野的。1984年回国后，在进行预定的哲学本业著译计划的同时，我竟在学术出版极其困难的条件下，迫不及待地自行编选翻译了那本国内（包括港、澳、台）最早出版的巴尔特文学理论文集，虽然我明知他的思想方式不仅不易为当时长期与世界思想脱节的国内文学理论界主流所了解，也并不易为海外主要熟悉英美文学批评的中国学人所了解。结果两年来在多家出版社连续碰壁，拖延再三之后，才于1988年由三联书店出版（这要感谢当时刚设立的

“世界与中国”丛书计划，该丛书还把我当时无法在电影界出版的一部电影符号学译文集收入)。这次在将几篇旧译纳入本文集时，也趁便对原先比较粗糙的译文进行了改进和订正。我之所以决定承担巴尔特最后之作《小说的准备》的译事工作，一方面是“从感情上”了结我和作者的一段（一厢情愿的）“文字缘”，即有意承担下来他的第一部和最后一部书的译事，另一方面也想“参与体验”一段作者在母亲去世后心情极度灰暗的最后日子里所完成的最后一次“美学历程”。我自己虽然是“不可救药的”理性主义者，但文学趣味始终是兼及现实主义和唯美主义这两个方向的。

中国人民大学出版社在“列维-斯特劳斯文集”之后决定出版另一位法国结构主义思想家的文集，周蔚华总编、徐莉副总编、人文分社司马兰社长，表现了对新型人文理论的积极关注态度，令人欣慰。本文集策划编辑李颜女士在选题和编辑方面发挥了重要的判断和组织作用。责任编辑姜颖昳女士、翟江虹女士、李学伟先生等在审校稿件方面尽心负责，对于译文差误亦多所更正。对于出版社同仁这种热心支持学术出版的敬业精神，我和其他两位译者均表感佩。

最后，我在此对中国人民大学出版社再次约请我担任一部结构主义文集总序的撰写人一事表示谢意。这不仅是对我的学术工作的信任，也为我提供了再一次深入研习罗兰·巴尔特思想和理论的机会。巴尔特文学思想与我们的文学经验之间存在着多层次的距离。为了向读者多提供一些背景参考，我特撰写了“附论”一文载于书后，聊备有兴趣的读者参阅。评论不妥之处，尚期不吝教正。

李幼蒸（国际符号学学会副会长）
2007 年 3 月，于美国旧金山湾区

目　录

原　　序

我兼有精神的两种性别，所以是个完整的人。

——米什莱

在这本小书里，读者既不会看到一部米什莱的思想史，也不会读到他的生平经历，更不用说让二者互为解释了。

跟任何评论的对象一样，米什莱的著作归根结底是历史的产物，这一点我同意。但是，工作有缓急之分：首先应该做的是，把这个人的整体一致性恢复起来。这就是我的初衷：把一个存在（我并没有说一个生命）的结构或者主旨找出来；或者最好是将那个他最难以释怀的东西组织起来的网络。然后才会有名副其实的评论，不论是历史学的评论，还是心理分析的评论（弗洛伊德式的也好，巴什拉式的或存在主义的也好）。此书不过是评论的一种前期工作，因为我只力图描写一个整体，而不是到历史或生平里深究其根源。

插图的构想完全没有依照他的生平或时代，而是以其本人为依据。我提供了米什莱的几乎所有的面貌，而且，借助一种类似于他关注一切历史对象时的热情目光，我从不妨称之为米什莱的“想象的博物馆”里随意挑选了几间展室。

提　　要

儒勒·米什莱，法国历史学家，生于巴黎。他 9
在法兰西学院所授课程两次因自由派见解而遭停止。在《法国史》和《法国大革命史》两部著作里，他成功地让我们的民族真正地再生。

——《插图版小拉露斯词典，1906—1934》

年代

“我出世的时候，正逢伟大的本土革命中期，本应能够看到工业革命的萌生。我生于巴勒夫①的恐

① 巴勒夫（François Noël Babeuf，1760—1797），法国大革命时期的革命家，其社会学思想被认为是共产主义之嚆矢。后因策划反对执政府的“平等派阴谋”而被处死。——译注。此后不再注明的均为译注。

怖之下，死前又看到了第一国际的恐怖。”

家世

米什莱家族原籍拉昂①，世代为工匠。

父亲福尔希·米什莱，印刷工匠，被拿破仑搞得沦于破产，后担任疗养院管理员；共和派，伏尔泰信徒，曾任圣殿骑士团护卫。

母亲来自米耶家族，原籍阿登省伦威兹镇，本人是极虔诚的教徒。

学业

入读查里曼大帝中学 。

1816 年：中学优等生会考三次获奖 。

1817 年：获得业士学位。

1818 年：获得学士学位。

1819 年：获得文学博士学位。

1821 年：以第三名通过文学教师学衔会考。

职务

1821 年：担任查里曼大帝中学代课学衔教师。

1822 年：在新成立的圣巴尔博中学（罗兰中学的前身）担任历史教师。

1827 年：担任高等师范学校（当时名为预科学校）教授。

---

① 拉昂（Laon），法国北部城镇。

1828 年：担任贝利公爵夫人[1]之女的教师。

1830 年：担任路易-菲利普之女克雷蒙蒂娜公主的教师，并任国立档案馆历史部主任。

1831 年：担任文学院副教授。

1834 年：接替基佐[2]任教巴黎索邦大学。

1838 年：担任法兰西学院历史和道德论讲座教授，并任法兰西研究院院士。

1843 年：辞去贵族公主的教师职务。

1851 年：米什莱在法兰西学院的讲座被敕令中止。

1852 年：因拒绝宣誓效忠拿破仑三世，被革去档案馆的职务。

从 1852 年起直到去世，米什莱一直生活在贫困中。他起初迁居 11
南特市近郊，后搬回巴黎市阿萨斯街。在生命的最后几年里，米什莱多次偕夫人前往法国、瑞士和意大利旅行。

影响

维科[3]，苏格兰哲学家，德国历史学者（毛姆森，冈兹，聂伯尔，雅各布·格林[4]），法国 18 世纪。

---

① 贝利公爵夫人（Duchesse de Berry，1798—1870），原籍意大利，其夫贝利公爵 1820 年遇刺身亡。其女露易丝这一年当在九岁左右。

② 基佐（François Guizot，1787—1874），法国历史学家和政治家。

③ 维科（Giovanni Vico，1668—1744）意大利哲学家和历史学家。

④ 毛姆森（Christian M. T. Mommsen，1817—1903），19 世纪德国历史学家，长于罗马帝国史。冈兹（David Gans，1541—1613），犹太裔德国历史学家和天文学家。聂伯尔（Barthold Niebuhr，1776—1831），德国政治家和历史学家，著有《罗马史》并专长于民族地理和法国革命。雅各布·格林（Jacob Grimm，1785—1863），德国语言学家和文学家，与其弟合著《格林童话》。

爱情生活

米什莱一生娶过三位妻子，有过一位情妇（奥贝班夫人），并与婢女有过几次恋情（鲁斯蒂卡和芭芭拉，1842—1848）。

1824—1839 年：第一任妻子鲍林娜·卢梭。结婚只是为了使同居合法化。鲍林娜读书不多。专注于工作和事业的米什莱弃之不顾。鲍林娜沉溺杯中物，殁于肺结核。米什莱曾经满怀歉疚地注视着鲍林娜的遗体从拉雪兹神父公墓被起出。这场婚姻有两个孩子：女儿阿黛尔于 1855 年去世，儿子查理于 1862 年去世。

1840—1842 年：杜梅尼尔夫人，法兰西学院学生阿尔弗雷德之母。精神恋爱。杜梅尼尔夫人因病不治。米什莱极度失望。

1848—1874 年：第二任妻子阿黛娜伊斯·米亚拉海。米什莱邂逅、爱慕和迎娶这位 20 岁的姑娘时，已年届 50 岁。阿黛娜伊斯希望“激发”历史学家的灵感，协助他写作，而且部分地做到了这一点（在关于自然界的撰述方面，不包括法国史）。米什莱去世以后，她开始了不恪守本分的寡居生活：在米什莱的未刊著述上大动手脚，导致其可信度大打折扣。

思想意识

12 1840 年前后，信奉小资产阶级自由派的经典信条：

- 谨慎地相信社会阶层会实现联合，而不是消失。
- 虔诚地希望资本和劳动之间能够友好协作。
- 哀叹机器的广泛使用。

- （伏尔泰的）反对教权主义。
- （卢梭的）自然神论。
- 人民不会犯错。
- 贝朗瑞①是 19 世纪最伟大的诗人。
- 德国（不包括普鲁士）是个伟大的国家，宽厚温和。
- 英国是个背信弃义的国家。
- 法国有两个敌人：教士和英国的黄金。

（1849）“社会民主派的特殊性可归纳如下：它把民主共和制当作一种手段去索求，但不是为了取消资本和雇佣劳动的两极，只想缓和和协调两者之间的对抗。……不应该同意那种狭隘的看法，即小资产阶级在原则上只想实现自私的阶级利益。相反，它认为保证它自身解放的那些特殊条件就是挽救现代社会和消除阶级斗争的一般条件，否则无法做到。同样，也不应该把所有民主派的代表人物都想象成小店主或迷恋小店主的人。依所受教育和个人地位的不同，他们可能与小店主有天壤之别。他们之所以成 14
为小资产阶级的代表，是因为他们的头脑超越不了小资产者本身无法超越的生活限度，因此他们在理论上所达到的问题和解决办法正好与小资产者的物质利益和社会地位在实际生活中推动他们达到的那些相同。一般说来，**一个阶级在政治和文学上的代表与**被代表的阶级之间的关系就是如此。”（马克思：《路易·波拿巴的雾月十八日》）

---

① 贝朗瑞（Pierre-Jean Béranger，1780—1857），极受欢迎的法国诗人和民歌作家。

著作

1819 年：完成拉丁语论文《洛克关于无限之观点》(De percipienda infinitate secundum Lockium ）和法语论文《普鲁塔克〈名人传〉之考察》。

1824 年：《现代史同期图表》(1453—1648)。

1825 年：《现代史的时序图表》(1453—1789)。

1827 年：《历史哲学原理》，译自维科《新科学原理》(Principi d'una scienza nuova)，译笔自由。《简明现代史》(一卷)。

1831 年：《世界史引论》。《罗马史》(两卷)。

1833 年：《大革命以前的法国简史》。

1835 年：《回忆录》(路德)。《维科选集》(两卷)。

1837 年：《法国律法的起源》。

1841 年：《圣殿骑士团公案》(资料汇编）第 1 卷。

1843 年：《论耶稣会教士》(法兰西学院的课程)。

1845 年：《教士，女人和家庭》。

1846 年：《人民》。

1848 年：《大学生》。

1850 年：《圣殿骑士团公案》，第 2 卷。

1851 年：《北方的民主传说》。

1854 年：《法国大革命中的妇女》。《法国大革命中的士兵》。

1856 年：《鸟》。

1857 年：《昆虫》。

1858 年：《爱情》。

1859 年：《女人》。

1861 年：《海》。

1862 年：《女巫》。

1864 年：《人类的圣书 》。

1868 年：《山》。 *15*

1869 年：《我们的儿子》。

1871 年：《面对欧洲的法国》。

法国历史

- 《中世纪》，6 卷（1833—1844）。
- 《法国大革命史》，7 卷（1847—1853）。
- 《现代史》，7 卷（1857—1867）。
- 为作品全集题写的序言（1869）。
- 《19 世纪史》，3 卷（1872—1873）。

书信集

- 《致米亚拉海小姐（米什莱夫人）的未刊信件》（1899）。
- 《保罗·希尔文发表的未刊信函》（1922）。

遗作

- 《盛筵或一个意大利的冬天》。
- 《我的青年时代》。
- 《我的日记》。
- 《罗马》。
- 《走在欧洲的道路上》。

日记

米什莱《日记》中的一部分曾经收入加布里埃尔·莫诺的两本关于米什莱的专著，完整的**私人日记**却是由其遗孀交给法兰西研究院的，而且只能在 1950 年以后发表。自 1959 年开始，在保罗·维亚拉奈的指导下，伽利玛尔书局着手刊布这些日记，即：《青年时期的撰述》（1820—1823 年间的日记、备忘录、思想笔录），《日记》第 1 册（1828—1848），《日记》第 2 册（1849—1860）。

手稿

米什莱仍有一些未刊手稿保存在巴黎市历史图书馆。

全集

在保罗·维亚拉奈的指导下，弗拉玛利昂书局正在编辑一套共 20 卷的新版《米什莱全集》；已有三卷问世：即第 1 卷（1798—1827），第 2 卷（1828—1831）和第 3 卷（1832—1838）。第 4 卷至第 11 卷将包括《法国史》（首次刊行的校注本）。

评论著作

16 阅读下列著作将有助于了解米什莱：

● Eugène Noël（尤金·诺埃勒）：*Michelet et ses enfants*（《米什莱和他的孩子们》），Maurice Dreyfous，1876。

● Mme Edgar Quinet（爱德加・基奈夫人）：*Cinquante ans d'amitié：Michelet et Quinet*（《半个世纪的友情：米什莱与基奈》），Armand Colin，1899。

● Gabriel Monod（加布里埃尔・莫诺）：*Jules Michelet*（《儒勒・米什莱》），Hachette，1905。

● Gabriel Monod（加布里埃尔・莫诺）：*La Vie et la Pensée de Jules Michelet*（《儒勒・米什莱的生平和思想》），Champion，1923，2 vol.。

● Jean-Marie Carré（让-玛丽・卡雷）：*Michelet et son temps*（《米什莱和他的时代》），Perrin，1926。

● Jean Guéhenno（让・盖昂诺）：*L'Évangile éternel. Étude sur Michelet*（《永恒的福音：米什莱研究》），Grasset，1927。

● Daniel Halevy（丹尼尔・阿雷维）：*Jules Michelet*（《儒勒・米什莱》），Hachette，1938。

● Alfred Chabaud（阿尔弗雷德・沙波）：*Jules Michelet*（《儒勒・米什莱》），Nouvelle Revue critique，1929。

● Gérard Walter（钱拉・沃尔特）：*Préface à l'Histoire de la Révolution*（《大革命史》序言），Gallimard，Pléiade，1939。

● Lucien Febvre（吕西安・费夫尔）：*Michelet*（《米什莱》），Les Classiques de la Liberté，Ed. des Trois Collines，Paris-Genève，1946。

● Oscar A. Haac（奥斯卡・哈克）：*Les Principes inspirateurs de Michelet*（《激励米什莱的原则》），PUF，1951。

● Mary E. Johnson（玛丽・约翰逊）：*Michelet et le Christianisme*（《米什莱与基督教》），Nizet，1955。

● P. Van Tieghem et J. Seebacher（范提赫姆和西巴克）：

L'Œuvre de Michelet（《米什莱的著作》），Hachette，1956。

● Jean Gaulmier（让·高米叶）：*Michelet*（《米什莱》），coll. 《Les Écrivains devant Dieu》，Desclée de Brouwer，1968。

● Paul Viallaneix（保罗·维亚拉奈）：*La《Voie royale》, essai sur l'idée de peuple dans l'œuvre de Michelet*（《"阳关大道"，论米什莱的人民观》），Flammarion，1971。

可查阅的书籍

● Jean Pommier（让·鲍米埃）：*Les Écrivains devant la Révolution de* 1848（《面临1848年革命的作家们》），PUF，1948。

● Roland Barthes（罗兰·巴尔特）：*Essais critiques*（《评论集》），Éd. du Seuil，1964。

● Élie Faure（艾黎·富尔）：*Les Constructeurs*（《营造者》），Gonthier，1965。

● Georges Poulet（乔治·布莱）：*Mesure de l'instant*（《瞬间的尺度》），Plon，1968。

● Michel Serres（密歇尔·赛尔）：*Hermès ou la Communication*（《赫尔墨斯或沟通》），Éd. de Minuit，1968。

● Alain Besançon（阿兰·贝桑松）：*Histoire et Expérience du moi*（《自我意识的历史和经验》），Flammarion，1972。

可查阅的文章

● Pierre Malandain（皮埃尔·马拉丹）：《Michelet et Napoléon, *à* travers les peintres de l'Empire》（《帝国时代的画家笔下

的米什莱和拿破仑》)，*Europe*，avril-mai 1969。

● Pierre Malandain（皮埃尔 · 马拉丹）：《Michelet et Géricault》(《米什莱和热里科》)，*Revue d'histoire littéraire de la France*，novembre-décembre 1969。

● Paul Viallaneix (保罗 · 维亚拉奈)：《Michelet devant Dieu》(《上帝面前的米什莱》)，*Revue d'histoire littéraire de la France*，juillet-août 1970。

● Gaëtan Picon（盖坦 · 毕龚）：《Michelet et la parole histori- 17
enne》(《米什莱和历史学家的语言》)，*in L'Étudiant*，Éd. du Seuil，1970。

● Jeanne Favret（珍妮 · 法弗莱）：《Sorcières et Lumières》(《女巫与光明》)，*Critique*，avril 1971。

● Paul Viallaneix（保罗 · 维亚拉奈）：《Le héros selon Michelet》(《米什莱眼中的英雄豪杰》)，*Romantisme*，n° 1-2，1971。

亦可参阅以下资料

●《拱门》(*L'Arc*，n° 52，1er trimestre 1973，载有罗兰 · 巴尔特、雅克 · 勒高夫、罗伯 · 芒德鲁、克罗德 · 麦特拉、皮埃尔 · 诺阿、保罗 · 维亚拉奈等人的文章)。这一期刊登了米什莱的一篇未发表过的重要文章："L'Héroïsme de l'esprit"(《精神的英雄主义》)。

●《法国档案馆米什莱展览会说明书》(*Catalogue de l'exposition Michelet des Archives de France*，1961)，由巴伯隆和保罗 · 维亚拉奈筹划，共 559 篇资料，160 页，结成一册。

●《欧洲》(*Europe*), décembre 1973。

征引文章

本书所征引的文章来自下列版本：

●《爱情》(*L'Amour*), Calmann-Lévy, 1923;

●《盛筵》(*Le Banquet*), 2e éd., Calmann-Lévy, 1879;

●《人类的圣书》(*La Bible de l'Humanité*), Calmann-Lévy, 1899;

●《女人》(*La Femme*), Calmann-Lévy, 1900;

●《法国史：中世纪，文艺复兴时期，现代》(*Histoire de France: Moyen Âge, Renaissance, Temps modernes*), Librairie internationale, 1871;

●《世界史引论》(*Introduction à l'Histoire universelle*), Flammarion, Œuvres complètes;

●《昆虫》(*L'Insecte*), Hachette, 1858;

●《海》(*La Mer*), Calmann-Lévy;

●《山》(*La Montagne*), Calmann-Lévy;

●《女巫》(*La Sorcière*), Flammarion;

●《人民》(*Le Peuple*), Calmann-Lévy, 1877;

●《法国大革命史和 19 世纪史》(*Histoire de la Révolution et Histoire du XIXe siècle*), Calmann-Lévy, 1899。

在引自米什莱著作的说明文字里，作品标题用开首字母表示。[①] 所引段落的小标题并非米什莱本人所拟。

---

① 原著的这个办法显然不适合中文，故下文将举出引用文献的全名。

吞噬历史的米什莱

识文断字者永远痛苦，生活也不轻松。

——米什莱（《致尤金·诺埃勒[①]的信》）

偏头疼

米什莱患偏头疼，即那种头晕加恶心的混合病状。寒冷，暴风雨，春季，刮风，还有他讲述的历史，一切都会招致偏头疼。这个人把一气呵成的60册百科全书般的鸿篇巨制留给了后世，却逢人便抱怨“头晕，难受，乏力，空虚”。他（在成年后的50

---

① 尤金·诺埃勒（Eugène Noël，1816—1879），法国诺曼底省的地方作家。

年当中）笔耕不辍，却一直生活在彻底的惊慌错愕当中。他一生经历的重大事件包括：令人郁闷的暴风雨，令人释怀的雨，周而复始的秋季。米什莱那被该死的风吹垮的身体总是被他迁来移去。一下雨他就去旅行，改换地点，隐身于避风避光之处。他曾经迁居上百次。

米什莱始终濒于死亡，而且总是认为此番必死无疑，然而每次都饶有兴味地获得新生。他在 44 岁时便感到迈入“长期煎熬，龙钟老态”；可是，时隔 6 年，他在 50 岁时又迎娶了一位芳龄 20 的姑娘，从此步履轻盈地开始了人生第三阶段。岂止如此，除了女人以外，还有一些元素使米什莱三次获得伟大的新生：土（都灵附近的阿吉温泉，首次洗泥浆浴），水（57 岁时首次下海游泳），阳光（椰海斯镇①）。

工作

这一切，加上恶心这个痼疾，造成一副孱弱的身体，不得不听任最危险的力量的驱使和摆布。说实话，这种“散了架的”体质似乎最适合承受最粗暴的束缚——工作的束缚——即使在甘心承受身
21 体的一切可能的毛病的威胁的时期。终其一生，米什莱仍然被一股近乎疯狂的工作热情所驱使。（过分严苛的）工作时间，（影响深远的）成果，包括他的自私（连第一任妻子和垂死的儿子也不顾），都证明了这一点。不过，这种奋发工作（广闻、博学和写作）虽然历经近乎修道士般的自律，却始终保持着一种预言式的张力。尽管

① 椰海斯镇（Hyères）位于法国东南部地中海沿岸，在土伦港东部。

形式上已经制度化，工作仍然每时每刻都是悲剧式的。

因此，对于米什莱来说，偏头疼便意味着创造，作为一种负责任的选择的创造活动。每一场暴风雨，每个春季，几乎难以为继的写作都成了一桩意义深刻的壮举。以不懈工作的阳刚价值充实虚弱的存在，这意味着赋予工作成果一种至高无上的意义，带上预言的性质。工作对米什莱有健身作用。这么说还不够，应当说是一套饮食方式。不工作，米什莱就死了。（他重申过不知多少遍！）也就是说，他的一切都是为了把历史当作一道食物而准备的。米什莱把自己的体质弱点变成了一只寄生虫的体质弱点，也就是在历史实质的核心部位安身立命，摄取营养于斯，成长于斯；而且，一边依赖历史为生，一边大举侵入之。

罹患历史病的米什莱

工作——请按历史学理解——既然是一处安身立命的栖所，在此任何弱点必定具有某种价值。偏头疼于是被移入，即获得了救赎，被赋予了意义。米什莱的整个身体变成了自身创造活动的产物，并且在历史学家与历史之间建立起一种令人错愕的共生关系。因此，恶心、头晕和郁闷并不仅仅归因于节令气候，也会被讲述的历史的恐怖本身所诱发：米什莱患有“历史性”偏头疼。千万别以为这只是打比方的说法，偏头疼是实实在在的。1792 年 9 月国民公会的创立，恐怖时期，这些都跟牙疼一样，是动辄发作的具体的病痛。人们常说米什莱过于敏感；没错，但归根结底，这一敏感性有所取向、经过协调、转向某种意涵。患历史病不仅意味着把历史当作一道食粮，一副神圣的毒药，也意味着把历史当作一个占有对象；“历史性”偏头疼的终极目的是把米什莱确立为历史的啖食者、教士和拥有人。①

领圣餐仪式不仅使上帝的实质，也使上帝之死进入了教士的身
22 体。米什莱让可怕的历史病痛满布全身。他自找苦吃，他为历史而死，正如人会为爱情而死——毋宁说，不会为爱情而死。“死人的乌血我喝得太多”，这里的意思是，每次偏头疼他都重新经历一次上帝般的人民之死，经历一次上帝般的历史之死。不过，此时，这种被反复体验的死亡是作为食物起作用的，因为它使米什莱成为历史学家，成为一位从事吸纳、祭献、见证、履践和赞美的大祭司。②

我得抓紧

而且这个基督学主题还在继续：米什莱把历史当作食粮接受下来，反过来，他也把生命交给了历史。不光是工作和健康，连死亡也交出去了。的确，利用一种三角学的约减法，米什莱把属于自己的岁月置于各个世纪的幅度之下，走向死亡的步伐也与历史著述的进度形成正比。随着死亡威胁的迫近，他的历史著述也必须加快。然而，死亡何时威胁了他呢？无人确切知晓。米什莱十分了解历史的奥米迦（革命）③，可是，要想把历史的庆典操办完毕，他无法预见自己是否拥有足够的时间，因此才出现了那种掺杂着焦虑，因大

① 不消说，这是一种无意识的意志。质疑米什莱的诚意毫无意义，亦无益处。——原书注

② 赞美体现在自身的本质当中。——原书注

③ 希腊字母表最后一个字母 Ω，引申为“某一系列中的最末一项”之义。

限将至而加速写作《法国史》期间的忙乱。米什莱愈是前行，愈心如火燎，完全进入了一种必须尽可能深入享用历史的心态当中。因此，他的整个晚年不妨用勃艮第公爵的那句名言加以概括：我得抓紧（这句话他一直津津乐道）。

基于这一理由，1869 年，一个庄严的声音回荡在标志着《法国史》（23 卷，涵盖 20 个世纪，费时 36 年）胜利完成的长篇序言里："弥撒礼毕，散去吧！（Ite，Missa est）"两个时间段在这里重合了；革命终于被享用完毕，与为之铺路的此前各个世纪衔接了起来，历史学家于是可以寿终正寝。这正是米什莱将要做的事，虽然此后的五年里，他痛苦地甚至近乎残酷地拖延了光阴，不知做什么才好。那是无用武之地的五个悲情年头；更糟糕的，那是令人难以理解的五年。他只能用一声痛苦的长啸填补这段时光，即利用最后的三本书，激烈地抗议历史的终结（《19 世纪史》和他撰写的世界末日式的序言），抗议自己成为一个机器般的世界的末路者。

行路者米什莱

米什莱如何吞噬历史呢？他在"啃草"，即边咀嚼，边扫视，同时进行。走路是最能体现这种二者兼顾的肢体动作。不过应该想 23
到，与现代旅行相比，浪漫时代的远足有完全不同的效果。我们在旅行中从来不会只用眼睛，而且，急匆匆的旅行把我们看到的一切都变成了一道遥远和静止的屏障。浪漫时代的旅行在体质方面（步行或乘马车）正好相反：景致那时是缓慢而艰难地得到的，它环绕、督促、侵袭和胁迫你，你必须努力开辟一条通路，不光运用眼睛，还得运用肌肉和耐心，这样才能获得景致的全部秀美和可畏之处，也就是那些今日显得夸张之处。这种旅行有两件事要求他全身心地投入：一是旅途中的劳顿，二是景色尽收眼底时的欢欣。

凫水者米什莱

米什莱的全部历史著作对这两者兼收并蓄。历史的实质充满了细琐乏味的肇因，摸索穿行时的窘迫和劳累显然是常有的；简而言之，历史的薄情寡义的实质跟旅途中的历史学家靠得太近。这就是米什莱所说的“荡桨”（“我荡过路易十一，荡过路易十四。我艰难地划水，奋力荡过黎塞留和投石党”）。不过，潜心投入也意味着历史领会得不完整，缺少某种营养，仿佛身体被某种元素裹挟得喘不过气来，被空间邻近性所滞塞，无法动弹。

掠影

理想的营养是图表所展示的营养。米什莱著作里的历史图表不可谓不多（例如 15 世纪的法兰德斯），而且总带来一种惬意，因其使人餍足，暂时消除劳累和无知，获得小憩，喘息和目力。叙事将历史学家的身体归入客体之列，图表（即掠影）则不同，它把米什莱置于一个跟上帝差不多的位置上，其主要威力恰恰在于通过统摄一切的感知，把人类散布在时代、地点和其他不同范畴里的时刻、事件、人物、原因一下子都抓在手中。图表代替了从前的宇宙起源说。因为两者都无例外地把人类历史视为创造活动（在此是米什莱的，在彼则是神圣的），也就是这样的一个客体：其缔造者是外在的，甚至高高在上，居于一个不同的维面，从那儿可以眺望出去，

却不会被看到。 *24*

因此，对于米什莱来说，撰写历史就是遵循一条宿命的旅程前行，一路上甘苦备尝，而且使他成为一位行进时饱受苦难，休憩时高奏凯歌的上帝。叙述是受难，图表是荣耀。不过，这两个变化之间显然有一种紧绷绷的关系。米什莱的历史以波浪式推进：叙事必然导致铺展，图表却从来不是封闭的，它或者以某种担忧结尾，或者由历史学家重提某一屈辱的化身——喘不上气来的荡桨者，或者不妨说，回到受难当日的上帝。换言之，米什莱的著作从来没有真正结束的章节，任何一行事实的陈述从来都带有趋向性。一切都是相互关联的，并非按照一套修辞方案，而是通过一种存在的节奏；按照这个节奏，米什莱成为旅行家，然后成为观众；他先吞噬历史，然后反刍历史。

请看米什莱如何在他的（以广征博引为主的）14 世纪当中前行：推进，叙述，在年代上追加年代，在事实上添加事实。总之，米什莱在荡桨，犹如一位看不到目标但倔强不屈的远距离泳手；突然间，他跟农夫雅克的形象不期而遇，站在田畦上的雅克使他感到惊讶，甚至创痛，感情随之奔涌，欢欣鼓舞；这位旅行家错愕，停步，目睹，理解；历史展现出第二个维面，一个由智力活动构成的全景维面：此时，历史学家从工作转入了欢庆。

捕食者米什莱

米什莱的话语——也就是我们通常说的风格——正是那种彼此挨靠着的协同航行，历史及其讲述者犹如一条鱼及其捕食对象。米什莱属于吞噬型作家（如帕斯卡，兰波）一类，如果不随时吞噬自己的话语，他们就写不下去。对于米什莱来说，这种吞噬活动意味着取消高文典册的演说式节奏，代之以突如其来的插入语，以及例如“您不妨假定，您会看出，这点我回头再谈，我相信，我会这么认为，非得这么说不可”一类的招呼语。此外，序言、注释、跋语等跟整个话语的关系，与插入语跟句子的关系并无二致。这样的孔隙在米什莱的著作里频频出现（正如普鲁斯特就米什莱本人所说的
26 “他那些音乐家的节奏”）。

这种突兀的现象与教科书上说的那种陈旧的“主观性”没有丝毫联系。最好把夏多布里昂——米什莱十分讨厌此君——那样的“滑动型”作家与米什莱这样的吞噬型作家做一对比。前者铺开话语，从旁陪伴而不予打断，不知不觉地把语句引向平稳安逸的结尾。这些作家擅长运用音步和句尾重音。后一类作家正好相反，鉴于做得过度完美便有失掉猎物之虞，他们用不完整的动作随时将猎物洞穿，好像一位狂躁的财主急于趁财物仍在眼前而尽快下手。他们绝不用句尾节奏，没有铺展，没有作家顺着句子进行的水平滑动，只有频繁的短促入水，冲破四平八稳的修辞；总而言之，一如圣勃夫[1]的妙言，此为米什莱的垂直文风。夏多布里昂的句子结尾永远是精心雕饰的，小心翼翼地滑向结尾。米什莱的语句自我吞噬，自我摧残。

这种自杀行为是故意的。米什莱之所以害怕艺术，恰恰因为他不乏艺术禀赋；众所周知，他用自由诗体率性地写作，而且总是觉得遭受“风格”的压力。然而，艺术——请理解为包括音步和句尾重音的传统修辞法，也就是与米什莱兄弟阋墙的夏多布里昂的手

---

① 圣勃夫（Charles Sainte-Beuve，1804—1869），法国文学评论家。

法——是一道障碍，妨碍着历史学家和历史之间的有益交流；艺术又是一层绝缘体（“艺术好像是涂在我身上的一层清漆，以至于所有发生在我身上的好事坏事都像注入雕版的硝镪水，将一件艺术品蚀咬得恰到好处”），妨碍着两个机体的衔接和相互支持。历史学家于是无法继续食用历史，只能看着它，在它上面滑过去，好像贴在一条光滑、闪亮和僵死的胶片上。艺术把历史摆入橱窗，使历史学家成为作家。这是一种米什莱勉强得以摆脱的宿命。我们知道，即使在最好的情况形下，后人还以为，把米什莱放进一部有关文章作法的教科书里，才是拯救他的唯一办法（当作范文选读，或业士学位的考题：例如法国历史图表，圣女贞德，燕子①，水母②，等等）。

作为客体的历史

历史之所以成为米什莱的例行食粮，自然是因为他把历史置于其全部外延当中，并通过祭食活动，每天与一部圣史而非科学的历史打交道。假如米什莱只是一位断代史学者（像梯也尔，巴朗特或拉马丁③那样），那么他的偏头疼，他在叙述中的穿行，以及他那散 *27*

---

① 当指米什莱在《鸟》（1856）里对燕子的描写。

② 米什莱在《海》里有专章描写水母，并提到其跟希腊神话中的女怪美杜莎同名（Méduse）。

③ 梯也尔（Louis Thiers，1797—1877），法国政治家和历史学家。巴朗特男爵（Amable Brugière，baron de Barante，1782—1866），法国政治家和历史学家。拉马丁（Alphonse de Lamartine，1790—1869），法国浪漫主义作家和诗人。

碎的笔法就都不会有任何仪式性意义。他的著作不仅把握了从爬行动物到滑铁卢的所有时代，也把握了历史客体的一切可能的范畴——从步兵的发明直到英国人的育婴方法；这种百科全书的特点跟他的偏头疼和序言一样，都是米什莱所说的人性的一部分。这是因为，历史只有形成一个有两个端点或极点的实在客体，才是一次占有过程的对象。只有像鸡蛋或织物一样饱满厚实，历史才能成为一道食物。所以，米什莱充实了他的历史，给它配上了两个目标和一个方向：他的历史著作变成了实实在在的历史哲学。历史被服用了；也就是说，既结束和完成了，也被吞咽和摄取了，正好可以让历史学家恢复元气。

荷兰航船

在米什莱看来，荷兰航船是最理想的家居之所。 29
这个中空而满载的物体，像一只悬浮在平滑水道里的实心鸡蛋，不断地在水淋淋的刷洗和流动的空气之间交替。这是一个匀质性的美妙意象。这正是米什莱的一个重要的主题：一个未经剪裁的世界。①

光滑

请看例如中世纪时的法国国王：他的力量来自于虚空——请按“光滑”理解，来自于一种高高在上

① 据《新约·约翰福音》19章23节，耶稣受难时穿一件未经剪裁的罩袍。后世基督教常用“未经裁剪的罩袍”象征教会的不可分割性。

的状态，数以千计的势力和世袭贵胄在此互相抵消，从而无一例外地表现出一种普遍的、怡然自得的无意义。与多血、傲慢、“别具一格”的英国国王不同，法国国王的软弱本身消弭了他的局限，他与天下其他人同命运；因为，理想地说，他只是虚空而已，是裹在白鼬鼠皮裙①里的谦卑，但吸纳了一切：人民，资产阶级，教会。这种理想性也适用于欧洲的法国，法国的中央：二者都具有至高的丰满性和无量的丰满性，它们中庸、光滑，好像一片虚空，如同某些动物那样，具有真正的变色能力和表面特征的无限可塑性。

散文

无意义的所有品性可以归结为一个元素：散文。法国国王是散文式的，法国中央也是散文式的；也就是说，它们以一种总括
30 的形式把变化和出身的特殊性统一起来了。这里有必要提醒，散文和诗歌之间的对立曾经使 18 世纪深感焦虑。法英两国的 Aufklärer（启蒙哲学家们）认为，散文晚于诗歌出现，世界最初是用诗歌说话的。从历史是进步的观点来看，这就赋予散文一种优越性，因为它是更先进的文明所使用的语言。对于米什莱来说，散文是匀质的标记，因而是一种价值，产生于一道恩赐或一场征服。我们看到，米什莱本人似乎生不逢时似的面临诗歌的威胁，好像亟盼彻底解放一般渴望着散文，因为散文使他能够吞噬历史并与之融为一体。

---

① 中世纪以降，法国王公贵族习用白鼬鼠皮作为长裙的里子。

联合与统一

散文是优越的，只因没有个人特性，它产生于融合，而不是拼凑。无论是中世纪的国王，还是法国中部，一切人工裁剪的痕迹都湮灭了，没有留下任何有关出身、特征和个性的痕迹。这就是虚空，因而也是完美的光滑。散文既然产生于消弭，那就应该给后者起个符合道义的名字：统一。统一有个不完美的替身：联合。联合是一种较差的状态，因为它只能捏合起可协调的正面因素，却无法废除它们。统一却优越得多，它能够摧毁拼凑起来的个性的记忆，使一片旷野浮现，取代前者。在这片旷野里，一切重新变为可能；统一还为孵育提供了友善的热量：自由。联合在历史上绝不是罕见的现象，例如政体之间的联合，种族之间和睦相处。统一却从来只有一种：法兰西的统一，以及法国境内的1790年的联盟①。

联盟是法国大革命时期的重要行动（“我此生最美好的日子”，米什莱说），因为这一天，通过一次名副其实的化学凝固作用（统一），而不单单是各省附议（联合），法国实现了凝聚；这个过程取消了所有的组合部件，剩下的只是取而代之的完整热量，显示着新的丰满性的温润空气：祖国。这个化学过程（切记，拉瓦锡②的去世离米什莱出生并不算远）甚至遭遇到一股反作用，如同一种分解性物质：企图破坏联盟的反革命宗教活动。

法国图表往往被当作地理图册的鼻祖拿来示人，它其实是一份

---

① 法国革命时期各省之间的军政联合形式。

② 拉瓦锡（Antoine-Laurent de Lavoisier，1743—1794），创立氧化说的著名法国化学家。

化学实验报告：图表列举各个省份，与其说是描述，不如说是一次普查，因为对那些造成法国的纯化学的一般特点的材料和物质，它都
31 得清点一遍。不妨说，法国图表类似于一组专门词汇，书写在一页佳肴制法的开头：先放点查里曼大帝，再来点毕加底，分别添点诺曼底、安茹和勃斯，这一切都围绕着一个核心：西岱岛，都被吸引到这个负极上来。① 这样一来，您就得到了欧洲的顶尖国家法兰西。这正是米什莱所做的事情。必要成分须首先清理、描写、衡量、规定，然后提出制造合成剂的原理：鉴于这一极为特殊的偏极性——四周环绕着一条阶梯形的带子，即属于正极（因此也是不完整的）的各地区包围着法国的负极核心——法国因而只是一种无限的化学作用，它只存在于在各部分护持下的一种虚空当中。这是只有法国才享有的一项殊遇。例如，英国和德国便没有偏极性。因为英国的丰满性是坚硬的、物质性的（英格兰的牧草、羊群、鲜血和黄金），因而不适宜虚空的良性化学过程；德国只是一团堆集，无嬗变，无历史，无限度，缺少圆润性（水、沙子、德皇派精神②，缺少法律的构成力）。

作用力

所以，这就是米什莱的匀质性，它有明确的制作办法：混合。青年米什莱继承了两个概念程式（赫尔德③的）：植物般的历史，

---

① 毕加底（Picardie）、诺曼底（Normandie）、安茹（Anjou）、勃斯（Beauce）均为法国地区。西岱岛位于塞纳河巴黎流段，历来被视为巴黎市的发源地。

② 中世纪末期的一种政治主张，认为日耳曼皇帝的权力在意大利大于教皇。

③ 赫尔德（Johann von Herder，1744—1803），德国诗人和批评家。在历史观方面，他把民族性比作提供营养的植物，认为民族国家的形成是一个有机的过程。

（维科的）螺旋似的历史。自1831年《世界史引论》以后，米什莱又增加了“历史综合”的意象，后一个概念程式是新生的化学和进化论提供的。这是一个有决定意义的意象，因为它使米什莱在选择匀质性的时候，把后者视为一个行动，而不是一种状态。米什莱有一个始终是歧义的主题——既属生机论，又属伦理学——能够说明这一选择：“作用力”。这个良性主题被米什莱附在若干特定的历史对象（法国，18世纪，腓特烈大帝，莱布尼兹）上面，作为一个表明其价值的指数。作用力是一个有关物体的化学混合或者物种的自然融合的概念程式，以道义的形式出现。这是一个格外清新的形象，因为米什莱用一个不断再造的连续的世界取代了一个拼对和组合的世界（牛顿）；这是一个全新的概念程式，亦即持续不断的音响（“生命如男高音独唱般成长”[1]），取代了传统的旧秩序。

确实如此。米什莱从未停止斗争，他支持进化论者圣-伊莱尔[2]，反对创造论者居维叶[3]，支持化学家拉瓦锡，反对数学家拉普拉斯。意大利思想家兼设计师（但丁，维科，布鲁奈里奇[4]）曾
一度用黄金律的良性主题挽救了数学，但后者最终仍然陷入了对于 32
“建构的”，而不是“长成的”世界的普遍怀疑。米什莱把拿破仑塑造成一位（冒牌）数学家，从而使暴君和他的科学——拉普拉斯和

① 原文为意大利语 uno tenore。

② 圣-伊莱尔（Saint-Hilaire，1772—1844）；法国著名博物学家。

③ 乔治·居维叶（Georges Cuvier，1769—1832），法国动物学家和古生物学家，在拿破仑时代曾担任政府要职。

④ 布鲁奈里奇（Filippo Brunelleschi，1377—1446），意大利文艺复兴时期的建筑师，以设计圣玛利亚教堂的圆顶知名。

居维叶两位“教皇”的科学——都因对方而信誉扫地。

对于米什莱的匀质性来说，进化论反而提供了有力的支持。在博物学著作和历史著作里，米什莱都大力运用拉马克[①]的“生命体的依次传递”（scala viventium）的提法。米什莱的大部分营养是从 18 世纪吸取的，那时不少哲学学说都在为一个动物机体般的广阔世界规划一幅图景。例如米什莱的英雄莱布尼兹（“大理石有自己的想法，而且极为晦涩难懂”），鲍奈和罗毕奈[②]（“从原子到双翼小天使，生命体都是链接起来的”），更不用说灵知派教徒（莱斯蒂夫，麦斯迈尔，法布尔·道利维，拉瓦岱和圣-马丁等人）[③] 了。对于计划中的丰满性，米什莱能够找到的最佳语言表达，莫过于流畅地排列的各种形式，让它们彼此溶解，从一个等式到另一个等式地推进，直至最末一项成为起始形式的隐喻，直至生命体和物体之间、自然界和伦理观念之间不再有根本的区别。

---

① 拉马克（Jean-Baptiste Lamarck，1744—1829），法国博物学家。

② 鲍奈（Charles Bonnet，1720—1793），瑞士博物学家和哲学家。罗毕奈（Jean-Baptiste Robinet，1735—1820），法国博物学家和哲学家。

③ 灵知派（gnostique）是基督教早期历史上的奥秘教派，又译为神秘学说派或诺斯替派。莱斯蒂夫（Nicolas Edmé Réstif，1734—1806），亦称“布列塔尼倔人”，法国 18 世纪小说家。麦斯迈尔（Franz Mesmer，1734—1815），奥地利动物学者，发现所谓动物磁性等后世所称的麦斯迈尔现象。法布尔·道利维（Antoine Fabre d'Olivet，1768—1825），法国作家，一生致力于研究各种怪异的观念和现象。拉瓦岱（Johann Lavater，1741—1801），苏黎世天主教士，诗人和相面术士。圣-马丁（Saint-Martin，316—402），又称图尔城的圣-马丁，法国天主教圣徒之一。

变动中的质料

米什莱很喜欢描写质料的那些中间状态，细细品味变异过程中的模糊地带。此时，燧石让位于小麦，然后让位于小麦所养育的法兰西；草木延伸为动物，鱼类延伸为哺乳动物，天鹅延伸为女人(文艺复兴时期的蕾妲①)，犹太人延伸为石块，公山羊延伸为先知(米开朗琪罗的摩西)；儿童的脑髓此时只是乳白色的山茶花；在这里，在婚姻的牧场转移过程中，男人甚至能够取代女人。树木就不能延伸到自身范畴以外吗？也能。树木呻吟，哭泣，充满植物的遐想，连最顽固的质料石头也像拉马克的物种一样经历着自身的转变；依照中世纪的古老说法，石头是有生命的。请看大教堂的泥瓦匠，“摆弄活石头的巧匠”（magister de vivis lapidibus)；例如，尖形拱肋从穹隆变为心形，转而变为火焰。②

水一样的鱼

然而，描写这些过渡恰恰是轻轻抚摩它们。从轻柔、黏性、既不流动又无形态的水，过渡到仿佛用水做的透明的鱼③，无异于在一片未经剪裁的空旷当中舒展手掌，让身体沿着这种理想的光滑伸

---

① 在希腊神话中，蕾妲（Léda）是斯巴达王单达尔之妻，曾化身为天鹅引诱天神宙斯。

② 当指13世纪至15世纪流行于欧洲的哥特式教堂建筑的火焰式拱穹以及倒心形门楣。

③ 深海动物的保护色是达尔文提出的一条原理。——原书注

33 展。所以，在米什莱嗜爱的变化无常的质料当中，水是一种独获青睐的物质。水能够承受质料的无数中间状态：清澈、晶莹、透亮、流逝、胶质、黏性、泛白、浮动、圆润、弹性；在水与人之间，一切辩证的变化都是可能的。然而，这还不是全部。由于水能承前启后，它还是一个神秘的授精元素，也就是说，水所显示的匀质性是一种空间绵延，既是物质，又是未来。① 米什莱常常谈到鱼类世界，而且总是拿它来与女人世界相提并论。他认为二者分别属于自发生殖（他对此坚信不移）和孤雌生殖。请按照水是一切连接活动的原型去理解这一点，请理解为匀质性在此蔓延，衍育生命，因为水生成生命，二者归根到底同属一块织物。

歌德与狗

自然界诸范畴之间没有根本性的隔阻：矿物质也是植物，动物身上也有人类的遐想。请看牲畜："那些被坏心的仙女阻碍成长的孩子们，不能破解摇篮里第一场梦的孩子们，你难道不认为他们仍然是孩子吗？……中了可悲的魔法，身陷不完美的生命，不得不依赖周围的人，如同一个沉睡者②。"大象因其温柔和堪称楷模的善良，也许从前是一位婆罗门；位于动物阶梯底层的水母不过是"关于无法实现的命运的一场梦呓"，连米什莱豢养的两条母

① 关于鱼类的生殖能力，孟德斯鸠早已讲过，见《法的精神》（XXIII，13）。——原书注

② 读者在下文里会看到，米什莱笔下的昏昏欲睡是一个恶性主题。"沉睡"的恐怖必须区别于例如布鲁斯特和瓦勒里对于阴暗、黑夜、闭眼睛和屈臂的兴趣。——原书注

狗——仔米尔和米尔扎——也会让他不安和歉疚地回想发妻鲍林娜：假如它们是她怎么办？歌德很讨厌狗，因为担心他的单子[1]会被它们吞食。

悬留状态

质料和状态的这种徘徊不定最终只会啃噬米什莱本人的身体：偏头疼和呕吐。此外，虚弱和晕眩也更容易使身躯舒展。在阿吉温泉，米什莱通过泥浆浴与陆地交换自己的身体，并且观察这种质变的所有阶段：此时他已经失去个性，与沙石为伍，因为天地与他本人之间已经不存在间隙；身在大理石浴盆中——他称之为棺材——他被密封、填满、掺和，仿佛被关入理想的荷兰航船的肚子一般严实。在土伦，他的身份则变成另外一种：眼看天将破晓，不无惋惜地渐趋清晰。米什莱兴味盎然地遇到一道难题：怎样才能既摆脱黑夜，又悬留于黎明——也就是过渡状态的本质——这个典型的悖论当中呢？

因此，由拉瓦锡和圣-伊莱尔所代表的当时的科学和灵魂转生学 34
说——先由印度教学者布尔努夫和盎格蒂尔[2]所普及，后来被米什

---

① 即莱布尼兹所说的单子。

② 布尔努夫（Eugène Burnouf，1801—1852），法国语言学家和印度学家。盎格蒂尔（Abraham Anquetil-Duperron，1731—1805），法国语言学家和印度学家。

莱的朋友皮埃尔·勒胡和让·海诺[①]重新提出，加上一个叫缅因·德·毕杭[②]的人的心理学，所有这些都为米什莱提供了一个广阔世界的一场良性运动。自然界不再是百科全书派所展示的一长串目录，而是如同一块纺织品，只要捏起布料的一角，一个丝绸般光滑的世界就毕现无遗。

可是，有一个问题尚待解答：从自然的维面过渡到历史的维面以后，这种匀质性将如何变化？什么是时间当中的匀质性？

植物般的历史

答案这里仍然由自然科学提供。历史如“男高音独唱”般成长，正如植物和物种，其运动与其说是一个前后接续的过程，不如说是一道持续的声音。有没有千真万确的历史事实呢？没有。历史其实是一个用各种身份组成的连续体，正如植物或物种是同一块织物的延伸那样。而且，我们已经看到，在历史中行进的米什莱好像一个潜入水下的遨游者，周身被织物般的历史严严实实地裹起。只有较少见的图表才有视觉作用，也就是对比的作用，逻辑的作用。历史的其余部分都是行进，要运用肌肉，要艰难而有力地把握连续性。

---

① 皮埃尔·勒胡（Pierre Leroux，1798—1871），法国哲学家和政治经济学者。让·海诺（Jean Raynaud，1806—1863），法国哲学家和教育家，著有《天地》和《新百科全书》（与勒胡合著）。

② 缅因·德·毕杭（Maine de Biran，1766—1824），法国哲学家。

没有因果关系

显然，植物般成长的历史排除了因果关系。米什莱只在解释时才把前因和后果一类的不同客体对比着说。人们会不会说水母是鲸鱼之“因”，或者说种子是花朵之因？不会。因为两者只是同一块织物上的两个相距远近有别的区域。历史的对象也是如此：此对象并非彼对象的肇因，二者不过是同一根茎上的不同时刻罢了。

米什莱式的因果关系确实存在，却被小心地归入未必存在的伦理观念的领域。那是一些道义上“不可或缺的东西”，一些纯属心理学的提法，其影响已经移入机械性肇因当中去了。例如，自发生殖是必然的，只因不相信它就是亵渎神明。希腊必然从未有过同性恋，因为它通体光明；腓特烈大帝必然从未有过鸡奸男童之癖，因为他有“坚强的灵魂和钢铁般的意志”；法国必然没有家庭，因为 35
那是清教徒国家才有的。①

等式般的历史

我们看到，这是一种纯属静态的因果关系。而且，历史不是通过肇因，而是通过等同性才获得进步的。从农夫雅克到圣女贞德，接续关系并非出于因果逻辑，而是由等式造成的。贞德并不是一组

---

① 法盖（Faguet）早已看到米什莱的因果关系的这种颠倒的特点（《19世纪史》，第 363 页）。——原书注

既成事实的产物。本质上，她是各种身份之间的一个中继站：她既等同于人民，也等同于革命，这个情形有点像花朵“代表着”最初的种子和后来结出的果实；或者说，有点像鲸鱼的身份介于鱼和女人之间。等式就是这样形成的。但是，在温厚的路易、虔诚的罗贝尔、高德弗瓦·德·布庸、托马斯·贝盖特①和贞德之间不存在因果式的累进；他们都软弱，都是基督，也都是民众。②

推迟的平等

很自然，这些等同性可能多少会推迟。例如，法国大革命的一些实质内容在时间上便十分滞后，有些则衍生出一些出人意料的枝蔓。例如，从中世纪的第一个阶段到美男子菲利普，法国国王都是通过第三方即教会的中介才与人民认同的。但是，无论经历多少曲折，历史仍然是匀质的；而且，在米什莱看来，构成历史身份的链条拥有一股提供营养的重要力量，即亲切感。既然历史只是用等同的物体组成的一块织物，我们的历史学家从未迷失过方向；形象一出现在眼前，他就能认出来。我们已经看到，米什莱初遇雅克时大

① 温厚的路易即路易一世（Louis 1er le Débonnaire，778—840），查里曼大帝之子。虔诚者罗贝尔（Robert le Pieux，972—1031），法国卡佩王朝的第二个国王（996—1031），高德弗瓦·德·布庸（Godefroy de Bouillon，1601—1100），法国贵族，十字军东征的首领之一。托马斯·贝盖特（Thomas Becket，1117—1170），坎特伯雷大主教，为维护天主教教会的利益，与亨利二世反目，被刺身亡。

② 黑格尔运用同言重复一词所批判的正是这种身份的渐进；在并不十分了解黑格尔的情况下，讨厌黑格尔的米什莱以自己的方式表示了对他的不信任，将其归入宿命论和机械论的有害主题，即生硬的死亡的主题。——原书注

为惊愕，可是，延迟片刻之后，他就从这个农夫身上看出了人民的本质。而且，正如纤维能够“解释”植物，细胞能够“解释”动物那样，历史上的农民都有一个共同的本质，即米什莱所说的“永恒的福音”①！这个说法正是运用于基督教的拉马克演化论：正义是一切历史时代的基础——包括基督时代；而且，一言以蔽之，历史只是正义的各种形象之间的一连串等式。

在某种意义上，历久不衰的道德实质把米什莱的历史归结为一个近似数学的范畴：历史的进步与其说靠演变，毋宁说靠（孔狄亚克意义上的）转换。在理念上，这个区分自有其重要性，放到存在方面却不重要。因为，对于连续性，米什莱选择的是运动，而不是 36
其结构；这导致了一种理解上的歧义性，但不是存在的歧义性。

生存意志

不过，这些身份仍需一个移动的外表。正义的形象之间怎样过渡呢？驱动自然界和历史的原理这一次依然相同。一个事关存亡，一个事关道义，但两种情形都要求一种生存意志。水母匆匆奔向另一种进化程度较高的动物性形式，原始印度预见和企盼1789年革命，两者的运动方式相同。

不过，这里不存在丝毫道德观的自然主义，因为引起道德观变动的不是自然界；恰恰相反，自然界是沿着真正的公民解放的道

① “伏多瓦教徒使福音与地点和时间脱了节，他们教导说，福音每天都在更新，上帝不断地在人类身上重新降生，这降生就是上帝热衷的事情。所以，福音书并非始于台伯河的某个年头，它属于一切时代，是永恒的福音。”——原书注

路，实现从一个王国到另一个王国的进步的。米什莱并未把道德观自然化，而是把自然界道德化了。二者的汇合才是最重要的。而且天下从未有任何东西是孤立的、全无替身的。归根结底，恰恰是米什莱的道义感——也就是那种让我们觉得难以置信的修辞风格——把历史写成了一团温情暖意，不但有滋有味，更精要深邃；这是因为，米什莱像一只聪明的寄生虫那样，把自身机体放入了密封而饱满的历史所产生的热量里。

散文国度法兰西

法兰西是散文的国度。如果天下的散文作家都站到博絮埃、帕 37
斯卡、孟德斯鸠和伏尔泰身旁，他们会是一副什么样子？散文意味着一种最少雕琢、最少具象的形式，它最抽象，最纯净，最透明；换言之，最少物质性，最自由，最广为天下人共有，最富于人性。散文是思想的终极形式，它离模糊消极的梦想最远，离作用力最近。从悄无声息的象征主义到诗歌，从诗歌到散文，这种过渡是一种进步，它走向光线的平衡分布；它是对智力的一种平整。于是，从神秘的东方种姓体系中，产生了英雄气概的贵族；从贵族当中，产生了现代民主。没有任何东西比鲜明的散文性更能体现我们这个民族的民主特质，而且，依然靠着这种散文性，她才一定能够把每个人从聪明提高到平等。

——1831 年，《世界史引论》，第 452 页

是植物还是动物？

达尔文说过："跟海洋中的草原和森林相比，我们陆地上的草原和森林都会显得荒芜空寂。"的确，任何人只要在印度群岛的清澈的大海上奔跑，都会对海底所展现的魔幻景象感到震慑。尤其令人惊讶的是，植物和动物都利用它们的天然标志和外貌从事特殊的交换活动。那些柔软黏稠的植物有着一些既不像根茎，也不像叶子的器官，显示出动物的曲线形的肥腻和温柔，似乎希望人们误以为它们是动物。真正的动物却好像千方百计地模仿植物世界的一切；其中有些像树木一样坚实，近乎永恒；有些像花朵般绽放，随后枯萎。例如海葵，绽开时宛如浅玫瑰色的雏菊，或者像石榴红的紫

菀，再佩上湛蓝色的眸子。然而，一旦从花冠中冒出一位小姑娘，也就是一只新海葵，您就会看到它溶化，消逝。

——1861 年，《海》，第Ⅱ卷，3，第 139 页

是水还是鱼？

海水，哪怕是远离任何混合物的、取自深海的最纯净的海水，
都微泛白色，有那么点黏稠。捧在手指之间，它会缓缓流失。化学
38 分析解释不了这种特性。那里头有某种有机物质，化学分析在得到
它的时候便毁掉了它，取消了它的特殊性，凶暴地把它划归普通
元素。

植物和海洋动物都含有这种物质，它所产生的黏液把它们包裹起来，形成一种时而稳定，时而抖动不停的动物胶质。透过这层胶质看去，它们似乎穿上了一件半透明的外衣。海洋世界给我们带来的梦幻景象是任何其他东西都无法比拟的。那种折射出来的光线十分特别，常常产生奇妙的彩虹般的映象，譬如在鱼鳞上、在软体动物身上——后者那珠光宝气的外壳似乎便归功于这种折光。

这种景象最让头一次见到鱼的小孩怦然心动。这种情形发生在我身上的时候，我还年幼，可是留下了十分生动的印象。那条光亮平滑、身裹银甲的生命让我吃了一惊，惊喜得难以言表。我试着伸手去抓，却发现这条鱼就像淌过手指之间的水一样难以把握。对我来说，这条鱼跟它正在遨游其中的水是一回事。我当时产生了一个模糊的念头，觉得鱼就是水，是动物性的、有机质的水。

很久以后，待到成年，每当在海滩上看见一个叫不出名字的闪光物体时，我依然感到震撼。透过透明的躯体，我看得见鹅卵石和沙子。它像玻璃一般无色、透明、略显厚实；用手轻轻一拨，它就

颤动。在我眼前，它依旧是出现在古人——包括雷欧穆尔①——眼前时的那副样子；雷氏曾把这些生命叫做胶质的水……

如果你看到那些初具形态、白里泛黄的带状物，上述印象肯定会更加深刻。大海为这些固体的墨角藻塑造了软塌塌的雏形，也就是昆布，它们逐渐显现出褐色，最终拥有皮革般的韧性。不过，当它们依然稚嫩、黏稠、绵软的时候，这种坚实度反倒像一股固化的流体，越柔软，就越有力。

——1861 年，《海》，第Ⅱ卷，2，第 111 页

摆弄活石头的巧匠

圣灵降临节那天，在烈焰般的话语的陪伴下，洁白的鸽群从教堂放飞，花瓣纷扬，内廊烛火通明。逢其他节庆，照明总是在户外。想象一下光线照在这些巍峨的建筑上的效果吧：教士们沿着半空中的围栏穿行，用华丽的仪仗激励着颓丧的民众；他们沿着栏柱和曲折的过桥走过来，又走过去；绚丽的衣服，教士们，唱诗班； 39
光芒和诵经声回旋往复，黑暗中蚁聚蜂攒的民众在下面齐声应和。这是真实的戏剧，真正的奥义，代表着人类穿越三界之旅，它是但丁从瞬间的现实中获得的崇高直觉，而且最终将其固定于《神曲》之中，成为永恒。

中世纪的冗长庆典一结束，这个演绎神圣悲剧的巨大剧场复归静谧和黑暗。人们再次听到神父的声音，但微弱得势难达于穹顶，只因那高旷的空间本为拥抱民众的雷鸣之声而设计。孤独空旷的教堂。它那深刻的象征性曾经从如此高远之巅开口说话，现在却哑口

① 雷欧穆尔（René Réaumur，1683—1757），法国博物学家和物理学家。

无言了。眼下它成了科学探索、哲学解释和锱铢必较的解读的对象。教堂是专家们探访的哥特风格的博物馆：他们转来转去，有失恭敬地东张西望，只称赞，不祈祷。可是他们知道自己在称赞什么吗？教堂里受到他们的垂青、讨他们喜欢的，不是教堂本身，而是技艺精湛的装饰物、幔帐的流苏、曲折有致的石头，是衰落的哥特风格中的一些费功而讲究的作品。

无论是什么宗教，遭逢什么命运，都会留下一些了不起的东西。这与基督教的未来毫无关联。让我们小心翼翼地抚摸这些石头，缓步踏上这些铺石。这里产生过一个巨大的谜。在这里，除了死亡我什么也看不到；我忍不住想哭。中世纪、中世纪的法国都把它们最隐秘的思想表达在建筑里。巴黎、圣-德尼和兰斯等地的大教堂能够告诉我们的，比大段叙事要多得多。在艺术家热烈而严谨的手中，石头获得生命，焕发神采。艺术家让石头迸发出生命。中世纪给这些人起了个绝妙的名字：摆弄活石头的巧匠。

——1833 年，《法国史》，第Ⅱ卷，说明，第 482 页

火，心，泪

请看那些狭长深邃的轨迹，在哥特式穹顶上，在 12 世纪奋力睁开的拱肋的洞眼上。哥特式穹隆的洞眼是个标记。有了这个标记，新式建筑才实至名归。崇拜材质的古代艺术靠庙宇的廊柱确定地位：托斯卡尼柱型，陶立克柱型，爱奥尼亚柱型。① 现代艺术是灵魂和精神之子，其原则不在于形式，而在于外貌和洞眼；不在于支

① 这是古希腊建筑的三种柱型。陶立克柱型最古老，不用地基；托斯卡尼柱型通体光滑无沟，柱头纹饰朴素；爱奥尼亚柱型采用漩涡饰柱头。

柱，而在于十字交叉；不在于丰满，而在于虚空。待到 12 世纪和 13 世纪，早已深嵌墙体之内的十字交叉彻底抽身退隐，如同一位栖
身花岗岩洞的荒郊隐士。它沉思、遐想；慢慢地，它由内而外地走 *40*
到了墙壁的表面；它像美丽神奇的玫瑰花，神采奕奕，为天庭的荣耀而意气风发。可是，14 世纪刚一结束，玫瑰花就脱胎换骨，变成了火焰的形象；这究竟是火，是心，还是泪？

——1833 年，《法国史》，第Ⅱ卷，说明，第 485 页

石人，鱼人

精心绘制的埃及绘画有撼人心魄的真实感，从中可以看到基督降生 1700 年以前的叙利亚人、亚述人、阿拉伯人与犹太人、黑人、欧洲人（大概是希腊人）当年的样子。全是地道的杰作。今天会被认作希腊人的岛国水手们，个个身板硬朗而纤瘦，眸子炯炯有神。黑人都是活灵活现的。从他们夸张和松松垮垮的肢体动作中，我们能够发现他们绝不愚笨，可是过于活泛，多血，注意力动辄变化，不安稳，迹近疯癫。这一点跟生硬的贝都因人、瘦小而不乏贵族气质的阿拉伯人、冷漠无情的犹太人正好相反。后者都是西奈的石块，被利刃砍凿过的石块，他们会活下去，生存下去，这一点我毫不怀疑。可是，巴贝尔与腓尼基的混合形象看来行不通。它们是短命的，作为物种它们能够延续，好像代代更新的昆虫。……幼发拉底河的人是鱼。……提尔①人是两栖动物。那个巴贝尔人前额塌陷，

① 提尔，亦称苏尔（意为“石头”），是腓尼基时代的重要城市，在今黎巴嫩。

头颅后倾，这些水下世界的特征提示我们谁是他的神灵（鱼博士①)。不过此人毫不令人讨厌，举止也不失优雅。他看来一定平易亲和，仿佛在说："欢迎您。"我们凑巧知道，民族和神明来到巴比伦以后便融化了，在这场混杂中失去了踪迹。另外一些人，我相信他们来自腓尼基，他们不像巴比伦人那样，身上裹着漂亮的罩袍。他们好像随时可以出海的水手，臂膀赤裸，身上只穿不妨碍手脚的(草编的?)短裙。看他们的眼神，他们很像永远能够在海平面上极目远眺者。让人惊讶的是，这个美好而肃穆的形象——不过有几分怪异——没有脖颈。这些怪诞的早产儿，早熟的罪孽让他们中止了发育。他们脸上有一种冷酷的表情，这或许能够让他们放手从事可怕的贸易：劫掠人肉。

——1864 年，《人类的圣书》，第Ⅱ卷，2，第 310 页脚注

女人，鱼，鸽子

41 渔产丰富和黏稠的海水在发酵、在沸腾。叙利亚从活的海泡石中，从生命麇集的海洋里感知她的神明。跟幼发拉底河一样，叙利亚的理想是鱼和鱼一般的女人。

诚然，如果低级的爱情和繁衍的无限性必然体现在某个地方，那么毫无疑问，那一定是鱼类。鱼可以把海洋填满，毫不含糊地把它淹没，有时还会把它洇染得发白，用油腻厚实、磷光闪闪的乳汁般的另一个大海把它照亮。

① "鱼博士"（poisson-mage）或为《圣经》典故"三博士（les Rois mages）朝拜"的化用。

请看叙利亚的维纳斯，她是黛尔塞托、阿斯塔黛和阿斯塔罗斯①，雄性与雌性，那一代人的幻想。居住在沙漠边缘的希伯来人一边过着苦日子，一边梦想着一个人口众多的民族，多如飞沙走石。腓尼基人身处油腻和臭气熏天的港口城市，却遐想无边无际的潮汐，憧憬着一个两栖民族，拥挤地聚居在从塞达直到迦太基以至大海的地区。

内陆。在多情的叙利亚女人眼里，数不清的鸽子——脏兮兮但颇有魅力的民众——发出的咕咕淫声都是诗篇。它们彼此动情地爱抚，它们的爱情（无论怎么说，这种爱情并无规矩可守）既是表演，也是上课。而且，随着声名远播的鸽子窝的不断增加，它们能够随心所欲地让阿斯塔黛的阴暗的柏树变成白色。

腓尼基人为求海途平安，把阿斯塔黛带到了船上（尤普拉亚的维纳斯②）。他们为她忙碌。他们从事的大宗生意是把雏鸽（妇女、姑娘或长相标致的幼童）送往亚洲的王廷后宫。他们的仁慈体现在他们搭建的所有账柜都设有一个阿斯塔黛的祭坛，一个豢养着龌龊肮脏的斑鸠的寄宿间，用来敲诈外国人。塞浦路斯和基希拉岛都受到这种崇拜的腐蚀，以至于当地女童婚前都不得不遭受可憎的蹂躏。

所幸的是，她们能够以这个代价赎身。因为，既然是海盗们的维纳斯，阿斯塔黛和阿斯塔罗斯夫妇跟腓尼基人的另一个天神并不

---

① 黛尔塞托（Dercéto），叙利亚女神，有着鱼的身体和女人的脸庞。阿斯塔特（Astarté），西北闪族的女神，象征着性、衍育和战争。亚斯他录（Astaroth），见于《圣经》，长翅膀的雄性魔王。

② 当指意大利那不勒斯市一座维纳斯神庙。维纳斯被当作保佑水手的海神供奉，这似乎是个孤例。尤普拉亚（Euplaea）系那不勒斯外海中的一个小岛，今称伽尧拉（Gaiola）。

总是区别得很清楚，那个被尊为国王的凶神（摩烙克①）到处搜寻它喜爱的幼童。这个代表血与火、战争与死亡的国王有一种极可憎的自娱方式：把人放在他的胸口上（即烧得泛白的赤铁），活活地烙。男童即使不被烧死，器官也会残毁，烙铁把他变成女人。

叙利亚女人与这些摩烙克，这些无处不在的狠心商贩、老爷和苏丹，连同那些载满低劣货物的航船和驮运食物的成群商队，毫无共同之处。她们是寡妇。夜幕下，高高的屋顶平台上，或者在撑起几尺葡萄枝的干土墙上，她们哭泣，遐想，仰望月亮，向暧昧的阿斯塔黛倾
42 诉腹中的苦水。从南方和死海吹来了沉睡的城市的硫磺味的气息。

她们遐想。她们是历来最能遐想的女人。孤雌生殖是欲望的力量，没有雄性方可多产。在叙利亚女人身上，孤雌生殖化为她独自孕育的两个孩子：

一个是救世女，她把巴比伦从尼尼微的奴仆地位解救出来；伟大的塞米拉米斯②，生为鱼身，变成与整个大地婚配的鸽子，最终嫁给了自己的儿子。

另一个是司掌殡丧的神，天主（阿多奈或阿多尼斯③）。他诞生于乱伦；对他的崇拜混合着眼泪和爱情，依然与乱伦有关。

——1864 年，《人类的圣书》，第Ⅱ卷，2，第 310 页

---

① 在犹太卡巴勒教义和基督教义里，摩烙克（Moloch）是凶神，它以母亲的眼泪取乐，要求把婴儿投入火盆来献祭它。

② 塞米拉米斯（Sémiramis），传说中于公元前 800 年左右在世的亚述王朝女王。西方文艺中的一个常见形象。按照犹太教传统，她嫁给了自己的儿子——巴别塔的建造者宁录（Nimrod）。

③ 阿多尼斯（Adonis），希腊神话中的美男子天神，掌管植物的作息生死。阿多奈（Adonaï）是它的另一个更古老的希伯来语名字，意为“我主”或“上帝”。

“地母”

1854年，因撰写恐怖时期而疲惫不堪的米什莱，又对政变感到气愤难平。他前往都灵附近的阿吉温泉，洗泥浆浴去了。 43

……6月19日，一切准备停当，我终于下葬了，不过是半身入殓。在漂亮的白色大理石棺材里，我被涂上第一层油乎乎的黑泥巴。由于取自沙层底部，它并不脏。随后，旁边的另一座大理石浴缸又接纳了您，转眼之间就把您洗完了。①

……6月20日，大地把我埋得更深，直到腹部，几乎全身被覆盖。6月21日，全身隐没，只剩下为呼吸而留出的面部。我于是领教了那位埋葬我的人的本事。一位心灵手巧的雕刻家，埃及的那一种。 44 我全身已被掖进这套丧服（除了脸部）。我能够感觉到自己成了冥界的子民。

奇怪的化妆。但是，没什么值得大惊小怪的。此后不久，只怕区区数年之后，我不是就会这样入土吗？从这一座坟墓到那一座坟墓，二者的区别微乎其微。大地是我们的摇篮，是我们种族的诞生地，难道不也是新生命的摇篮吗？让我们这样希望吧。我们的命运交给了一双可靠的手。

我起先只有一种模模糊糊的幸运感。这种状态近乎于梦幻。经过几次尝试，我逐渐清理出一连串不同的状态。

头一刻钟寂静无声。思维仍然是自由的，正在自我审视。我重新审视我自己，我的痛楚，我的出身。我只谴责自己，我那失调的

① 原文如此。这两个“您”字显然指作者自己。

意志，毫无节制地努力独自体验人类的生活。我与之长期对话的古人召唤着我，要我到彼岸去。大自然却依然拽紧我，它要我，不要彼岸。

在接下去的第二个15分钟内，自然界的威力增长起来。身心的沉浸使想法都消失了。唯一剩下的念头是地母（Terra Mater）。我十分清楚地感觉到她在安抚、同情和慰勉受伤的孩子。这来自身外吗？但同样来自内心。因为她那爽人的精神穿透和进入了我，与我混同，她的灵魂浸透了我。我们俩渐渐融为一体，无分彼此。

此时已进入最后的一刻钟，未覆盖的、依然自由的部分，我的面孔，对我已经变得不合时宜。入殓的身躯是幸运的，这就是我。尚未入土的头部在抱怨，它已经不是我了。至少我本会作如是想。这场婚姻多么伟大！大地岂止与我婚配而已！不妨说是一次自然的**交换**。我是大地，大地是人。她取走了我的缺陷和罪愆。而我，在变成大地的同时，也从中获得了生命、热量和青春。

岁月，工作，痛苦，一切都丢弃在大理石棺材里。我焕然一新了。我走出棺材，身上流溢着一道莫名的波光。除矿物质以外，还有某种有机元素，属性不得而知，它造成了一次活生生的接触，一次与看不见的灵魂的沟通，还有传递它的宝贵热量。

——1868年，《山》，第Ⅱ卷，9，第112页

这就叫做黎明

多么明亮、粗犷和优美，我的沙漠啊！在土伦港的巨大锚地，
45 我在一块岩石上安顿下来，一间简陋的别墅，置身于芦荟、柏树、仙人掌和野玫瑰丛之间。放眼望去，烟波浩渺的海面熠熠闪光。身后有一座空旷的梯形剧场，它可以轻而易举地容纳全世界的各色

人等。

此地有纯正的非洲风格：钢铁般的电闪雷鸣，使人头目眩晕的白昼。可是在冬季，尤其是12月里的清晨，这里充满一种奇妙的神秘感。早上6点，我准时起身，正逢造船厂响起号炮，召唤人们去工作。从6点到7点之间，我获得一段美妙的时光。闪闪发光的（我敢用“利刃般的”说法吗?）星辰不仅让月亮害羞，而且抗拒黎明的来临。在黎明出现之前，随后在两种亮度的角力当中，天造地设的澄澈空气让我看到了、听到了遥远得不可胜计的事物。两古里①以外的一切历历入目。山脉的一切最细微的变化，树木、岩石、房屋、地表褶皱，一切细枝末节显露无遗。我的感觉更丰富，感到自己变成了另外一个人，超然物外，生出双翼，彻底解放。如此清澈、肃穆和纯净的时刻！……我暗自思忖：“怎么回事！我还是一个人吗?”

难以名状的一抹浅蓝（连玫瑰色的黎明也敬重它，不敢玷污它），圣洁的太空，一种精神，整个大自然变成了精神。

然而，我能够感觉到一个进程，一种舒缓而柔和的变化。伟大的奇观即将来临、迸发和吞没一切。我们听凭它姗姗来迟，不加催促。即将发生的光线变幻，期待中的兴奋感，丝毫没有减弱身栖圣洁夜晚的深刻魅力，半明半暗，陶然自得。

——1862年，《女巫》，跋语，第677页

和蔼耐心的基督

人民虽然服从教士，却把教士与神圣的基督区分得很清楚。一

---

① 法国旧制，一古里约合4公里。

代接一代，人民在历史的现实中辛勤地培育、净化这个理想的形象。这位和蔼耐心的基督，在遭到主教围攻的温厚的路易的身上出现过；在被教皇革除教籍的贤君达戈贝特一世[1]的身上出现过；亦出现在高德弗瓦·德·布庸的身上——一介武夫、德皇派，以童男之身殒命耶路撒冷，位不过圣墓男爵。在虽遭教廷抛弃，但为之殒命的托马斯·德·坎特伯雷[2]身上，这个形象成长壮大起来，尔后在身兼教士与人的国王圣-路易身上达到了新的纯净度。此后不久，这个形象得到普及，深入人民中间；15世纪，不仅出自民众之人，而且女性当中也有他的身影，例如少女贞德。在这个小姑娘身上，
46 人民之子为人民而献身，这是基督在中世纪的最后一个形象。

在自己身上找到上帝，人类的这种变换形象的做法把个体普遍化，把曾经被认为是临时的和过去的东西永远固定在现时上面，在陆地上摆放一片天空。这个做法一度拯救了现代世界，但也显示了基督教和基督教艺术的死亡。撒旦朝着功亏一篑的教会发出了一声肆意的嘲笑，这嘲笑声就在15世纪和16世纪的怪异风格里。撒旦觉得已经稳操胜券；可是这个狂妄的家伙一直没有弄懂，他在表面上的胜利从来不过是一个手段。他始终没有看出，上帝不会因为把自己变成人类就不是上帝，寺院也不会因为变得跟世界一样大就被摧毁。

不过，旧世界必须结束，中世纪的痕迹必须完全消除，我们必须亲眼看着一切死去：我们曾经爱过的，幼时哺乳过我们的，父母曾经从事过的，摇篮里对我们轻声吟唱的一切。古老的哥特式教堂

---

① 达戈贝特一世（Dagobert，605—639），法国莫洛温王朝的末代君主。

② 托马斯·德·坎特伯雷是托马斯·贝盖特的称号。

一直把祈求的尖塔刺向天空，这是徒劳的；彩绘玻璃的哭泣也是徒劳的；圣徒们在石头窠臼里躬行圣事，依然是空忙一场……

“江河四下流淌之日，终究流不到上帝那里。”与罗马世界、希腊世界和东方世界一样，这个受诅咒的世界终将消失。它将把自己的遗体摆放在它们的遗体侧旁。上帝顶多会赐予它日晷的一圈移动，就像对待希西家①一样。

——1833 年，《法国史》，第Ⅱ卷，说明，第 495 页

① 希西家（法语 Ézéchias，英语 Hezekiah），古代犹太国王，以文治武功和敬重上帝留名。《旧约圣经·列王记下》20：11 记载，上帝曾应他的要求“让月影倒退了十个台阶”。

被我们愚蠢地归入阴性的历史[①]

47 因此，这就是生长中的历史，被正义的活力“湍流般”贯穿的历史。植物有时会停止生长，或者相反，生长得太快，疯长。同样，历史也有停滞的时候，打盹，冬眠不育。然后，与之相反，出现恶性发展，过头的、怪诞的正义。与胚胎的形成过程一样，米什莱的历史也包含一门名副其实的畸胎学，一群魑魅魍魉，不是生长过度，某些肢体参差不齐，就是缺少营养，某些肢体干瘪枯竭（米什莱称之为“干瘪”）。

---

① 法语“histoire”（历史）一词是阴性名词。

仁慈与正义

在历史所遇到的这些生长痛症当中，仁慈占据首位。仁慈永远跟正义结伴而来；仁慈就是任意性——无论是神还是人；仁慈就是乖戾无常——无论是神权还是暴君。仁慈跟自然法则（共和制度的法律）的规律性截然对立，仁慈与正义组成一对，它有半道义、半 48
生机论的性质，二者引起一种真正的历史的二元对立，因为历史中的一切都是仁慈对正义、宿命对自由、基督教对大革命。历史不过是二者的角力，是一个停滞与奋起的悲剧性连续体。叙利亚，亚历山大，犹太人，玛丽亚崇拜，耶稣会教士，君主制，斯宾诺莎，黑格尔，莫利诺斯，霍布斯①，这些都是仁慈。波斯，希腊，伏多瓦派教徒②，巫婆，清教徒，莱布尼兹，霍什③，18 世纪，这些都是正义。

---

① 莫利诺斯（Miguel de Molinos，1628—1696），西班牙耶稣会教士。他创立的莫里诺斯圣宠派力图调和无所不在的上帝与人类的自由意志。1685 年莫利诺斯因异端的罪名被罗马教廷投入监狱。霍布斯（Thomas Hobbes，1588—1679），英国政治哲学家。

② 伏多瓦派是皮埃尔·瓦尔多 1179 年在法国里昂创立的一个独立的清教教派。此教派只承认《圣经》，特别是早期基督教的传道者，不承认封圣。1184 年被教廷驱逐，后遭多次大规模迫害。

③ 霍什（Louis Lazare Hoche，1768—1797），法国大革命时期的爱国将军。

麻醉品

在米什莱那里，仁慈是万恶之源，它有许多副面具。请看恶性主题“赌博”：18 世纪的政治是赌博，是掷骰子。黎塞留和嘉布遣会神父约瑟夫[①]都是赌徒。拿破仑呢？他的统治全凭碰运气（Buona-parte[②]），其统治是闹剧，是抽奖。这一切都是被唾弃的随意性，是那种疯狂的时刻：历史好像被一位有其“宠儿”的上帝—教授所左右，正义的庄严激流也被随意性斩断了。

意大利赌博的怪样子既是闹剧，也是浮华奢靡；请看与之完全对称的另一种形式的仁慈：打盹儿，做梦，出神。有时候，历史似乎着了魔，被慑服，昏昏欲睡，迷失了方向，未能开花结果。这种昏睡有三种形式：首先是麻醉品，即烟草和酒精。许多国家和时代都深受其苦，它们在梦幻中沉沦，忘记了孕育生产的义务，只挂念着吸烟饮酒，丢开了历史，它们从丰饶能产的织物层中消失了：土耳其就是一个例子。

其次是小说。小说有一种吸收的功能，它背离历史，也就是背离正义；这是一个任意性、仁慈和幻觉的典型范畴；塞万提斯和罗耀拉的西班牙便沉迷于小说、沉迷于神迹的幻象，因而让历史的线索从指缝溜走，西班牙从运动中消失了。

---

① 黎塞留（Cardinal Richelieu，1585—1642），法国国王路易十在时期的红衣主教和政治强人。嘉布遣会神父约瑟夫（François Leclerc du Tremblay，1577—1638），方济各教派嘉布遣会僧侣，黎塞留的心腹和代言人。

② 指意大利语“Buona-parte”，“拿破仑”一字拆写后有“顺利的赌局”之意。

烦恼是最后一种麻醉品。许多世纪，许多国家都有烦恼，这标志着历史停止了成长。中世纪在打哈欠，沉溺于半醒半睡的状态里不能自拔；在暴君拿破仑的统治下，19世纪初期也烦恼得要命；它只产生了一些死气沉沉的作品，例如“布列塔尼的村夫”夏多布里昂，或者关于烦恼的小说《阿道夫》，或者斯塔埃尔夫人的苍白冗长的《高琳娜》①。

抄袭者和正人君子

历史的这些停步造成两种人性：抄袭者和正人君子。二者都被米什莱呕吐掉了。昏睡的历史只生产连虚无也不如的东西：喋喋不休。中世纪很快变成了一个抄袭者的文明：从1300年起，建筑艺术就没完没了地重复；歌曲没有了，书籍没有了；教堂相互剽窃；拉韦纳②的大理石被用来建造埃克斯教堂③。整个社会沦为中世纪的头一句话和最后一句话的奴隶：模仿。 49

到了君主时代，照样是干瘪；中世纪的抄袭者此时变为正人君子，都是不结果实、晦涩和孱弱的人物，例如蒙田；懦弱而被动的人物，例如末流贵族，他们是莫里哀、费内龙和卢梭等古典时期的

---

① 夏多布里昂（François-René Chateaubriand，1768—1848），法国著名作家。《阿道夫》是瑞士法语作家本杰明·龚斯当写的爱情小说。斯塔埃尔夫人（Anne-Louise de Staël，1766—1817），出生于瑞士的法国女作家，《高琳娜》是她的一部浪漫小说。

② 拉韦纳（Ravenne），意大利历史名城。

③ 埃克斯（Aix-la-Chapelle）是德国历史名城，有建于8世纪末的北欧最古老的大教堂，查里曼大帝和奥托三世都葬于此。

教育家培养出来的。与之截然对立的是，英雄豪杰和公民，一如正义与仁慈之间的对立。

女人世界

这些主题既然规定了历史成长的一种停滞，它们在意向上便是有机的。不言而喻，它们也是与情绪相关的主题：仁慈，赌博，烟草，酒精，小说，烦恼；这是一些不育的形象，散碎的形象，枯死的形象；对于被正义所孕育的历史来说，后者有时会破坏它的理想的滑润性。

然而，正义的构成特征在于凝聚力。它的责任是在历史实质的无限当中勾勒出天堂的轮廓。因此，除了寥寥几个光芒照耀之下的人民——例如波斯和希腊，历史的开端便是一个徘徊不定的、准备接纳正义的萌芽的黑夜。这个幽暗的环境就是女人世界。

女人世界是那些摆脱了雄性的正义原则的国家、人民和世纪，它们因而注定过着一种寡居生活，不是枯燥，就是放荡，总之不结果实。这一点能够解释女人世界的歧义性：有时软弱和放纵，处于颓靡状态，属于这种情形的有原始叙利亚、各路狄俄尼索斯教派、莫利诺斯圣宠派和寂静主义；有时冷漠无情，声色俱厉，坚硬如石头和利刃，例如圣书之民（犹太人和穆罕默德的信众）。这两种情形的共同点是不结果实，或至少是孤雌繁殖界的那种无人性的无序繁殖。

撒旦与女巫

实际上，米什莱的历史完全依赖雌性仁慈和雄性正义这一性别对立得以组织，因为在这部历史中，正义的形象跟仁慈的形象一样多。正义的第一个形式是撒旦——“自由年幼时的怪名字，自由起初是被动的，后来有了创造力，日益多产”——和撒旦的化身：女巫。 50

女巫在中世纪执掌医学。对米什莱来说，医学是一门有关插入的技术。而且，女巫有着雄性原则的全部特点：既是一种本质（亦即精子论者所说的“弱势”），也是一种开启的行为。阴性名词“医学”① 不应引起误解（历史不也被我们错划为阴性名词了吗?），它比女人更厉害，它是悍妇，即把雄雌两种力量集于一身的一个超级的完整的性别。（我们在下文将看到，这个超性在米什莱那里以阴性为主。）而且，每逢历史完全停摆（例如中世纪末期），女巫便会发生某种导致不育的蜕变，变得专业化了，也就是说，此时，孕育的良性主题被模仿和机械化的恶性主题所割断。

英雄

英雄是正义的另一个主要形式。米什莱的英雄是把正义放入历史中的人（路德，拉伯雷，卡修泽科②，霍什，莱布尼兹，18 世纪），其本身也是一种完整的雄性，也就是说，是歧义的；他拥有一种超人的引导能力，此外还掌握着一件了不起的武器：笑。笑是一种雄性能力，它能摧毁，能让感情爆发，能授精。例如，路德的

---

① “医学”在法语里是个阴性名词：médecine。

② 卡修泽科（Andrzej Kosciuszko，1746—1817），领导过立陶宛和波兰反对沙俄统治的起义，参加过华盛顿领导的美国独立战争，后加入美国籍。

笑曾经震撼了毫无生育力的教会，让它产生萌动，德穆兰①的笑曾使猫似的罗伯斯庇尔②和教士畏惧，将他们逼入末路。这种情形与十字架的符号能够瓦解和降伏妖魔相仿。

米什莱也把自己变成了英雄，即双性人，在雌性仁慈的怀中孕育正义的人。不过，这在他只是一种时断时续的能力，只在某些极限时刻和皈依仪式之后才具备。这就是米什莱所说的英雄化手法。英雄化是一种在历史中看到正义而且使之复活的能力，这种能力依赖于大魔法师。米什莱通过阅读达到很高的知识领域之后，把自己变成了正义的引荐者、历史的丈夫和父亲。而且，英雄化的美德本身是像种子那样传播的，它只能来自于其他英雄豪杰。米什莱正是这样被维吉尔、维科和贝多芬引进庙堂，成为英雄。

教法派

正义自然也有走样的时候，有些历史人物从正义移借来严谨的原则，但照样未能开花结果。例如，法律是有的。教法派——米什莱的
51 重要主题之一，而且也是圣西门与孔德③的共同点——有多种形式：

---

① 卡米勒·德穆兰（Camille Desmoulins，1760—1794），法国大革命时期的雅各宾派的重要记者和鼓动家。

② 罗伯斯庇尔（Maximilien-Marie-Isidore de Robespierre，1758—1794），法国大革命中的“山岳党”领导人，在恐怖时期主政。1794 年 7 月 28 日（热月十日）被送上断头台。

③ 当指传记作家圣西门（Louis de Rouvroy，duc de Saint-Simon，1675—1755），著有以细致描写宫廷生活知名的《回忆录》。奥古斯特·孔德（Auguste Comte，1798—1857），法国著名哲学家和社会学家，实证主义的创始人。

在历史上，我们屡次看到它们以不同的名义出现。它们扮演的角色其实是歧义的：在中世纪，由于与丑陋的德皇派①对立，教皇的教法派似乎起到过开创性的作用。可是，由于16世纪终于产生了英雄，一些两性兼备的卓越人物，教法派终于沦为一个毫无用处的恶性教派，而且紧步机械主义和经院派的后尘，无可挽回地丧失了声誉。

雅各宾党人——伟大的教士社团——同样因其教法派特点而大为贬值；他们炮制的法律不过是走了样的正义，只因那里头缺少一样主要的东西，即两性兼备的人民的孕育能力。只有当法理历史、书本历史被一部友善的历史，传统的历史所超越时，历史本身才有价值。

插入

不过，仁慈和正义的两个主要形象是基督教和法国大革命。前者是一种环境，后者是一股力量；这足可以表明，二者属于一切时代，其对立性属于一个两极化范畴。这一点正是《法国大革命史》的长篇序言所提倡的：在历史舞台上，从来只有“两大现象，两条原则，两个演员，两个人，也就是基督教和法国大革命”。这一环境和这一力量犹如两种性别，互为补充：它们是两种角度，一个凹陷，一个突出②。历史就是一场爱情纠葛。

---

① 教皇派和德皇派之间的对立是米什莱的一个主题。德皇派是德国人，也就是人与人之间的奉献，是恩赐，是女人世界。教皇派（源于罗马一系）则是理性，是国王。——原书注

② “大革命与基督教义恰如锐角与凹角，彼此即使不是仇敌，也是对称的对立。”（《米什莱致雨果函》，1856年5月4日）——原书注

正义给历史授精的行为是作为一个插入动作被公开提出的。这种近乎淫亵的运动得名于道义，名字叫行动①，但不应引起误解。米什莱眼中的最伟大的英雄是18世纪，名字也叫行动；请理解为动作，取这个词在生殖方面的意思。同样，不应误解关于教育的那些训诫般的话。因为，虽然在米什莱的激进社会主义效仿者那里，教育成了一个纯属玩弄辞令的主题，它其实在原始体系里是一门开启、存放和萌生的技术。作为教育家（这部虔诚的神话用来包殓他的香料真可谓不少！），米什莱本人既是开启者，也是发现者。他的知识就是强暴。再说，他不是打算把刻在一柄中世纪古剑上的铭文“此剑必洞穿”（penetrabit）当作座右铭吗？

大革命显灵

仁慈从正义受孕，在一次神秘的分娩中达到顶峰，解释和概括了以往的历史，为之画上了句号：这就是1789年的法国大革命。爱
52 情纠葛铺平了通往天堂之路，历史在产下它的同时死去。大革命虽属水到渠成，却不是一个终点——就这个词的进化论意义而言；革命是正义的本质所在，它始终存在，只是在流动中像胎液一样多少受到阻碍而已。

不妨说，革命分为两种：原则上的革命（永恒的）和现身说法的革命（1789年法国大革命）。于是，看似违背常理，恰恰是历史性的革命才回溯地展示了它的无限的序幕：它是剧情的巅峰，解释

---

① 行动（action）的主题可见于奥古斯都·西斯考斯基（1838年），而且在1843—1845年间见于巴枯宁和马克思。——原书注

了整个过去的历史。它作为正义的“体现”（incarnatus est）而爆发，它打断了时间，以便概括和享用它。而且，历史性的革命本身不参与时间，它本身没有时间延续，因为它的一分钟就是一个世纪，或者，毋宁说“无世纪，无岁月，无月令，无日子，无时辰……时间不复存在，时间已死①”。

基于这个理由，突入历史当中的大革命，其“史实性”绝不是瓜熟蒂落的结果。而且米什莱认为，君主制之所以不早不晚地垮台于1792年，这中间不存在任何决定论。理想地说，由于法国大革命是本质，所以到处都有它的地位。在无论任何时代的任何一点上，它都是符合逻辑的、必然的。米什莱本人接受了法国大革命的这一普遍性，选择按照自己的意志去叙述和庆祝法国大革命（正如人们主持弥撒的献祭那样），他没有严格遵守一种基于时序的历史逻辑。我们知道，米什莱曾在他的《法国史》里一路写到路易十一，正当他不无烦恼地着手撰写“现代史”的时候，在兰斯大教堂的钟楼上，他偶然地读到了革命的原则，以及围着君主制起舞的人民中的穷苦人的诉求。在这里，他领悟到革命的全体性，历史的每一分钟都被它滋养，因此可以把它置于任何一个时间点上，而不会破坏事件的深刻的内在秩序，只因革命永远适得其所。米什莱把革命写入中世纪和文艺复兴之间时，没有半点踌躇。

---

① 儒莱斯说过：“这些时辰都安排得满满当当，惊人地浓缩，这期间每分钟都相当于一个世纪，此时唯有死亡才能应对急躁的头脑和匆忙的事物。”——原书注

法国大革命的基督形态

任何爱情纠葛都不过是一种延迟的身份。同理，法国大革命其实只是一个基督教的篡位者的形象[①]。“这位上帝必然会二次降临世间，化身为 1789 年出现在大地上。”法国大革命是按照基督降生而营造的。我们刚才看到，法国大革命不仅打断、概括和结束了各个时代，也有它最后的晚餐（1790 年的联盟），它的泪水和鲜血（“它把这些法律、鲜血和眼泪交给了众人，对他们说：这是我的血，喝
53 吧”），甚至包括它的受难日（“须知在欧洲，法国永远只有一个名字，一个无法补赎的、真正永恒的名字：大革命”）。它甚至不缺少历史性瓦解的威胁：各革命党派把法国大革命化为齑粉，正如冉森派教徒[②]、莫利诺斯派教徒和其他教派把基督教搞得疲惫不堪一样。

法国大革命也有它的教皇，就是米什莱。米什莱是彻头彻尾的教士，蒙受着神明的痛苦和侮辱。米什莱既是大革命的痛苦的揭示者、承受者、殉葬者，又由于解说这些痛苦而成为它的救赎者。归根结底，既然身为历史学家，就必须诚惶诚恐地走近法国大革命；米什莱的全部叙述都是缓步前行的仪仗。米什莱登上祭坛：“我背
54 负着整个历史，如同背负着我父亲或儿子的骨灰一样。”

因此，米什莱的反教会态度只是一种偷天换日的手法，而且是最幼稚的一种。神职的全部特征均从听取忏悔的教士身上被剥夺，

---

① 我们还记得，在米什莱著作里，“改头换面的”基督教（永恒的福音）的主题占有中心地位。——原书注

② 冉森派是弗拉芒神学家冉森开创的天主教派，16 世纪至 18 世纪流行于西欧。该教派强调人类原罪、命运前定和对上帝的恩赐的依赖。

然后原封不动地交给了世俗的教士："教会掌管全世界，它教我们如何处理自家事务；那么好，我们来教它谁是上帝。"生平经历可能在这一变动中起了作用：在一位垂死的友人（杜梅尼尔夫人）身旁，米什莱眼见自己被一位教士所取代。这是原因还是标志？他的世俗教士之职颇似一个遭偷窃者在抗议，要求物归原主。真实情况是，在米什莱看来，世俗的教皇是一次畅快的意淫，因为上帝般的法国大革命授权它的教士无限制地开启和扩张。

历史延缓

不过，这个教士之职和另外那个相同：它至少要求保持精神上的独身[①]：米什莱如果要迎娶革命，就必须戒除自身的历史。既然法国大革命结束了各个时代，那么接踵而至的亦即米什莱生活的时代又能够是什么样的时代呢？什么都不是，一部后历史而已。19世纪令人尴尬；既然它在争取自由的战斗中已经没有位置，为什么还要继续下去？可是，它依然存在。那么它是什么？一次延缓而已，一段仁慈的或可怕的时间，总之是一段附加的时光，正如从耶稣之死到末日审判，耐心的上帝为基督徒提供的那段光阴。既然法国大革命是正义（请理解为上帝的天国）的光荣降临，任何将法国大革命与天堂隔开的时间都令人无法理解，也就是说，被抽离了历史，与历史的含义无涉。

---

① 米什莱在《法国大革命史》的写作期间曾自我净化：他断绝了跟妻子的一位旧日女友的"堕落"的关系。——原书注

在这段历史的延缓期里，米什莱经历的错愕正好与奥托和噶尔巴[①]统治下的任何一位基督徒相同。他参加过政治斗争，但这不应造成错觉：米什莱其实没有参与那个世纪的任何工作；他多次逃之夭夭，而且都在紧要关头；他的勇气只有次要的、装饰的意义（其诚意却不容置疑）。他对自己的时代听而不闻，仅是历史中的共和派[②]；面对一部执意追求写成后能够存世的历史，米什莱感到惶惑和苦涩，他只能让19世纪作为世界末日进入时间进程。这是他最后一篇充满虚无主义的序言的用意，也可以说明，他为什么会对格朗维尔[③]的抒情诗《最后一个人》（他曾在生前最后一本书的附录里引用）产生了（从未见解释 的）兴趣。因为，甜蜜的眼泪、拒绝苟活的豪情和“不亚于胜利的一次成功的失败”[④] 正是米什莱钟爱的主题，也就是末代遗民的孤独感，这个时代已成往昔，却完成得十分圆满。

---

① 噶尔巴（Servius Sulpicius Galba）和奥托（Salvius Othon），罗马帝国史上的“一年四帝”当中的头两位皇帝。噶尔巴于公元68—69年在位。奥托于公元69年登基，在位仅3个月。

② 这是基奈夫人的说法，可谓不失中肯。——原书注

③ 格朗维尔（Jean-Baptiste de Grainville，1746—1805），法国大革命期间抛弃教士职位的作家，其小说《最后一个人》被认为是早期科幻小说的经典。

④ 语出蒙田。——原书注

历史停摆：麻醉品

从这个时期开始，在饮料里寻觅幻觉，在升腾的烟雾中寻找梦 55
幻，这些拙劣的办法被用得越来越频繁。两个新的妖怪诞生了：酒精和烟草。

阿拉伯酒精，即 13 世纪以来我们用蒸馏法制作的烧酒，在 15 世纪还是一种相当昂贵的治病的药品，这个时期以后广为流传，为各种虚假精力的诱惑提供高度亢奋的野蛮状态，可以发泄狂怒的一个瞬间，一股怒火，接着便是死一般冰冷的空虚感，干瘪了。

另一个是麻醉品：红花叶或者尼古丁①（今称“烟草”）用冷漠的梦呓取代忧心忡忡的思虑，使人忘掉一切忧愁，同时也忘记治病的药物。生命飘荡起来，像薄雾一样旋转升腾，动辄消失匿迹。人在无益的烟雾里融化，不在乎自己，不在乎别人，不在乎任何真情。

这两个东西都是爱情的敌人，是孤独感的两个妖精，它们厌恶社会交往，妨害生殖衍育。嗜烟的男人不需要女人；他的爱情就是这团烟雾，他的精华跟随烟雾而去。婚姻里的鳏夫啊，逃离婚姻吧，那样反倒会好些。

这种在劫难逃的孤独状态始自 17 世纪，伴随着烟草的出现。我们那些巴约纳和圣-让德吕兹②的水手带来廉价的烟草，开始无节制地吞云吐雾，每天吸上三四次。很奇怪，吸烟助长了他们那种天生的满不在乎的态度。他们远离女人，女人也更加远离他们。自从有

---

① 原著为法语“le pétun”和“nicotiane”。

② 巴约纳（Bayonne）是法国西南部小城。圣-让德吕兹（Saint-Jean-de-Luz）是法国西南部的一个行政区。

了这种毒品，它的效果便不难预见，它取消了接吻。

巴约纳地方的女人既漂亮又自豪，胆子也大。她们向法官朗格勒宣称，男人的这种恶习导致她们离家出走，被丢给巫婆的狂欢晚会①，就像水手的妻子那样，因为她们“宁可吻魔鬼的屁股，也不要丈夫的臭嘴”。

这是1610年的事。宿命的日期，从此以后，男人和女人分道扬镳。

女人如果孤身一人，失去男人的扶持，我担心她们会有情夫，野性的抚慰者，冰火丈夫，饮酒精的魔鬼。日复一日，只有他才能成为安息日的真正主宰。

于是，不久安息日变得毫无用处。女巫在谷仓内孑然一身，与焚烧和搅扰她的魔鬼液体厮守，独自放怀狂饮，犯下安息日的一切丑行。

整个北方地区的妇女都向烈酒屈服了。男人则无处不屈服于烟
56 草。两片荒漠，两厢枯坐。一些国家和种族已经彻底沉沦，堕入这个无声的深渊，底部是一片对于繁衍的乐趣的冷漠，爱情毁灭了。

当今的女人可怜地委屈求全，想换取男人返回身边，这是徒劳的。她们强忍着让她们厌恶的烟草和烟雾。胆小而无益的软弱。她们难道看不出，这个如此满足于乏味的快乐的男人，既不能，也不愿了吗？土耳其人关闭了妻房。那么，在先行一步的我们的东方兄长的身后，就随着他踏上那条死亡的窄路吧。

——1857年，《法国史》，第Ⅺ卷，第17章，第193页

---

① 中世纪基督教的说法，巫婆在魔鬼撒旦的主持下在星期六午夜欢聚狂饮。

历史停摆：小说

此时，有个东西引起了轰动，看起来十分新奇，影响深远。这就是小说。

即使是严肃的犹太人的历史也有一个小说的背景：随意发生的神迹，上帝在最卑微甚至最无资格的人当中，为人民任意挑选了一位救星、解放者、复仇者。说到囚禁，金钱和宫廷斗争，突然降临的幸运会激发想象力驰骋在出人意表的空间。出现了一些优美动人的历史故事，例如约瑟、路得、以斯帖，但以理①和其他一些人。它们总是以两条既定的情形作为基础：要么通过释梦或者财力，被放逐的好人变成高官或宠臣；要么上帝所爱之女风光出嫁，荣耀被身，诱惑了敌人，并且成为民众的救星（咄咄怪事，与摩西的想法正好相反）。在摩西看来，她不洁、危险、一度堕落。但是，出人意表正是小说紧紧抓住不放的东西。② 上帝把女人变成一个陷阱，利用她的诱惑，借她之手，让遭他贬谴的人灭亡。

爱情是碰运气，仁慈也是碰运气。这就是小说的实质。小说是历史的反面，不仅因为它使伟大的群体利益成为个人命运的附庸，而且因为它不喜欢能够产生历史事件的那种艰难的准备方式。小说更喜欢的是，把时而由偶然性导致的机缘亮给我们看，用不可能往往变得可能的说法讨取我们的欢心。通过这种希望、快感、利益，

---

① 这些人物均为《旧约圣经》中的人物。

② “先生，什么是小说？太太，小说此刻就在您的头脑里。因为，既然您不关心祖国，不关心科学，也不关心宗教，那么您孵育出来的，正好是施泰恩所说的一匹竹马，我管它叫‘漂亮的布娃娃’。”——我们有了一部平庸的小说。为什么呢？因为我们缺少一篇伟大的诗歌。（米什莱注）——原书注

小说赢得了那些从一开头就被宠坏了的读者，他们随后贪婪地紧追不舍，甚至手不释卷，连才气乃至技巧都不计较了。空虚的头脑被故事所吸引，非要它圆满结束不可。

——1864 年，《人类的圣书》，第Ⅱ卷，6，第 402 页

历史停步：烦恼

57 （15 世纪）…… 这么多笑声过后，留下了些什么呢？只有加剧的痛苦、灰心丧气、对善失掉信心、烦恼、痛心。天空仿佛低垂下来，不是乌云蔽日，而是灰蒙蒙的天气。单调的雾气褪去了万物的光彩。不知疲倦的钟声依旧在习惯的时刻响起，人们呵欠连连；古拉丁语的歌声仍在瓮声瓮气地唱着，人们呵欠连连。一切早在预料之中；人们对尘世不抱任何希望。事情仍将是老样子。明天必定还是烦恼，这使人从今天起就呵欠连连；未来仍将是日复一日、年复一年的烦恼，这个前景让人更加忧心忡忡，对生活感到厌倦。从头到胃，从胃到口，都在自动地和致命地抽搐，下颚因而总是无可救药地紧绷着。连虔诚的布列塔尼都承认，这确实是一种真正的病患，但将之归咎于魔鬼的伎俩。布列塔尼的农夫说，魔鬼在树林里藏身。朝着赶着牲口的过路人念晚祷经，念一切经文，使得他呵欠打得死去活来。

——1855 年，《法国史》，第Ⅶ卷：《文艺复兴》，引言

波拿巴时代只有一点与众不同，它保留着一种全新的体裁：关于烦恼的文学。

拿破仑对此感到惊讶。他有时也读读新近面世的书籍，可是什

么也没有发现。他曾经向被他留在宫里的菲埃维①征询。他有一次还下令一位部长编写一部法国史，可是一无所获。空空如也，子虚乌有。这位君临天下的新国王，回应他的只是子虚乌有。

现在，在富歇②派来的偷听者的监视下，一度喧声鼎沸的督政府③沙龙虽然不敢关门大吉，人却愈来愈少，终至变得无人问津。一个全国打呵欠的讯号就是从这里传出去的。随着革命法庭的关闭，它的杰出代言人本杰明·龚斯当④写出了小说《阿道夫》(1802年)，从中可见，连爱情——那个时期的唯一资源——也无法幸免于烦恼。斯塔埃尔夫人则写出了啰嗦的小说《黛尔芬妮》(1802年)，《高琳娜》里的刻板人物奥斯瓦尔，以及最终转成忧郁症的举棋不定。

后来，出了一位伟大作家塞南古尔⑤，他没有尝试两人一道感受烦恼。在他的《奥拜尔曼》里，他从孤独感和大自然中寻求生命(不是那种矫饰虚幻的大自然，例如《阿达拉》⑥里的虚假的自然界)；不过，这是一个如阿尔卑斯山一般真实、巍峨和崇高的大自然。

---

① 菲埃维(Joseph Fiévée，1767—1839)，拿破仑时期的法国记者和政客。

② 富歇(Joseph Fouché，1759—1820)，法国政治家，当时担任政府警察和内务部门首长。

③ 1795—1799年间由五个人组成的法国最高权力机关。

④ 本杰明·龚斯当(Benjamin Constant，1767—1830)，出生于瑞士的法国政治家和作家。《阿道夫》于1816年发表。

⑤ 塞南古尔(Étienne Pivert de Sénancour，1770—1846)，法国作家。《奥拜尔曼》(Oberman)是他的最知名的书信体小说。

⑥ 《阿达拉》是夏多布里昂1801年发表的小说。

即使如此，在他位于瓦莱①的藏身所里，烦恼始终没有离开他，
58 他无处不遇烦恼。烦恼彻底占据了他的生命。

烦恼是那个时代的主宰，夏多布里昂刚刚还在利用遥远的回忆的魅力来安抚我们，可是他现在也承认，他在《基督教的本质》里提到的宗教一点也没有让他平静下来，他也没有从中找到慰藉。于是有了《勒内》② ——忧郁心情的绝望剖白，人们在这部基督教百科全书里惊讶地看到了这个特殊的插曲。

最后，经过那么多高谈阔论、那么多叹息、那么多虚假的死亡的传唤之后，死亡终于莅临，它说：本人在此！

格朗维尔写了，自杀了。这样才明白、坦率——它让所有的发言者都一下子闭上了嘴。《最后一个人》在构思方面远远胜过一切现代作品，但是在付诸实行方面却不免苍白虚弱。正是在这方面，小说由于显然产生于失望（1798—1804 年）而具有一种表达真情的深刻性。

——1872 年，《19 世纪史》第Ⅲ卷，第Ⅰ册，第 9 章

干巴巴的死：圣书之民

犹太人和他的两个儿子，基督徒和穆斯林，三个圣书之民，他们钻研神启，但忽视生活，他们有丰富的辞藻，但缺乏作品，他们把大地之母（Terra mater）忘得一干二净。大逆不道啊……请看赤裸的希腊—拜占庭世界。请看卡斯蒂利亚③的苦涩、咸味的阴森沙

---

① 瓦莱（Valais），瑞士西南部小镇。

② 《勒内》(René）是夏多布里昂发表于 1802 年的小说。

③ 卡斯蒂利亚（Castille），西班牙中世纪王国，面积覆盖伊比利亚半岛中部的广大地区，大部为干旱的沙漠。

漠。请看所有被英国人遗弃的印度的运河。上帝的乐园古波斯又如何呢？一片穆斯林坟地。从朱迪亚①到突尼斯市，再到摩洛哥，还有从雅典到热那亚，俯瞰地中海的荒山秃岭都丧失了植被，树木的植被。能否失而复得？永无可能。远古的神灵们，以及一度使这些水畔生机盎然的活跃强大的种族，假如他们今天从坟墓里走出来，一定会说："可悲的圣书之民啊，语法、词汇、空谈的民族啊！你们把自然界弄成了什么样子？" 59

——1864年，《人类的圣书》，第Ⅱ卷，9，第470页

一个正义的形象：女巫

巴拉色苏②，文艺复兴时期的能干的名医，一边烧掉所有古代医书——拉丁民族的、犹太人的、阿拉伯人的，一边声言他从未学到任何东西，除了好婆③、羊倌和屠户的民间医术以外，他们反倒往往是高明的外科医生（擅理骨折与脱臼的土法接骨匠）和优秀的兽医。

他那本关于妇女病的书令人激赏，才华横溢，是关于这个大题目的第一部著作，那么深刻感人；我毫不怀疑它尤其来自于女人的自身经验，即那些人们恳请施助的女人：我的意思是那些女巫，奔走四乡为人接生的女巫。那个时代，女人从来不接受男医生，不会把自己交付给他们，让他们知道自己的私密。女巫们独立观察，而且，尤其对妇女而言，她们是无可替代的医生。

---

① 朱迪亚（Judée）是中东古地名，在今日巴勒斯坦北部以远广大地区。

② 巴拉色苏（Paracelse，1493—1541），瑞士乡村医生和炼金术士，有一套独特的养生和医学理论。

③ 这是对巫婆的语含敬畏的称呼。（米什莱注）——原书注

关于女巫的医术，我们了解最多的是，她们使用大量植物，用
60 于镇静、刺激等多种用途，有些性质不明，相当凶险，以求最佳效果。人们不无道理地管这些草药叫做宽心婆（茄属植物）。

这些植物品种繁多而常见，大部分产量极为丰富，在我们的脚下、篱笆上，随处可见。这个大家庭多得仅其中一科就有八百个品种。没有比它们更容易发现，更平常的了。不过，这些植物大多数使用起来很冒险。剂量必须定得准确，非得有点胆量不可，这也许正是天才所需要的胆量吧。

让我们自下而上地看看它们的效力吧。效力最低者只是一些可入口的蔬菜（茄子和被滥称为“爱情苹果”的番茄）。这些可怜的家伙当中的另一个品种是毛蕊花（即毒鱼草），真正的镇静和缓解药，宜于热敷。

从这些品种往上看，您会看到一种多数人认为有毒的、令人却步的植物。这种植物初尝甘甜，后转为苦涩，似乎正合约拿单的那句话：“我吃下了一点蜂蜜，所以必死无疑。”① 不过，这死亡是有益的，它缓解痛苦，甘中带苦才是它的名字。这必定是顺势疗法的第一次大胆的试验，后来才逐步加重为危险性更大的毒药。轻微的刺激，针刺的感觉，使它被用于治疗当时常见的皮肤病。

一位俊俏的姑娘浑身令人遗憾地长满讨厌的红斑、疱疹或者皮疹，啼哭着前来求医。妇女们的疾病更残忍。乳房是整个自然界最娇嫩之物。乳汁管是乳房下缘的一枝奇葩，可是很容易喷射或者堵塞，因此成了制造痛楚的最佳工具。剧烈的、毫不留情的、片刻不

① 见《旧约圣经·撒母耳记上：14》，约拿单（Jonathas）误吃蜂蜜后对父亲扫罗（Saül）所说的话。

息的疼痛。她宁愿接受任何毒药！她二话不说，任由女巫处置自己可怜的沉甸甸的乳房。

苦涩的甘甜效力过于微弱，于是我们来到效力更大的龙葵跟前。它可以镇痛数日。然后，女人又哭着回来了。“那好，你今晚来吧……我给你找点东西。你需要它。是一剂剧毒。”

女巫们必须甘冒很大风险。那时尚无人想到，毒药如果外用或微量服用，即是偏方。那些被笼统地唤作巫婆草的植物似乎司掌着死亡。巫婆如果被发现手中有此类植物，就会被视为投毒者或咒语的炮制者。盲目的群众越是害怕，就越残忍。哪一天早上，人们会把她用乱石砸死，或者让她接受水的考验（溺死）；或者更可怕， 61
在她脖颈上勒着绳索，在教堂庭院的地上拖来拽去，然后在一场虔诚的庆典中将其丢入熊熊烈火，用以感化徒众。

她们仍然冒险去寻觅可怕的植物。她们晚上和清晨出门，此时可以不那么担心被人遇到。可是，一个牧童冒了出来，告知全村：“你们可没瞧见呦，她悄悄溜进了破草房，一边四下踅摸，一边嘴里嘟嘟囔囔，不知说些什么！哎呀呀！真把我给吓死了……要是她看见我，我早就完蛋了。她一定会把我变成蜥蜴、癞蛤蟆、蝙蝠……她捡起一棵烂草，那是我见过的最烂的那种，病怏怏的，黄乎乎的，有红黑色斑点，就像人家说的地狱里的火苗。更吓人的是，那条毛茸茸的根茎像个男人，长长的，有黏糊糊的黑毛。她猛地一下把它拔出来，嘴里还小声抱怨。她忽然不见了踪影，不可能跑得这么快呀，准是腾云驾雾了……这婆娘真吓死人！咱们这一带可有危险喽！”

那植物确实让人害怕。它叫天仙子，是剧毒的危险植物，可又是效力强大的缓解剂，有镇静作用的敷剂；它能消除、缓解和镇抚病痛，往往还能使患者痊愈。

另一种有毒的植物是颠茄——这个名字大概出于对它的功效的认可——对于消除分娩过程中可能突发的惊厥十分有效，不然，这一紧要时刻就会险上加险，怕上加怕。看吧！一只母爱之手不知不觉地巧施微毒，让母亲产生睡意，缓解了圣门的痛楚：正如今天我们利用三氯甲烷所达到的效果一样，婴儿行使自由，急匆匆来到世间。

——1862 年，《女巫》，第Ⅰ卷，9，第 427 页

大革命无处不在

我是从路易十一进入君主制度下的各个世纪的。正当打算全力以赴时，一件偶然发生的小事让我沉思良久。一天，我来到兰斯市，仔细观看了宏伟的大教堂，举行加冕仪式的辉煌的教堂。

在高达 80 古尺①的教堂里，人们可以沿着内壁的围饰信步往来，它们使富丽堂皇、哈利路亚颂歌之声永不停息的教堂显得光彩悦人。置身于巨大的高旷之中，人们会觉得始终能够听到喧声鼎沸的祈祷，也就是人们常说的人民之声。人们会以为又看到了窗外轰然放飞的鸽群，教士正在为国王涂抹圣油，从而建立起皇位与教会之间的契约。我重新走出教堂，在穹顶上远眺整个香槟省的无边景
62 色，我登上最后一级小钟楼，恰好在唱诗班的位置之上。在这里，一幅奇妙的景观让我大吃一惊。塔楼的圆顶上有一个表现受难者的装饰花冠。这边一位颈上紧箍着绳索，那边一位耳朵残缺。伤残者比亡故者更凄惨。他们绝非全无道理！令人心悸的反照！怎么回事！

---

① **法国古尺（pied）一尺等于今日公制 325 毫米。**

这举行庆典的教堂，这已经婚配的教堂，只为取得婚庆的项链，竟有如此阴森恐怖的装饰物！人民的这根罪犯示众柱矗立于祭坛之上，他们的泪水莫非没有穿透穹顶，滴落在国王们的头上？这是大革命的令人生畏的涂圣油礼，是雷霆上帝的涂圣油礼。我暗自思忖："倘若不首先在心中建立起人民的灵魂和信仰，我就无法理解各个君主制的世纪。"于是，刚写完路易十一，我就写了大革命(1845—1853)。

——1833年，《法国史》，第Ⅰ卷，序言，第35页

大革命的基督形态

你在饮泣，请到上帝这儿来，因为他噙着泪，
你在受苦，请到他这儿来，因为他疗治你，
你在战栗，请到他这儿来，因为他微笑，
你正经过，请到他这儿来，因为他永在。

（维克多·雨果，《沉思集》，Ⅲ）

米什莱致雨果

巴黎，1856年5月4日

随着我们在生命中前行，你我的情感逐渐汇聚，而且我日益感到您就在我心里，我是属于您的。

整个法国都感动于您的伟大心灵。我们感到欢欣，而不是错愕。

然而，您的亲朋好友——我身列其中——在思念您，而且，在光荣和永恒的照耀下，我们在憧憬您的现状。

这本书让我们担心。挖掘它的过去是可怕的……这个世界，亲爱的先生，您的著作所哺育的这个世界请求您，想一想它吧。

我相信它也会乞求您写下几行诔词，耶稣受难像上的六行诗句①。

我们感到震撼，它对我们是个费解的印度谜语。

我将带着1847年投入《法国大革命史》第一卷时的信念死去。基督教和法国大革命如同锐角和凹角，彼此完全对立，甚至是寇
63 仇。当基督教脱离了（不死不活的）吸血鬼状态，像一个诚实的死者那样安详，像印度、埃及和罗马那样沉沉睡去，那时，仅仅是那时，我们将捍卫它所有可以捍卫的方面。

情形迄今并非如此。它是敌人。

您享有巨大的权威，在事物的公平秤上，您一言九鼎。因此每个人都在谨慎观望，看您倾向哪一边。此外，除了这独特的一页，这种对于已经死去的往昔的回忆以外，您的著作意气风发，每一行文字似乎都来源于大自然的生动灵感。

兄弟般地握手，衷心感谢您。向您的亲人致以最温馨的祝愿。

——转引自J.-M.卡雷：《米什莱和他的时代》，第55页

法国的罪孽

无论生活条件如何，无论属于哪个社会阶层和政党，又一件事牢记在法国人心中：在这个地球上，你只有一位最可靠的朋友：法兰西。在死而不僵的贵族联盟看来，有一条罪孽你永远无法摆脱，那就是50年前，你一度企图拯救这个世界。这条罪孽他们从未赦免，今后也不会。你们永远是他们的危险之源。虽然你们可以用不

---

① 大概就是信前抄录的雨果诗而言，不过这首发表于1842年的小诗（《沉思集》III，第四首，诗题是“写在受难的耶稣脚下”）显然只有四行诗句，而非六行。

同政党的名义相互区分，但是，作为法国人，你们注定要在一起。要知道，面对欧洲，法兰西永远只有一个名字，一个无法补赎的、万世不变的真名字：大革命。

——1846年，《人民》，序言，第35页

当今的世界末日

当今最严重的也是最为人们忽略的现象之一，是时间的节奏已经完全改变。步伐奇怪地双倍地加快了。在一个普通人的生命里（72岁的凡人），我看到了两次大革命，而在过去，两次革命之间也许得相隔两千年的岁月。

我出世的时候，正逢伟大的本土革命中期，本应能够看到工业革命的萌生。我生于巴勃夫的恐怖之下，死前又看到了第一国际的恐怖。

在我生活的时代，这种恐怖屡屡制造出所谓的救世良方：军政府，奥斯特利茨的恺撒大帝，色当的恺撒。

引人注目的巨大变化将人们的注意力引向另一个同样严重，而且更为广泛的现象：一个阳光下亘古未有的庞大帝国——英帝国，十倍于波拿巴和亚历山大的帝国。 64

在地球上，死亡从未取得如此巨大的胜利。因为，依照拿破仑本人的数字，如果说他在短短十年当中（1804—1814）杀死了170万法国人，加上大约同样数目的德国人、俄国人，等等，英国人则在一次出名的诉讼案件里，指控它的一位总督在一次饥荒中杀死了几百万印度人。只需根据这个事实，人们便可以判断，以百年为计，殖民暴政在无人知晓的情况下，可以针对两亿人肆无忌惮地施行什么样的举动。

然而，如果说破坏性力量取得了如此巨大的成功，创造性力量所带来的奇迹同样令人惊讶，而且都是最近发生的事情！想到一个人的有生之年竟然可以发生这么多不可思议的事情，我还以为是在做梦呢。我生于1798年，瓦特先生完成发明多年以后，正逢他的企业瓦特伯尔通公司将其付诸工业实施之时。这就产生了冶铁和制铜工业的无数工人，英国旋即拥有了4亿人的力量。这个与我一道诞生的神奇的英格兰世界，现在已经衰落了。不过，恰在昨天，这个将机器的效能用于战争的可怕世纪导致了普鲁士的胜利。

那些相信过去中蕴含着未来的人，相信历史是一条流经相同水道的不变长河的人，在这个问题上应该想一想，并且应该看到，一个世纪跟前一个世纪往往是相反的，有时甚至是对前一个世纪的厉声反驳。路易十四一死，18世纪便乘着个人思想和活动的翅膀，轻盈地前进了；我们这个世纪却用大机器（工厂和兵营）禁锢和蒙蔽人民，走向了它的宿命。

请注意，前者为后一种重要现象忠实地敲响了轻轻的警钟。那就是哲学，它说的话与此处所说的完全相同。1815年和黑格尔的宿命论之后，接踵而至的是菲尔绍、罗宾和利特雷①的医学和生理学的宿命论。

我本人却仍然相信大机器，我只偶尔谈论理念的宿命，而且只有当自然科学的进步（例如本卷内的拉马克）迫使我不得不这样做

---

① 菲尔绍（Rudolf Virchow，1821—1902），著名德国病理学家。罗宾（Charles Robin，1821—1885），法国显微生物学家和政治家，孔德派实证主义者，曾与利特雷合编一部《医学词典》。利特雷（Émile Littré，1801—1881），法国词汇学家和哲学家，四卷本《利特雷法语词典》编写者，服膺孔德的实证哲学。

的时候。

总体而言，这一部相当物质化的历史可用三个词概括：社会主义，穷兵黩武，工业主义。

三者既相辅相成，也彼此破坏。

巴勃夫的恐怖主义成就了波拿巴，正如波拿巴打下的胜仗——也就是诞生中的社会主义——因其恐怖而有助于军国主义的胜利。

军国主义在其伟大的抗争当中遇到了什么？强劲的工业所创造出的英国黄金不断挹注资金和武装欧洲。这一强势在奥斯特利茨受挫，在滑铁卢大胜。

——1872年，《19世纪史》，第Ⅰ卷：
《波拿巴的起源》，序言，第9页

死如长眠与死如太阳

在正义与仁慈的爱情纠葛当中，作为教士的历史学家无法始终不偏不倚。所谓客观性就是服从历史学的对象，不错，米什莱一直认为自己是这样做的。他无法忍受被奉为诗人而非历史学家。可是，什么是史学的真正重要的工作？是找到如泰纳①和科学学派所要求的涉及细节的点彩式的秩序吗？还是与此相反，在陈年旧事里找出丰满性、巨大的滑润性？在米什莱看来，大量的历史素材并不是一场要求严丝合缝的拼图游戏，而是一个必须紧紧拥抱的躯体。历史学家仅仅为再现某种热量而存在。

① 泰纳（Hippolyte Taine，1828—1893），法国哲学家和历史学家。

发声的文献

因此，历史的真实性扎根于如同声音而非见证的文献当中。米什莱只关注曾经是生命表征的品质，在他所重视的这个对象上，附有对往日的身躯的记忆。因此，一份文献愈接近一种声音，就愈少背离它赖以产生的热量，从而愈能构成历史可信性的真实基础。所以，归根结底，口头资料比书面文献即文本的解说词更优越。民族传统是历史学家的最佳源泉；就主要事实而言，民族传统“毫不含糊地确信，有一个高于其他一切的权威”；人民的声音把一部更加火热的回忆传递给米什莱。为什么？因为集体意识是优于“干巴巴的”（请理解为零散的、杂糅的）个人意识的载体（除非其本身也是人民，也是英雄，即丰满、温热、湿润的环境，并且，一句话，也能够孵化）。

米什莱是俄狄浦斯

历史学家绝不是一个陈年旧事的“读者”，他重新组织历史， 66
但不是在思想、力量、肇因和体系的层次上，而是针对每一次肉体的死亡。历史学家面对历史上的每一个死者建立起自己的责任，而不是根据有关历史真实性的一般概念：他的职能不属于智识的范畴，而是具有社会的和神圣的双重意义。历史学家其实是一位民政官员，专司已故者的财产（这个说法是米什莱从去过东印度群岛的卡蒙斯[1]那里借来的）。显然，这位民政官仍兼教士，因为他不仅必

[1] 卡蒙斯（Luís Vaz de Camoëns 1524—1580），葡萄牙诗人，曾经到过包括澳门在内的东印度群岛，1572 年发表《卢济塔尼亚人颂歌》。

须照管对死者的记忆，更得借助魔法来弥补死者生命中可能有过的荒谬和缺陷。历史学家是俄狄浦斯（他由果溯因地破解人性之谜）。历史上的死者从来不明白为什么活过一场，因为按照索福克勒斯的说法，当死亡给生命规定一个不可宽限的时限时，生命才变得可以理解。历史学家就是这样一位大魔法师，他从死者那里拿走他们的行为、痛苦和牺牲，在历史的普遍记忆中给他们确定一个位置。

遇刺者的真理

恺撒遭布鲁图斯刺杀①，托马斯·贝盖特遭熊子雷诺刺杀②，奥尔良大公遭勃艮第人刺杀③，纪兹公爵遭亨利三世刺杀④，每一位都是在死去的一刻，直挺挺地倒卧在行刺者脚下时方成其为本人，仿佛有别于旧人的一个新人，神秘，奇特，暴露出一个命运的最终身份。这样的新人便是历史人物。如果说，这些直挺挺的体温尚存的死者被拯救于虚空，那是因为历史学家米什莱早已关注他们，早已承担起对他们的责任，早已向他们解说了他们的生平。从

① 史载恺撒大帝的养子布鲁图斯（Marcus Brutus）参与安东尼领导的刺杀集团，于公元前55年3月15日刺杀了恺撒。

② 托马斯·贝盖特（Thomas Becket，1118—1170），与英王亨利二世交恶的坎特伯雷大主教，于1170年12月29日被英王追随者熊子雷诺（Renaud fils d'Ours）刺杀于坎特伯雷大教堂内。

③ 应指1407年11月25日法国奥尔良大公路易被勃艮第大公无畏者若望刺杀身亡一事。

④ 法国纪兹公爵（le duc de Guise）于1563年3月24日被政敌亨利三世刺杀于布洛瓦城堡内。

他们那里，历史学家拿来的是粗糙、盲目、杂乱、不完整和荒谬的生平，奉还给他们的却是清晰丰满的生平，被终极历史意义美化过，而且编织进活生生的（即繁殖的）历史中去了。

因此，历史学家颠倒时间，替死者原路返回，在一个清晰而良性的方向上重启他们的生命；他是把凌乱、断续、无法理解的东西串联起来的造物主，因为他把一切生命的线索编织在一起，让死者结成伟大的兄弟情谊；死者积年累月的大规模迁移构成了历史的延伸；这一延伸在历史学家评判和揭露的目光下聚拢，又被他倒退着牵引出来。

亲历死亡

因此，作为葬礼执行官，历史学家必须尽量接近死亡。他必 67
须**亲自经历**死亡，也就是说，他必须热爱死亡；一旦与死者建立起一种原始的息息相通，他就必须付出这个代价，才能够与之交换生命的符号。米什莱整部历史都是这样一套用于接近死亡的仪式。

而且，这种做法本是一套巫术。在历史学家的生命里，死亡成了一个必要的、充足的对象。米什莱吞噬死者（“死者的乌血我可没少喝”），所以也是他们当中的一员。按照米什莱的历史的道德合目的性，一种内在的合目的性把整个过去规定为米什莱的食粮。整个历史向米什莱敞开，让他能够亲自体验。一种奇妙的关系把世界作为食物奉献给历史学家，将其标注为一项消费品。“荷马说过，上帝支配着人类命运，让一些人垮台，如此后世方能谱写颂歌。”任何一部复活的神话（米什莱的历史亦有此雄心，这是我们已经了解的[1]），其核心都是一套吸纳的仪式。让往事复活并非只是一个譬喻；它其实是一道圣餐，是驯服死亡。米什莱交还给死者的生命带有一个沉甸甸的丧葬指数，沉重得使复活变成了死亡的本质，绝对鲜明和贞洁，好像明明知道死者已去，仍然会在梦中复活一样。

死亡在米什莱的往事复活里是沉重的，它既非天堂，亦非坟墓，而是死者本身的存在，可却是在梦境里，它本身兼有生命的亲切（感人）的特征和对于死亡的庄重肃穆的了解。于是，所有瑕疵都被抹去，生与死之间、活着的历史学家的惊恐的孤独感与不知畏惧的死者的通感之间，任何晕眩都被克服了。所以，米什莱才能如此轻松地从无数死者身上发展他自己的机制。正如昂戴乌斯[2]不能脱离故土，米什莱也得不断接触死亡；他依赖历史，恰如学习如何走向死亡。

死如长眠

可惜的是，并非一切已故者都具备这种揭示性的品德，从而显示生命的风格。有些是假死，貌似死亡，半死，不死不活，而且是最低劣的情形，因为这一类死法进不了历史学家的复活体系。

对于这些沉睡般的死法，米什莱始终怀有深深的恐惧。不仅对

---

① 在哈曼和赫尔德的著作里，已经有专事搜集遗骨和恢复人类骨灰的历史学家的形象。虽然米什莱宣称历史便是复活，若沿用伊奇基尔的比喻，他更喜欢的是俄狄浦斯的历史。——原书注

② 昂戴乌斯（Antée），希腊神话中的利比亚巨人，波赛东与嘎娅之子。他的超人力气来自于与大地保持接触，一旦脱离就会像水一样柔弱无力。

于他的已故亲属而言——他一直通过故意割破和怪癖的开棺验尸来验证死亡①，也包括历史的对象，他一直将后者的沉睡描写为一种不可宽恕的死法，因为只有纹丝不动才能避免变质（尸体腐朽是他喜欢的主题，“再诱人不过的题目”）。罗马的沉睡，普罗旺斯的沉睡，甚至基督教的沉睡，那么多被历史错过的现象。针对这种可怕的麻木状态，米什莱提出印度和埃及的爽快死法——诚实的死法，“安然睡入坟墓”——全是明白的死法，是历史学家的日常食粮。 69

死如太阳

因此，请看，一边是睡眠似的死去，它使下葬地变得愚不可及，窒息了历史含义；一边是光明的死去，使历史的对象意味深长。据说，米什莱本人就盼望这种太阳般的死法，希望死后身体能够晾晒于阳光之下，直至解体溶化。有人把这个愿望同歌德的“来一点光线吧”的遗言相提并论。可是，在米什莱看来，这一盼望阳光的心愿却丝毫没有美学或神秘的意味。米什莱只求一种开诚布公的死法、完整的死法，因为除了历史，死去的历史学家不会要求别的什么天堂。

---

① 仓促下葬是萦绕在米什莱脑际的一个顽念：他曾经让人撬开前妻和父亲的棺材，划破叔父纳尔西斯的尸体。当时的流弊？米什莱的一位旧日同窗，牟镇（Meaux）主教阿卢老爷（Mgr Allou），曾于1854年郑重其事地派人起出博絮埃（Bossuet）的遗体。1866年，红衣主教布威（Bouvet）向参议院提交了一份有关假死的请愿书；只因他年轻时曾在布道中突然昏厥，差点被活埋。——原书注

70 我们知道，这种死法米什莱被部分地剥夺了。不仅他的遗嘱看来是伪造的，而且他的遗孀并没有给他一座沐浴阳光的坟墓——本该建立在椰海斯镇的坟墓，却在拉雪兹神父公墓搞了一座过分雕饰的官式地穴。儒勒·费里①宣读了一篇今日已被遗忘的诔辞。激进社会主义的沉睡于是开始，米什莱进入了纹丝不动的沉迷状态，而这正是他一直最担心的。

生理组织的形态

肉体腐朽是复活的保证。所以，在每一具过去的肉体中找出真正的可腐烂成分，方为历史的终结；不是整副骨架，而是生理组织。米什莱的人类学事关情绪，与外貌无关②。让我们径往历史人物的最软弱处，把表情和特征都暂放一边，找出将会腐朽的和注定死去的物质：血液的成色、生理组织的致密度、皮肤的肌理；总之，一切将在棺椁里烂掉和消失的东西。在米什莱笔下的罗伯斯庇尔或拿破仑身上，不要指望看到原则性人物，那将过分抬高了他们的永恒性。若想成为历史的猎物，他们就必须死去，必须在有生之年就显示出某种关键的、脆弱的品质，某种多血的情绪，也就是可以改变的、已经是阴

---

① 儒勒·费里（Jules Ferry，1832—1893），律师出身的法国政治家，曾任巴黎市长和教育部长等职，对建立和巩固共和制度下的教育体系多有建树。

② 米什莱不把所有能够找来的肖像和雕版画都研究一番，从来不会下笔描写任何人。他毕生都仔细研究已故人物的面容。——原书注

郁的情绪。说到底，整个历史都建立在人的躯体之上①。

燧石般的小麦

米什莱的人物的躯体注定会分崩离析，它之所以能站住脚，全凭体内汇聚起一些基本的物质。换言之，米什莱的人物之所以会死去，是因为他们是被养育起来的。在米什莱那里，饮食最终占据了其他一切因果关系的地位。② 对不同的文明进行比较，意味着比较饮食习俗，也就是把例如路易·菲利普的大肚汉，连带着路易·波拿巴的纨绔子弟（关于空虚的浮夸的主题）拿来跟18世纪（众所周知，米什莱最喜爱的世纪）的那些干脆机敏的咖啡饮者做出对比。

请注意这个全新的建立等式的手法：民族天赋仅从国土“转换”而来。譬如，法国人喜食面包，面包是小麦做的，而小麦只是经过转换的燧石；因此，法国人具有石头般坚强的抵抗力。那么英国呢？潮湿和牧草的产物；牧草产生羊肉，英国人正是靠它养育的。食肉的英国人体格魁梧，易怒，但由于出自植被繁茂的腐殖土，他们的骄傲中带有几分湿润和夸张，这与法国人充满矿物质的 71
生硬相差千里。他们的婴儿和妻子，即营养过剩的帕梅拉们③，都

① “全部人类历史的第一个前提无疑是有生命的个人的存在。因此，第一个需要确认的事实就是这些个人的肉体组织以及由此产生的个人与整个自然界的关系。”（马克思：《德意志意识形态》）——原书注

② 弗埃巴赫（Feuerbach）曾就爱尔兰说，“土豆的血液”（trage Kartoffelblut）干不了革命。——原书注

③ 或指18世纪英国小说家理查森（Samuel Richardson，1689—1761）的书信体小说《帕梅拉》里的主人公。

是苍白的、夹杂着浅红色的花朵，乳白中透着红润，患有多血症，转眼即逝。

无论米什莱对某些物质如何鄙视，例如对停滞的血液、蜡质，可以肯定的是，食物的这种转换未能使他远离一个“丰满的”世界，其中一切都相互滋养，牧草得之于雾气的滋养，羊肉得之于牧草的滋养，人类得之于血液的滋养。也许，一个民族或个人的肉体特殊性是无法取代的（不如此死亡便不能获得意义），但是，这种特殊性并不因此而让人感到陌生，肉体是独一无二的，但绝不会是超自然的，因为它毕竟是土地、牧草或水的对等物。因此，米什莱所说的“真实而特殊的存在之神秘性”①，即一个躯体的无法省约的品质，其实绝非不可言传；米什莱觉得有权把自己的每一个历史人物都统一在某种特殊的情绪之下，这情绪也许无法替代，但绝非无法描写。

狸猫罗伯斯庇尔，蟾蜍马拉②

73 米什莱的人物肖像一反传统，它虽然描写某种体质状况，但并不是一幅解剖图。米什莱模仿达西兹的门徒托马斯·赛拉诺③对老师的描述，为自己绘制了一幅反肖像。在这里，人只是器官、附件和测定值的一种堆积；在米什莱看来，他缺少鲜活的血液，缺少情

---

① 可参照卡巴尼斯和麦尼·德比朗关于内心印象的观念。——原书注

② 马拉（Jean-Paul Marat，1743—1793），法国大革命时期的激进派领袖人物。1793年被夏洛特·高尔黛刺杀。

③ 弗朗索瓦·达西兹（François d'Assise，1182—1226），意大利天主教托钵修会圣徒，方济会的创立者。托马斯·赛拉诺（Thomas de Celano，1200—1255）是第一个为达西兹立传的人。

绪。传统的肖像堆砌形容词，认为它们是取之不尽的①；米什莱的形容词十分独特，表达的是一种触觉，一次可能发现身躯的基本物质的理想接触，而且像描写自然界一样描写人，不再用任何其他修饰词语。米什莱说：干巴巴的路易十五，冷冰冰的西耶斯②，并且在这些名称里引进对于一些重要的质料的运动的判断：液化，空虚，干燥，电流。

例如，罗伯斯庇尔和沙莱特③都是狸猫，全身如同电流；将秀美的脖颈大部暴露的劳斯④则完全服从于一个女性的符号，从而可以诱惑富于阳刚之气的悍妇（“股票交易所的投机商”）；马拉是两栖动物，因其油腻而冷酷的形象而令人厌恶；旺多姆⑤绵软无力，落入人们对湿漉漉的滞塞的厌恶感；路易十四的黑色血液已被风和各种刺激所腐蚀，他属于泥浆的主题；苍白臃肿的路易十六属于稀松寡味的油脂的主题；面色蜡黄、眉毛稀疏的拿破仑使人心悚和恶心。

油腻的形象还有：甜娘（在楼梯上教会僵硬的路易十五知晓人事的图卢兹妈妈）⑥ 和黄油面包（菲利普五世之妻，隆巴特的胖妇

---

① 虽然巴尔扎克曾经提到一剂疗治情绪的药（《无神论者的弥撒》），可是他的肖像仍然纯属人体解剖。——原书注

② 西耶斯（Emmanuel Joseph Sieyès，1748—1836），法国政治家，早期活跃于大革命，后参与路易·波拿巴的雾月政变，成为上院议长。

③ 沙莱特（François de Charette，1763—1796），旺岱省反革命暴动的领导人。

④ 约翰·劳斯（John Law，1671—1729），苏格兰金融家，被尊为西方纸钞和银行证券的首创者。

⑤ 亨利四世的私生子，被封为旺多姆公爵。

⑥ 指图卢兹伯爵夫人玛丽-维克多·诺阿耶（Marie-Victoire Noailles，Comtesse de Toulouse，1688—1766）。

人，“浑身涂满黄油和巴马城的意大利干酪”)①；蓬巴杜夫人②平淡无味，苍白柔弱，絮絮叨叨，像搅拌过的奶油或石膏浆，能够化解一切；萨德出生于尚第伊③，孔戴家族的封地，对那里怀有一种阴
74 森森的痴迷，其体质属于“笼中鸟”一类；俄罗斯的叶卡捷琳娜则像面团，一头淫荡的母牛；（奥地利的）弗朗索瓦二世呈粉红色，刻板干硬，属于矿物质；施瓦瑟④蛮横无理，女里女气，一只娇惯的爱犬；慵懒肥胖的奥尔良公爵夫人（摄政王之妻）出自一汪死水，沼泽地一类。

恶心

因此，在米什莱的历史著作里，每一具身体都显示为一幅招贴画。历史人物几乎没有心理活动，他们被缩减为某种单一的物质，而且假如受到贬抑，那么判定的依据绝不是动机或行为，而是根据肉体方面的可爱或可憎的品质。在米什莱看来，人的身体只是情绪而已，而且情绪从来不会不偏不倚，它一定会引起历史学家的某种喜恶情绪。在质料方面，米什莱最厌恶死水；因此，猥琐和冷冰冰

---

① 勃艮第公爵夫人珍妮二世（Jeanne II，Comtesse de Bourgogne），原籍今瑞士南部和意大利北部的隆巴特地区。

② 蓬巴杜夫人（Madame de Pompadour，1721—1764），路易十五的情妇，是对当时法国文艺界有相当影响的权势人物。

③ 孔戴王子（Prince de Condé）是法国历代皇室的幼弟一支的封号，封地在巴黎北郊的尚第伊镇。

④ 施瓦瑟（étienne-François，duc de Choiseul，1719—1785），法国政治家。

尤其招致厌恶感；在（极易引起恶心的）动物性方面，则有狡黠与爬行，也就是电流和油腻。

于是，人的身躯是整体的直接判定，其价值却属于存在的范 75
畴，不在心智方面。米什莱并不根据原则去贬斥某个人，而是根据自己对之是否心怀憎恶。无论从生平还是从思想意识来看，米什莱无疑有充分的理由憎恶帝国和君主制度，可是，这也是他的成千上万的同代人所持有的理由。只有在存在的层次上，而不是在思想的层次上，拒绝专制才构成一个米什莱现象。既然君主制是浮肿，帝国是蜡做的，谴责便成了恶心。于是，在米什莱笔下，国王和王后们变成了一间制造恶心的药房。他们不是被声讨，而是被呕吐掉。

不消说，米什莱的人物根本不需要一套个人的心理活动；他们的心理全是米什莱本人的：国王，王后，士兵，各部大臣，远古神灵和市井妇女，历史上的民众一律操米什莱的父亲——印刷所小老板，前圣殿护卫，等等——的语言，或者是米什莱及其妻子阿黛娜伊斯的语言。请看米什莱笔下的《雅歌》①（见《人类的圣书》）：未婚夫妻相见（是否神话在这里并不重要）被好心地描写成一次傻乎乎的艳遇，属于天生淫亵“打铁匠”一类②。因为心理学一旦脱离了情绪，只能变成一种机械的运动；您不妨试把人物与身体分离，

① 《雅歌》又译《歌中之歌》，是《旧约圣经》的一卷，诗歌体的男女情话，很少宗教意味的词语。这一点与《旧约圣经》其他部分不同，参阅本书原文第 129 页至第 132 页米什莱据此撰写的故事。

② 当指法国小说作家乔治·奥奈（George Ohnet，1848—1918）于 1883 年出版的心理小说《打铁匠》，故事是一个铁匠如何凭在决斗中表现勇敢而赢得了女子的芳心。

他们马上就会失掉身份；您可以准确地赋予他们同样的语言、同样的内心活动、同样的夫妻生活的习性，这些东西一定照旧是米什莱的。如果从米什莱身上拿掉存在的主题，剩下的将只是一个小布尔乔亚。

玫瑰和公牛

事实上，他们的晦暗肉体吸收了米什莱所创造的人物的全部社会生活。在一幅天真的有产者的背景下，这些人过的是一种非色欲即情绪化的高度神经质的生活：乱伦行为（尼禄①，弗朗索瓦一世，路易十五，摄政王②，拿破仑），路易十三对笑眯眯的奥地利的安娜③大光其火，路易十四被任性的勃艮第公爵夫人所降服，萨拉·马尔伯勒和安妮王后④的女子同性恋，米拉波和玛丽·安东尼特相互调情，如此众多的景观都不是发生在性格之间，而是体质之间的吸引或冲突。在画家笔下，历史的宏伟局面可以被化为风情画，到了米什莱笔下，它们永远是一场电的激荡，被化学上互不兼容的身体的接触所激发。

---

① 罗马帝国的暴君，公元 37—68 年在世。

② 指法国 1715—1723 年摄政的奥尔良公爵。

③ 奥地利的安娜（1601—1666），路易十三的王后，曾于路易十四年幼时垂帘听政。

④ 萨拉·马尔伯勒（Sarah Marlborough，1660—1744），一度由于与英国安妮王后的私交而成为最具影响力的贵族妇女。安妮王后（la reine Anne，1665—1714），英格兰、苏格兰和爱尔兰于 1707 年统一为大不列颠帝国后的首位最高统治者。

属于此种情形者：公牛践踏玫瑰（请理解为玛丽·路易斯[①]和 76
拿破仑的婚姻），（带电的）生硬与（女性的）丰腴在罗伯斯庇尔之死当中的冲突。米什莱把一长串历史场面设定为彻底的肉体屈辱，一个冷面人所遭受的屈辱：一个衣衫腌臜，下颌欲坠，几乎散了架的男人，被一群胖女人**盯着看**；在丝绒服装的映衬下，也由于饱食和喜悦，她们个个面颊绯红，也就是暴露和出卖给胜利的狂喜的不育症。

肖像之谜

那些隐约可见的历史人物全靠厌恶度日——或者某种被他们诱 77
发的更晦涩的情绪，例如色迷迷的怜悯——只有带上了情绪，他们才能同时变成事件和价值、历史与道义。我们刚才看到，拿破仑的蜡质，路易十四的物质性，路易十六的疲软，这些都导致君主政治的普遍丧失信誉。不过，在更深刻的意义上，只有通过一场隐藏的联想游戏，情绪才能获得伦理学意义。例如，拿破仑因脑满肠肥而最终变成了一个魔幻的形象。不过，应当切记，幻象与米什莱的一个极为负面的恶性主题紧密联系：博彩，赌博。波拿巴因其意味含糊的名字而注定发财，因而在更大程度上，他是作为喜剧演员和幻

---

① 玛丽·路易斯（Marie-Louise d'Autriche，1791—1847），奥地利国王弗朗索瓦一世之女。史称为养育后代计，拿破仑休妻并迎娶她为皇后。当时拿破仑已经赢得瓦格拉姆战役，迫使奥地利国王求和。

象师（朱庇特—斯卡班[1]），而非作为暴君而丧失信誉的。无性别的或双性的曼特农夫人[2]身兼国王的家庭教师和情妇；她身着黑衣，手擎玫瑰花，是个令人狐疑的主题、模棱两可的主题。

因此，米什莱的肖像有着一门解释学，因为每个身体都是一个秘密；由于每个人物的肉体和行为仅在某一时刻才能永恒化，这个秘密是固定在历史上的。实际上，被截取下来的行为是表现历史人物的一个必不可少的维面。这一点我们通过整个历史的画卷已经看
78 到，这个画卷不可能不带有某种庄严性。在米什莱那里，这样的摆姿势绝不仅仅是装饰性的，好像例如一位帝国时代的画家那样，总是把皇族的身体表现得很庸俗，女人的身体则是脑满肠肥。不过，任何历史画卷所不可缺少的侧重点不一定是贵族气质；重要的是把历史人物放入一种放大了的姿态里，让他们进入一种能够超越时间的着魔的状态，不死不活，处于人们遐想的第三种生命状态，从而放大，使人不能不接受。例如，在米什莱笔下，拿破仑无论受到多么大的损害，仍然与葛罗斯[3]画笔下的拿破仑属于同一质料。两个

---

① 朱庇特（Jupiter）是罗马神话中的主神，斯卡班（Scapin）是莫里哀喜剧中的狡猾的小人物形象。把拿破仑称为“朱庇特—斯卡班”的说法始自德·普拉德（M. De Pradt）。在《法国史：19世纪》卷里，米什莱对他写的《驻华沙大使》一书中的拿破仑肖像评论道：“这一性格有着令人难以置信的矛盾和强烈的对比，德·普拉德是把它揭示出来，让人能够理解的第一人。（…）他用了一个大胆然而真切的字眼表示它：朱庇特—斯卡班。”（《米什莱全集》，卷XXI，巴黎弗拉玛利昂书局，1982，第638页）

② 曼特农夫人（Françoise d'Aupigné，Marquise de Maintenon，1635—1719），路易十四的情妇（一说正式结过婚）。她身后留下了大量信件，史家认为对于了解路易十四的政策制定和生活极具史料价值。

③ 葛罗斯（Antoine Gros，1771—1835），拿破仑的宫廷画家。

拿破仑都有英雄化之后的违反真实的夸张；在历史学家和画家的眼中，二者的停滞状态把握了一个姿态，一种行动风格：历史于是有了依据。

我的历史是严肃的

79 致泰纳先生（无日期，约在 1855 年）

先生：

您把我当成作家，不吝溢美之词。您的文章也极有分量，极为严肃，不过，有一处失之偏颇。

您把诗人一词用在我身上，可是您涉足批评界不久，还不了解，这正是一条有人以为能够用来打垮历史学者的指控。这个词说明一切。

我在数不清的地方曾经徒劳地努力给历史奠定一个严肃的基础。例如，银行史（在我的关于宗教改革的书里），菲利普的财政预算（宗教战争等）。对于查理五世的推举过程，米涅从政治角度处理，我则取财政角度，也就是说，从事实出发……

同样，我到处都被说成是一个具备幸运的想象力的历史学者。

向您致以友好的敬礼，并希望您接受我的谢意。

儒勒·米什莱

——转引自 J.-M. 卡雷：《米什莱及其时代》，第 123 页

……绝非不偏不倚

我声明，这部历史绝非不偏不倚。它没有在善恶之间维持一种明智和谨慎的平衡。恰恰相反，为了法律和真理，它有所偏袒，坦率而强有力的偏袒。假如读者在哪一行文字中，发现作者由于顾及某种定见或强势而淡化、削弱了叙述和判断，那么请他将全文删去好了。

“您说什么？”有人会问，“别人不也会同样诚心诚意吗？您是在

宣称，唯有您一个人才忠实喽?”这不是我的想法。我只想说，那些德高望重的人对某些人和事极为敬重，但是，与之相反，历史作为世界的审判官，头一条义务便是放弃这种敬意。

可笑的法官，他向所有被带上法庭的人脱帽致敬啦！在接受历史的询问时，做出揭示和答复的必须是他们自己；而且我要告诉他们所有人：在法官面前，他们都是可以辩解的——无论是人还是思想，是国王、民众、教义还是哲学。

因此，这里不容任何调解、任何斡旋、任何调配、任何逢迎讨好，从而曲解法律以适应事实，或者为了迎合法律而淡化事实。

如果说，在全部岁月和人类生活的全面和谐当中，事实和法律 80
终将取得一致，对此我没有异议。可是，如果历史哲学的致命鸦片放入细节和斗争当中，这种制造虚假和平的分寸，不啻将死亡放入生命，扼杀历史和道义，使得一个局外的灵魂发问：“孰为恶？孰为善?”

这就是我的著作中的道义。

然而，从历史学的艺术的观点来看，这种道义观又如何呢？它追求的是什么？作者追求的是什么？

仅一件事而已。

大量的材料已经获得发掘，16 世纪的不同时期已经取得了可观的研究。这个世纪的一些特点已经得到阐明，若干侧面也已经明确。可是，这个世纪的面貌依然隐而未彰，尚无人（完整地）看到它。

我确信，我看到了 16 世纪的面貌，而且努力使其彰显。至少，我给出了一个真实的印象。

——1856 年，《法国史》，第Ⅹ卷，结论，第 300 页

历史的法官席

即使在庸俗的事物当中，每个灵魂也有一个特殊的、个别的侧面，它们终归是各个不同的；当它们路过和走向未知世界的时候，必须注意这一点。

可否设立一位守墓人，以充当死者的监护人和保护者呢？

我在别处提到过，卡蒙斯[1]在印度的夺命河畔的官职：**已故者的财产管理人**。

是的，每个死者都会留下一笔财产和回忆，要求我们妥加保管。对于那些无朋无友的死者，法官应当做出补救。这是因为，跟我们那些健忘的温情和迅速干涸的泪水相比，法律和正义更可靠。

这一法官席位非历史莫属，正如罗马法所言，已故者是法官应当关注的“可怜人”(misérabilies personae)。

在我的生涯里，我一刻也没忘记历史学家的这个责任。我帮助过许多被过分遗忘的死者，我本人将来也需要这样的帮助。

我把他们挖掘出来，使他们获得第二次生命。其中有些人生不逢时，有些人出生于崭新的和激动人心的局面的前夜，然而可以
81 说，这种局面把他们忘得一干二净，堵塞了关于他们的记忆（例如，一些清教英雄便死于辉煌但健忘的18世纪，即伏尔泰和孟德斯鸠的时代之前）。

历史重新拾起这些后继无人的荣耀，把生命赋予这些死者，让他们再生。历史的正义让生活在不同时代的人发生联系，修复一些

---

① 卡蒙斯 (Luiz vaz Camoëns，1524—1580)，葡萄牙诗人，曾旅居红海、波斯、莫桑比克和印度果阿。

昙花一现的人物。他们现在同我们生活在一起，我们自视为他们的亲友。一个家庭正是这样建立的，一个生者与死者共享的城市正是这样建立的。

——1872年，《19世纪史》，第Ⅱ卷
《督政府》，前言，第Ⅱ页

俄狄浦斯

历史学家既不是恺撒，也不是克劳迪乌斯①，可是常常梦见一群人在哭泣、在长吁短叹，一些生年恨短、盼望再生的人……他们向我们索取的，并不仅仅是骨灰罐或者泪水。对于他们来说，光重复他们的哀叹还不够。他们需要的不是一首挽歌，一位哭丧妇，而是某种神力，一位“预言家”(vates)。只要得不到这样的神力，他们就会围绕着他们的封闭的坟墓一直游来荡去，永远不得安息。

他们必须有一位俄狄浦斯，为他们解释他们未能破解的自身之谜，告诉他们未能理解的自己的言行的意义。他们必须有一位普罗米修斯，一遇到他盗来的火种，空中飘浮的冰冷的声音就会造反，弄出响动，开口说话。他们必须有更多的东西；必须听到从来无人说出的话，留在内心深处的话（到您自己的心里去寻找吧，它们全都在那儿)；必须让历史的静默时刻开口，历史在这些可怕的延长符号上缄口不语，然而，那正是悲怆至极的重音所在。只有做到这一步，死者才能在坟墓里安息，才会开始理解自己的命运，才会把杂音整合成一个最柔和的谐音，才会压低声音互道俄狄浦斯的遗言：“记住我。”

---

① 克劳迪乌斯（Tiberius Claudius，公元前10—公元54）和恺撒（Julius Caesar，公元前100—公元前44）都是罗马帝国的皇帝。

（παντωξ γαρ εχειταδε χυροξ）鬼影憧憧，前呼后应，彼此安慰，听凭人们封合他们的骨灰罐。他们离去了，在友爱的轻轻抚慰之下重新入睡，放弃遐想。这些过去时代的珍贵的骨灰罐，历史的祭司们怀抱着它们，相互之间传递它们，此时他们怀有何等的怜悯之心，何等的小心翼翼啊（他们本人比谁都知道得更清楚）！他们怀抱的仿佛是父辈或儿辈的骨灰罐。儿辈？这难道不正是他们自己吗？

——1842 年，转引自 C．莫诺：

《米什莱的生平和思想》，第二卷，第 6 章，第 73 页

无法替代的人

82 （奥尔良公爵遭勃艮第人刺杀身亡）

无论敌友，人人都在落泪。所以此刻已经没有敌人了，在这种时刻，每个人都同情死者。怎么回事！这么年轻，不久前还那么生气勃勃，就这样作古了！英俊，骑士风度，学识烛照，言辞机敏而温和；这一切昨日犹在，今天已经化为乌有……

乌有？……也许更糟。昨天还是好好的一个人，人们那时在他身上看到的不止一条生命，那实际上是一条多重的、变化无穷的生命！令人赞叹的死亡之美啊！唯有它才将人的一生展露无遗。一个人活着的时候，无论别人感到有益还是有碍，每个人只能窥见其一个侧面。一旦死去，人们就会看到成百上千的新的侧面，看清了把他与世界联系起来的各种各样的纽带。譬如，橡树撑起常春藤，假如把藤条剥离树干，您就会看到底下的无数生机勃勃的丝丝缕缕，您永远不能将其剥离赖以生存的树皮；它们仍将是零散的，但必将存在下去。

每一个人都是人类，一部世界史……不过，尽管体内有着无限的普遍性，这个存在同时也是一个特殊的个体，一个人，一个唯一

的、无法弥补的、任何东西都不能替代的存在。身前与身后都没有一样的人。上帝绝不会重新来过。另外一些人无疑还会出现；不知疲倦的世界将会把另外一些人引入生命，也许是更优秀的人，但永远不会相同，永远不会……

——1840 年，《法国史》，第Ⅳ卷，第 1 章，第 102 页

燧石般的小麦

历史总是告诉我们怎样死去，却从来不告诉我们怎样活着：

可是，每个民族都有自己特有的食物，这食物日复一日地养育着他们，而且不妨说，每天都在创造着他们。

有史以来，法国人的食物就是面包加菜汤；英国人的主食是肉类，尤其自 1760 年以后，拜克维尔①发明家畜新品种以来，情况更是如此。

不得不劳作和旅行使英国愈来愈离不开肉类，而且把它变成了一门宗教。孩子们用肉养到 12 岁，成长极快，好像盛开的玫瑰。可是，虽然有这种强身健体的摄生习性，英国却声称吃腻了，她总是喊："来点面包吧。"直到罗伯特·皮尔②颁行了法律，从法国、俄罗斯和波兰等地引进了谷类食物。

真是咄咄怪事。经历了那么多致命的艰难险阻，流淌了那么多血，法国并没有过度消瘦，而且主动提出养育英国。 83

后者却声称法国人变得矮小了。在波拿巴之后的时代，这是可

---

① 拜克维尔（Robert Backwell），18 世纪英国畜牧专家。

② 罗伯特·皮尔（Robert Peal，1788—1850），英国政治家，曾两次担任首相。

能的，然而这个种族却空前地更加强壮。有人说农民缺乏营养，可是他们却能胜任最艰苦的劳动。由此可见，小麦是一种多么重要的粮食，尽管它不像肉类那样能够马上带来力气。归根结底，小麦就是燧石，它渗入正在拔穗的麦秆内部，造成某种坚实度，食用后特别耐久。

须知法国是靠石头养育的。这种摄生习惯让她不时闪烁出火花，让她的骨骼具有强劲的抵抗力。

——1872 年，《19 世纪史》，第Ⅲ卷：
《滑铁卢》，前言，第XIV页

米什莱的反肖像：赛拉诺笔下的达西兹

圆脑袋，窄前额，不含虚情假意的黑眸子，眉毛和鼻梁笔直，小小的扇风耳，言辞尖刻而热情奔放，声音洪亮而温和；齿密，白而匀整，薄嘴唇，胡须稀疏，细脖颈，短手臂，手指细长，留指甲，双腿细瘦，脚不大，没多少肉，或根本没有。

——1833 年，《法国史》，第 II 卷，第 IV 册，
第 8 章，第 328 页

劳斯的女人气

当时，整个欧洲都患上了这种思辨症。其他国家错误地向我们
显示骄傲，嘲笑我们，而且可笑地责备我们热衷于劳斯**体系**。它们
85 那里也有过狂热，但不是有趣的狂热，既缺少精神，也没有体系，
它们只有吝啬。

在英国和一本正经的荷兰，这种狂热发作过三四次。不过，形式虽然相仿，想法和目标却是相反的。它们打算通过胜利做什

么？敛财。而法国人呢？是耗费，过风情万种的日子，是娱乐，是交际。

请为了赌博而赌博吧，加上打仗的刺激和冲突的乐趣，以及说出此话时的虚荣心：“我真幸运，吉星高照哇。我是财神之子。这是运气呀！本人生逢其时！”

如果确实有人有权利这样说，此人非劳斯莫属。他比最英俊的男人还英俊：优雅，精致，一种女人拥有一切的时代的柔美。他的第一幅肖像（皇家图书馆）一定是为她们，为了成群的漂亮的女赌徒绘制的，她们都痴迷他。那时他职位低微：国王的顾问。仕途刚刚起步，正在上升时期。他是黎明，是希望，是名副其实的财神；他的面容十分女人气，带着他的许诺，他对于宜人的享乐与罪恶的遐想。意识当中的一个不雅的形象：裸露着颈子和胸脯，二者都出于取悦雄性的情爱，取悦于证券交易所的荡妇们的雄性倾向，谁知道呢？恐怕是怂恿她们快一点认购股票吧。

——1863 年，《法国史》，第XV卷，第 7 章，第 117 页

蟾蜍马拉

就这样，伴随着行刺者的尖叫，手上必定沾着鲜血，马拉本当大惊失色，可是完全不是这样。他一直深藏不露，如今暴露在阳光之下，看上去却十分幸福，因为他大胆地接受了光线和挑战，这个阴间的造物暴露在阳光之下，咧着大嘴笑着，仿佛向怀疑他是否真的存在的人们（包括罗兰夫人①）说：“你们怀疑吗？那么瞧吧。”

---

① 罗兰夫人（Jeanne Marie Roland de la Platière，1754—1793），法国大革命时期的著名人物，被罗伯斯庇尔送上断头台。

他只现身过法庭一次，人们当时都忽地站起来：法庭好像被玷污了。一张宽阔的扁脸从头部和胸部勉强探出，横向摊开，肥厚的手掌搭在讲台上，一对鼓眼睛使你不会想到人，而是一只蟾蜍……

——1830 年，《法国大革命史》，第Ⅳ卷，第Ⅷ册，第 3 章，第 322 页

软绵绵的旺多姆

86 鄂镇的城堡[①]里悬挂着一幅此人的巨幅骑马肖像。坐骑是随便弄来的，一匹乌黑的良马，不是他的自用坐骑，而是一个马蹄铁匠的礼物，做冲锋陷阵之用。厚重的马具是西班牙式的；马的眼睛倒是炯炯有神；马匹体格健壮，不怕轭圈的摩擦。旺多姆本人体态臃肿，浑身赘肉，看起来不太健康。这个形象跟米拉波的那个浮肿猥狎的面具（圣-阿尔班博物馆藏）不无联系。两人均属意大利血统，都爱好恶作剧和典雅风格。旺多姆的诙谐眼神让人想起这个加斯科涅人爱吹牛的一面，及其对于贝亚恩人[②]的恶作剧的喜好。总而言之，这是个大小孩，56 岁的胖娃娃。众人在笑；可是有一件事却令人感到惊讶和困惑：那只松软狭窄的鼻子之谜；一个并非来自天外的可叹的伤口。维拉维肖萨战役[③]取胜之后，拥戴这位凯旋者的西

① 鄂镇城堡（château d'Eu）位于诺曼底北部的鄂镇，16 世纪末建成以后，一度是法国皇室最喜爱的行宫之一 。

② 加斯科涅（Gascogne）和贝亚恩（ Béarn），均在比利牛斯山以北靠近大西洋的地区。

③ 维拉维肖萨是一个西班牙小镇，旺多姆于 1710 年在此大败联军，确保了菲利普五世的王位。

班牙人用一个美妙的名字称呼他。整个马德里喊道："丘比特[①]。"

——1862年，《法国史》，第XIV卷，第2章，第145页

拿破仑的幻象

我只见过两个酷似其人的拿破仑肖像。其一出自乌东[②]之手，半身塑像（1800年），粗犷、阴晦、深沉，好像一个不祥之谜。另一幅是拿破仑在书房中的全身画像（1810年?），戴维[③]的作品，据说花了两年工夫才完成，并且显示出认真的态度和胆量，没有讨好的顾虑，只考虑真实性，以至于（格里农的[④]）坊间镌版匠在某些 87
有悖于传统的真实细节上，没敢遵照他的处理。一如既往，戴维没有画睫毛和眼眉，头发不多，呈令人生疑的栗色，他年轻时头发似乎是乌黑的，常涂发蜡之故。

灰色的眼睛像窗玻璃，让人什么都看不清。总之没有丝毫个性，晦涩，好像魔术幻象。

他很胖，但得自于母亲的生身体征仍然不难辨认；面颊突出，像科西嘉人和撒丁岛人那样。他本人也说过，整体上他更像母亲，一切都是从她那儿继承的。他年轻时就是一个缩了水的母亲的形象；如果把母亲的形象摆在身边，他就会像一件干巴巴的赝品，胃癌这个家族痼疾似乎已经开始从体内啃噬他。

---

① 丘比特（Cupidon），罗马神话中的爱神。

② 乌东（Jean-Antoine Houdon，1741—1828），法国雕塑家。

③ 戴维（Jacques-Louis David，1748—1825），法国新古典主义派的重要画家。

④ 格里农（Grignon）可能指戴维生时经营雕版画的巴黎出版商。

相反，利蒂西娅夫人①在她的那几幅意大利肖像里——正如我眼前这一幅——却有一种庄重的美。她显示出一种神秘难言的悲情气质。她的眼睛是不可能从画中拿掉的。嘴巴流露出鄙夷和愤恨，充满只有在科西嘉才能找到的那种苦涩的甜蜜之情。那双乌黑和凝注的眼睛睁得很大，也显得十分神秘。如果说它们在注视什么，那一定是内心，是它们的梦想与激情。这使她的神情显得很奇怪，好像一位算命婆，又好像一位摩尔人的女巫，迦太基人和撒拉赞人的后代，这些人的坟墓就在阿亚克修②附近，尼奥罗③一带仍有他们的后裔。她深情阴郁，好像噩运的女先知，或者尾随殡葬行列的哭丧妇，她们带来的不是眼泪，而是复仇的阵阵冲动。

——1872年，《19世纪史》，第Ⅰ卷：
《波拿巴的起源·第三部分》，第1章，第291页

玫瑰与公牛

（拿破仑和玛丽·路易斯的婚姻）

这是人性的一次牺牲。玛丽·路易斯面色红润，正当20岁芳龄，却活像一个死人。她被丢给了牛头人身的怪物，自家的宿仇，枪杀昂吉安公爵④的凶手。他会不会生吞了她？……科西嘉人的黄

---

① 当指拿破仑的母亲利蒂西娅·波拿巴（Madame Lætitia Bonaparte，1750—1836）。

② 阿亚克修（Ajaccio），科西嘉岛的首府。

③ 尼奥罗（Niolo），科西嘉岛中部地区。

④ 昂吉安公爵（Henri de Bourbon-Condé，duc d'Enghien，1772—1804），波旁王室的独苗，被拿破仑从德国引渡返法，后遭枪决。此举曾引起欧洲保皇派的谴责。

皮肤已经因肥胖而泛白，仿佛是魔术幻象。花季年华的北方姑娘（普鲁东说是一朵有点粗俗的玫瑰）早已被肌肤之亲吓破了胆。

——1872 年，《19 世纪史》，第Ⅲ卷：

《滑铁卢》，第Ⅳ册，第 8 章，第 294 页

罗伯斯庇尔之死

从五点到六点之间，沿着狭窄的圣-德尼大街、铸造厂大街以及整条圣-奥诺雷大街，悲怆而缓慢的死囚车演出了一场极丑恶的游街示众。 88

丑恶表现在好几个方面。这是一些死人或垂死的人，一些仍在滴血的可怜身躯，被交给人群取乐。为防止瘫倒，他们的腿、胳膊、身躯和晃动不停的头都被绳索绑在车栏上。巴黎的街道用卵石铺成路面，所以每前行一步都必定会颠碎他们的骨头。

罗伯斯庇尔的头部被一块血迹斑斑的脏布裹住，支撑着脱了臼的下巴；面对这一任何覆败者都从未经历过的场面，肩扛着全民族的可怕诅咒，他的态度依然倔强不屈。神色坚定，目光生硬、凝视。他那完好无损的智慧巡视着眼下的场面，义愤填膺地分辨着真与假。

反动浪潮迅速高涨，日益加剧，督导部门认为必须把监狱卫兵增加两倍。罪犯经过的沿途，一些自称恐怖时期的受害者的家属狼奔豕突，他们要向罗伯斯庇尔嘶喊，要在这个悲惨场景里扮演古代复仇的合唱队。这是一出围绕着真实悲剧展开的假悲剧，是一场由精心设计的尖叫和预先安排的怒火组成的音乐会，这是白色恐怖的第一幕。

更可怕的是那些以漫天高价出租的窗户。一些长期潜伏的陌生

脸孔在阳光下露面了。阳台上出现大批富人和少妇。借着公众舆论的凶猛的反动浪潮，他们生出表达愤怒的勇气。女人们尤其表演了一出令人难以忍受的戏剧。厚颜无耻，借口七月天气而半身裸露，咽喉处塞满鲜花，胳膊肘抵在丝绒衣裙上，半个身子探出圣-奥诺雷大街，因有男人背后撑腰，她们尖声喊着：“杀死他！上断头台呀！”这一天，她们都勇气百倍地重披盛装，晚间还吃了晚点心。没有人还会自缚手脚。热月十日，萨德出狱。

头一天，行刑队的宪兵曾执行恩利奥①的命令，用战刀驱散了
90 在市郊高呼“赦免他吧”的人群，今天又来讨好新的强大势力，他们用刀尖托起受刑人的下巴，把他们展示给好奇的人群：“瞧哇，这就是有名的古东②！这就是罗伯斯庇尔！”

他们没有得到丝毫宽宥。圣母升天节那天，演员们来到居普莱宅③前演了一出戏。悍妇们跳起圈圈舞。一个恰在此地的小男孩弄来一桶牛血，扫帚一挥，宅墙上留下斑斑血迹。罗伯斯庇尔闭上了眼睛。

当晚，仍然是这批纵情狂欢的妇女，她们跑到圣-贝拉吉监狱，即居普莱的母亲所在地，一边高喊她们是遭罗伯斯庇尔迫害者的孀妻。她们设法让错愕不已的狱卒打开了大门，然后掐死了老妇人，

---

① 恩利奥（d'Henriot），大革命时期的国民警卫队司令官。

② 古东（Georges Auguste Couthon，1755—1794），法国革命家，与罗伯斯庇尔和圣-茹斯特一起为恐怖时期的三巨头。1794 年 7 月 28 日（热月十日）与罗伯斯庇尔乘同一囚车赴死。这一天共有 21 人上断头台，史称恐怖时期的结束。

③ 莫里斯·居普莱木匠坊位于巴黎圣-奥诺雷大道 400 号，曾为罗伯斯庇尔的居所。

再把她的尸首悬吊在窗幔的横杆上。

罗伯斯庇尔吞服了世上所有的鸩毒，此刻终于抵达了港口：革命广场①。他步履坚定地踏上斩首架的台阶。在场的人同样都显得很镇静，他们胸有成竹，对自己的爱国热情和诚心确信不疑。圣-茹斯特②已经拥抱了死亡和未来。他死得尊严、肃穆、痛快。法国再也不会用这样的希望来安慰自己；这个人的伟大是他本人所特有的，与运气好坏毫无关系，只有他才能让利剑在法律面前发抖。

是否应当提及另一桩劣迹？一个断头台的役卒（或许是打了夏洛特·高尔黛③耳光的那个?），一个讨好众人的懦夫，眼见广场上的怒气，这种不可抑制的向罗伯斯庇尔报仇雪恨的情绪，猛地一把扯掉了裹住罗伯斯庇尔碎裂下颌的包布……罗伯斯庇尔当即大叫一声……人们看到，他瞬时脸色煞白，状极丑陋，嘴巴大张，碎齿坠落…… 一声沉闷的声响过后，伟人不复存在。

对于众人来说，21个受刑人只是个小数目。饥渴的人群必须痛饮鲜血。第二天，公社的全部鲜血犒赏了他们：70颗头颅落地！第三天，又有12颗人头成为这场盛宴的最后一道甜点。

值得注意的是，这一百余人半数罗伯斯庇尔根本不认识，仅仅在公社的名单上听到过他们的名字。

让我们喘口气，把视线转过去。“每一天自有足够的罪受。”我们这里无需描述接下去发生了什么：国民公会陷入盲目的激愤情

---

① 即今巴黎共和广场（Place de la Concorde）。

② 圣-茹斯特（Louis de Saint-Just，1767—1794），罗伯斯庇尔的亲密政治伙伴，1794年7月28日从容赴死。

③ 夏洛特·高尔黛（Marie-Anne de Corday，1768—1793），行刺马拉的村姑，1793年7月17日被送上断头台。

绪，直到葡月才得以摆脱。可怖的与可笑的展开了势均力敌的厮斗。勒关特①的愚蠢，费雷隆②之流的荒唐怒火，塔连③之辈的唯利是图和背信弃义，这些都怂恿了卑鄙小人；一幕可憎的喜剧于是开
91 场，它盗用人性的名义重赏谋杀活动，感情丰富的人展开报复，屠杀爱国者④；他们重整旧业，吞并国家财产。黑帮为他们从未有过的亲属淌下热泪，扼杀竞争对手，钻法令的空子，以便悄悄购进地产。

巴黎再次笑逐颜开。不错，曾经有过饥荒，可是大露台⑤光彩焕发。皇宫⑥人头攒动，剧院座无虚席。随后举行了受害者舞会；在狂欢的华筵上，无耻的骄奢炫耀虚伪的丧服。

沿着这样一条道路，我们走向一个巨大的坟场，那里埋葬着五百万法国人。

热月过后的数日，一个今天仍然在世，当时年仅十岁的小孩被父母领到剧院。在剧院出口，他羡慕地看见一长串光闪闪的马车，

---

① 勒关特（Laurent Lecointre，1742—1805），又称“凡尔赛的勒关特”，法国大革命时期的军政人物之一。

② 费雷隆（Louis-Marie Fréron，1754—1802），法国大革命时期反对罗伯斯庇尔的报界人物。

③ 塔连（Jean-Lambert Tallien，1767—1820），法国大革命时期的法律界人物，镇压联邦党造反的早期雅各宾党人，后参加 1794 年 6 月的“倒罗”运动。

④ 法国大革命时期，“爱国者”和“感情丰富的人”分别指罗伯斯庇尔一派和反对罗氏滥杀无辜的一派。

⑤ 当指凡尔赛宫的中央露台（le Perron Central）。

⑥ 位于卢浮宫以北，1643 年路易十三死后，摄政王后安妮带着年幼的路易十四从卢浮宫迁入此地。

初次体会到什么是目不暇接。一些身穿短外套、帽檐低垂的人问走出剧院的人："用车吗，老爷?"小孩子听不太懂这些新字眼，于是请别人解释。别人只是说，罗伯斯庇尔死后发生了巨大变化。

——1853年，《法国大革命史》，

第Ⅶ卷，第XX册，第10章，第462页

血之花

93 在米什莱看来，血液是历史的关键物质。以罗伯斯庇尔之死为例：两种血液在此冲突，一种单薄、生硬、贫瘠，以至必须用人造血液补救，也就是电击的力量；另一种是热月（历史上的太阳之月）里的女人的血，一种极品血液，它汇聚了一种卓越的多血性的全部特征——热量、赤红、裸露、营养过剩。这两种血液相互观望。随后，血一般的女人吞噬了猫一般的教士。

乳汁似的水，含沙的水

血之前曾有水。请看德国的例子，在这个国家的生成过程中，必须区分两个时期。早期的德国

“苍白，模糊，踟蹰，幼儿世界”，然后是新的德国，充盈着多血、伟大和繁殖的力量，“欧洲的子宫和大脑”。请理解为：紧接着水的时代，即那个生殖力模糊和莽撞的时代，便是血液稳定的时代；德国被提高到子宫（即米什莱多处热情描写过的血液最丰沛的器官）的地位。这就是说，一个雌性德国、绝对良性的德国取代了水质的、漂浮的、无节奏的本源，这是一种真正成熟的血液，时而伴随着危机和休息。

与之相反，您可以看出，俄国是个无特定形态的世界，她永远呈现为漂浮、流淌、完整无隔的水的状态，尚未形成血的性格：俄罗斯人还没有成年。因为那里缺少最初的水，如同德国那样。水是一种流动的、自由的、良性的、乳汁般的元素，它能够转化为血液。有一种物质一直阻碍着这种转化：泥浆。俄罗斯帝国不是用流水做成的，而是用一种含沙的、迷惑人的、始终沉睡的水做成的。俾斯麦（他根本不是德国人，而是普鲁士人，也就是斯拉夫 94
人）出自波罗的海被遗弃的沙子，拿破仑三世来自荷兰的灰蒙蒙的水道以及令人不放心的、沉甸甸的陆地，二者是两种不育性的邂逅，它们原属同一物质：一潭死水。不常流动的水是对血的歪曲和否定。

僵尸血

米什莱最厌恶停滞的、僵尸般的血液。死血稠糊糊的，属于米什莱所厌恶的油腻之列。凡尔赛宫的美丽夫人们来到悬空阳台上，观望雄鹿争食。请把这个场面理解为两种卑鄙的血液的相遇：一种是肥胖臃肿的贵妇们的得意洋洋的血液，充沛得过剩（预示着同样凭栏支颐，眼见罗伯斯庇尔归天的热月里的女人），另一种是被杀死的动物的黏血。这种厌恶绝不是比喻，因为米什莱本来就很想吃素（之所以没有做到，是因为他感到食肉是工作的需要）。他不无厌恶地把吃得太饱的欧洲人跟孱弱、雌性、吃素的印度人加以对比："来自种族的体力因这种微醺状态而倍增，吃肉饮血的人都是如此。"①

血液过剩

静止的血液引起两种恶心：一种是阻塞的血、过多的血引起的，另一种是冰冷、暗淡和僵硬的血液引起的。英国丧失了信誉，因其习食肉类，习饮不透明的血、肉似的血、凝结的血，从而滋养了易怒和倨傲的人（请读作：只有当血液郁积，血液节奏可怕地停滞时，骄傲才成为一种罪恶）。英国贞女令人恶心，因为她是用沉睡的血液做成的，这种血液来自肉类和烈酒（关于麻醉品的主题）。

玛丽·阿拉高克②同样招致恶心，这位圣心修女会的鼻祖诞生在葡萄香气弥漫的勃艮第，全身充满过多的血液；耶稣会教士据此制造了耶稣的滴血心脏，一个乏味和恶心的形象。血液过剩的另一个例子是马拉，他的"敏感气质"只是雾状的血，是女人的多变

---

① 据我所知，没有人真正重视过米什莱的婆罗门教义。然而，他第二个妻子阿黛娜伊斯·米娅拉海（阿黛娜伊斯就是一个名副其实的传授奥秘的名字）的父亲便食素和养鸟。从第二次婚姻开始，米什莱对于印度教不再止于纸上谈兵（布尔努夫，安格迪），而一变为积极投入。——原书注

② 玛丽·阿拉高克（Saint Marguerite Marie Alacoque，1647—1690），法国天主教修女，圣心修女会的创始人。

性，必须定期放血才能“疏浚”。

蓝血

与之相反但同样失去信誉的是洁白的、像冰一样坚硬的血。这首先是一种童贞的血，是一切尚未达到生殖期（或怜悯心）的生命 95
体的一种情绪。历史于是向米什莱提供了两位可怕的处女，而且都是男人：（瑞典的）查理十二世和圣-茹斯特。这两个人是蓝眼睛（矿物质）与透明的皮肤（水质）混合形成的，从而带有一种中道夭折的可怕的雌性。这两位“陶洛斯的贞女”① 的凝滞的和非人的血液似乎正适合祭献神灵的谋杀，属于可怕的生硬、冰冷、不育的蓝色和断肢的锋刃。

白血

白色的血液还有其他形式：首先是褪色的血，即罗伯斯庇尔的那一种；在被血汁丰沛的女人吞噬之前，这个苍白的高谈阔论者曾经很讨她们的喜欢。此外，还有老化而松软的血，即败血，苍白得近乎干涸，例如恺撒的血，荒淫无度导致筋疲力尽，一个羁旅于高卢的泥沼中的暗淡形象，几乎难以区别于泥浆；又如亚历山大的血，野蛮的、非希腊的、真正北欧人的血，潮湿、阴郁、狂乱，正是一切狂妄的君主的原型。

---

① “陶洛斯的贞女”当指欧里庇德斯悲剧《伊菲革涅亚在陶洛斯》中的故事。陶洛斯（在今克里米亚）的野蛮人将所有登陆的异乡人杀掉祭神。

疯狂的血和封闭的血

血液确实是一种能够充当见证的物质，整个历史来到它面前接受审判。一切事物，只要不具备救世的血液的特质——也就是节奏——终将被贬入无信誉的历史（请按恶心理解）。丰盛的血液总是遭到各种失调和瓦解的威胁。与硬化或堵塞的血液相对，出现了愤怒的、无节奏的、解体的、陷入疯狂或衰败的血液。各种不稳定的血液一个世纪接一个世纪地瓦解：13 世纪是麻风病，14 世纪是鼠疫，16 世纪是梅毒，19 世纪是子宫溃疡。路易十四，君主制度的典范，因其乌黑的血液而彻底失去信誉。我们不妨认为，米什莱之所以把国王和王后都呕吐掉，是因为，归根结底，他们的封闭的血液是静止的。封闭的、内循环式的世袭制导致一种极其有害的淤积；“家族阴谋”的政治谬种，先封闭后瓦解的恶性的王族血统，二者相互映照。

再者，凡是封建大家族没有不因为血液而衰落的，在某种意义上，历史不过是病态的血和愤怒的血之间的冲突：勃艮第家族的血液属于混合型，它产生奇怪的怒火和动辄发作的阴沉的疯狂之举
96 （勇敢者查理，且不说还掺杂着葡萄牙血统）；安茹-普朗塔热奈皇族①的血液状如凶神——反常的身材（征服者威廉死后，墓室放不下他），贪婪，记仇，凶神恶煞，魔法附体（此处魔鬼英国的恶性

① 安茹帝国中世纪一度包括法国西部、英国、爱尔兰、匈牙利、波兰、那不勒斯、西西里和耶路撒冷。普朗塔热奈王朝（Plantagenêt）是安茹帝国的第一个王朝，12 世纪至 14 世纪时统治过英格兰（亨利二世）、诺曼底和加斯科涅等地区。

主题再次出现，例如沃里克①）；纪兹-洛林家族②的血缘复杂，其天然成分便是杂糅，凡事总是功亏一篑。瓦卢瓦家族③忧郁伤感，沉重如铅。所有这些血液都已经荡然无存，但是依然能够掺和，而且发生多层次的解体：查理五世就是如此——三次兰卡斯特④产生于三次纠纷，奥地利、英格兰和西班牙。

血的对立物

此外，还有一些跟血液针锋相对的物质，仿佛是血液的嘲弄者。首先是石块、矿物质，总归都是生硬、荒凉、虚空。请看德皮里夫人⑤：劳斯的体系起初使之血液充盈，随后猝然干瘪，其统治一结束，血液变成了石块。这种矿物质的可怖景象窥伺着美好的赤血，而且被米什莱置于血液最充沛的地方：子宫。他在克

---

① 沃里克（Earl of Warwick）是英国最古老的公爵封号之一，领地在英格兰中部埃文河畔的沃里克城堡。

② 纪兹-洛林家族是法国公爵封号，始于洛林家族的克罗德，史称纪兹公爵（Duke of Guise，1496—1550）。原著上文第 66 页已经提到纪兹公爵遇刺一事。

③ 瓦卢瓦家族从 1328 年至 1589 年统治法国，始于腓力六世，终于亨利三世，前承卡佩王朝，后接波旁王朝。

④ 当指查理五世的祖上与英国兰卡斯特家族发生三次血缘联系。可参阅原文第 105 页关于查理五世的论述。

⑤ 德皮里夫人（Jeanne-Agnes Berthelot de Pleneuf，marquise de Prie，1698—1727），路易十五的首相，波旁公爵路易·亨利的夫人，以操纵路易十五的婚事等幕后干政事件而知名。

拉玛尔[①]解剖一具女尸的过程中，曾经发现了一块结石：血液自变为石头；由此产生了恐怖和怜悯，即这种玄想的全部效果。

神经系统是血的另一对立物；它是苍白、纯净、智性的生命，例如19世纪的生活，与原始的各个世纪相反，因为“红色”当时是“美”的同义语。我们在提到罗伯斯庇尔的时候已经看到，贫血等同于电；生硬的电是对血的一种夸张讽刺，它虽然同血一样奔流，却是空洞的；血液膨胀、松弛、溶解、连续，并且通过富于节奏感的表层勾勒出一个匀质性的良性形象。电流却收缩、撤离，只会焚烧，不会生殖。例如，柔媚与罗伯斯庇尔有一个共同成分：刺鼻的干燥的火，因贫血而不能生育的情欲之火。米什莱曾经谈到，他养过一只母猫，由于追逐一只斑蝥而在这种干燥的烈焰中香消玉殒。他不忘将其与一只肉嘟嘟的蠕虫进行对比：那虫子的物质“有缓解作用”，除了头部不能吃以外，一下肚就令巴西姑娘们昏昏入睡，完全进入了清爽和持续的梦境。

当然，此类物质有其道义形式：电一旦进入智性，便会导致大脑介质不信任经院学术、拜占庭和诡辩；反过来，血液崇尚野蛮和原始，它不区分，但席卷一切。

贞节的血

97 良性的血液是流动的，它会产生回流。陶洛斯的贞女们像大理石一般冰冷，白皮肤加蓝眼睛（查理十二世，圣-茹斯特），米什莱用30岁的女人的肤色与之对照：在血液的定期推动下，透亮、红润、纯洁、脆弱（“羞怯可爱的玫瑰色时常映红她的面孔”）。对于

---

① 克拉玛尔（Clamart），巴黎西南郊的小镇。

肤色，他喜欢妻子的白里透红，甚于贞女们的白中见绿[1]。请看珍珠：纯洁的浅白色？“不，还要好得多。只要性情温柔，贞女和小姑娘就都带有那么一点嫩绿。这其实正是清纯妻子的那种纯真，纯洁无瑕，顺从爱情。”

米什莱的女性历史人物大多十分完美，几乎完全成熟，享受着平稳的血液循环；她们全都有一点“妈妈”的味道：奥地利的安娜，蒙代斯班夫人[2]（尽管缺少魅力），以及罗兰夫人。她们的性情属于他所说的“百合与蔷薇”。这些花样女子（很快变成了果实，正适合食用）彻底地仰仗于血液，她们的身躯只是寄生于自身血液的一层包装。

美人鱼般的造物

这是因为，对于米什莱来说，血液不是一种封闭的生物学成分，只属于一个如同拥有眼睛和四肢一样拥有血液的人。它是一种宇宙元素，一种独特的、匀质的物质；它在偶然性的个体化过程中流经所有身躯，但丝毫没有丧失其普遍性。它本身亦从土地转化而来（从我们吃的面包和水果转化而来），它拥有元素的无限性。

因此，归根结底，血液的最高形式是海洋。作为最原始的生殖 *98*
元素，海洋是血液和乳汁的原型，“甜滋滋的乳汁，热乎乎的血

---

① 巴尔扎克的女性世界也是夫妻式或准夫妻式的，但不是处女的。——原书注

② 蒙代斯班夫人（Madame de Montespan，1640—1707），路易十四的宠妃之一。

液”。通过某种渐进的机制，某种类似于一切自发生殖现象的膨胀（米什莱对此坚信不疑），海洋产生血液和乳汁。在自由状态下，海洋已经被白花花的肥腻的鱼类浸泡成乳白色。再到一个更高的阶段，在鲸鱼的身上，它化为血液和乳汁，而鲸鱼是一种神秘而完美的造物，“世界上真正的花朵”，“远远超过所有的陆地造物”。在米什莱看来，盐、血和乳汁的结合造就了一种宇宙的、近乎玄秘的物质，因为它既是本源，又是终结，既是元素，又是花朵。1842 年，在守护一位垂亡的友人（杜梅尼尔夫人）期间，米什莱在一本百科全书里读到一个有关鲸鱼的词条，他当时难以移开目光，以至于忘掉了濒死者。在《海》一书里，美人鱼般的造物鲸鱼为鱼类之首；鲸鱼实际上只是女人的一个相位；而且，照此看来，它释放出的其实是米什莱的全部自发的和深藏的情感（即他所说的怜悯心）；在功能上，这种自然流露与红润和乳白，即有节奏地膨胀的整个女人形象不无联系。

血之花

血液既然是创造活动的终极物质，对于米什莱来说，血的花朵便是至善至美的本身形象。这个客体既是天造地设的、审美的，也是道义的；它意味着消除了一切对立的完整无间的世界。

例如儿童，他们与人民同属一种物质，用乳汁和鲜血混合而成，并且形成一种典型的女性气质。在他们的体内，这种繁衍的双重液体透明地流淌，从来不会滞塞、变质，或变得干燥。这一点与女人完全不同，后者固然多血、乳汁丰富，却遇到一些威胁：
99 过剩（玛丽·阿拉高克），石化（子宫变石头）或者枯竭（妇女在

1765 年陷入严酷的矛盾处境：《爱弥儿》发表的翌日，她们既想给婴儿哺乳，又不愿牺牲她们的节庆）。因此，儿童是真正的“血之花”，“血液的温柔绚丽的花朵”，而且，生命从此开始的这件“厚厚的肉制外衣”只是一个“思想的沉重体现，充满乳汁、血液和诗意”。

由此产生了一个良性的意象：一道流动的屏障。导致血液贲张的天然节奏使它周而复始地不断翻新，如同花朵和潮汐。

水先于血

101 是的，德意志是欧洲的印度：辽阔，模糊，漂浮不定和丰腴多产，恰如她的上帝普洛透斯①——泛神论的海神。只要周边君主制的强大壁垒不压制，不围困，这个印度—日耳曼部落便在欧洲泛溢流淌，既发生变化，也改变着欧洲。因此，天性流动不羁的德国不知壁垒为何物，不知城镇为何物。塔西陀说："每个家族都随心所欲地在任何地点驻留，不管那是森林，草场，还是泉水。"然而，在她身后，随着另一个蛮族的各个部落羽翼逐渐丰满：斯拉夫人，柔然人②，匈牙利人，西边的法国也日趋强盛，她必须收缩才不至失掉土地，必须构筑城堡，发明城市。她必须侍奉公侯们，让他们结成党派和省区。德国被丢在欧洲中部；既然是兵家必争之地，无论是否乐意，她都不得不仰仗封建制度，而且为了不至于亡国而维持野蛮状态。这正好可以解释，为什么这个种族能够绝妙地永葆青春和童贞。我们看到，这个种族醉心于建立一个通体透亮的文明，好像一股液体，被活活地封入一块有瑕疵的晶体内，可是依然在流动。

——1831 年，《世界史》，绪论，第 429 页

在另外一本著作里，我谈到了德意志禀赋的深刻的、非人格性的特点。我在别处还要提及。这个特点往往被青年德国的明显的阳刚血气所遮掩；只要仍然这样痴迷于血液，就会有汹涌的激情和狂热，不过，非人格性是一个基本的特征（可参阅我的《世界史》的

---

① 普洛透斯是希腊神话中变化无常的海神。

② 柔然人是公元 4 世纪至 6 世纪活跃于中国北部的游牧民族的总称。

绪论部分）。古代雕塑正好抓住了这一点，那尊被俘的达斯人①的巨型半身塑像便可证明，雕像现存梵蒂冈博物馆的新馆；此外还可见于卢浮宫博物馆前厅内的彩色雕像。梵蒂冈的达斯人塑像采用大比例，浓密的头发散乱不整，使人想到的绝不是爽快的野性，而是一种巨大和粗犷的力量，牛和大象的力量，而且带有一丝特殊的、踌躇不定的意味。他们的目光虽然在眺望，但似乎并不在注视什么。 *102*
这一点跟梵蒂冈同一厅堂内的尼罗②塑像十分相似。里昂博物馆的那尊维埃蒂的迷人的“塞纳河女神”③也是如此。这种怅惘的眼神常见于德国的卓越人物，使我印象深刻。

——1833年，《法国史》，第Ⅰ卷，附录，第299页

分食猎物

（南特敕令废除以后，新教徒被褫夺财产）

这是分食猎物，令人想起凡尔赛宫至今仍在的一座阴森的庭院。当年，每逢日间狩猎结束之后，便让饿狗在此地享用碎肉块。庭院不大，可以说相当狭小，想必当年是一个血腥的渊薮，犹如一口供屠宰之用的深井。院内还有一座窄窄的阳台，专供漂亮的女士们从容驻足观赏，一边呼吸馨香的空气。

——1860年，《法国史》，第Ⅻ卷，第353页，注4

---

① 达斯人（Daces）是古希腊罗马时期生活在达西亚地方（今罗马尼亚）的古代居民。

② 当指西斯廷教堂内尼罗河洪水之神哈比的雕像，罗马时代的作品。

③ 塞纳河女神是法国雕塑家维埃蒂（Jean-Baptiste Vietti，1787—1842）的作品。

血液过剩：玛丽·阿拉高克

众所周知，圣心修女会的修女们期待着耶稣基督的来访，并且自称“耶稣之心的女儿”。然而，一直未见耶稣其人莅临。心的崇拜（其实是玛利亚的心）出现于诺曼底，影响不大。可是，在性与血都堪称丰饶的葡萄酒之乡勃艮第，一位当地姑娘，巴莱乡的圣心修女会教徒，终于获得了许诺已久的来访，耶稣允许她亲吻自己淌血的心脏。

修道院有冷冰冰的规矩，可是并没有使年轻的玛丽·阿拉高克（这是她的名字）感到紧张不安、苍白贫血。她入院很迟，正值风华正茂的青春期，可怜的姑娘于是成了自身血液过剩的烈士，每个月必被放血。尽管如此，她依然在27岁那年进入了无比愉悦的、彻底忘我的境界。在无法自持的状态下，她向修道院长做出了忏悔。这位机敏的女人扮演了敢为人先的伟大角色，竟然勇敢地草拟了一份耶稣与阿拉高克之间的婚约。阿拉高克用自己的鲜血签了名，院长也果断地代表耶稣签了字。更有意思的是，居然还举行了一场婚礼。从此以后，教会每个月都获得耶稣到访的宠幸（参阅伽利菲神父）。

圣心修女会归耶稣会教士领导，他们没有表示异议。假如曾经出现过教义的阴影，秘传修行的阴影，他们本来会更谨慎行事。然而，这只是一个事实，一次具体的躬亲实践的举动。“这是对真实的滴血心脏的崇拜，对耶稣的肉与血的崇拜。”他们这样说，也反复重申这个说法。无需深奥的神秘主义。阿拉高克说，只要对基督不怀丝毫仇恨即可，耶稣会与您心心相通。

1675年，两个女人（阿拉高克和基庸夫人①）同为27岁。她 103
们两个改变了天主教世界。一位凭借虔诚修行，另一位凭借物质性，表面上虽然有别，但都重新温暖了教廷的取向。教会重获振兴，特别是通过新的徽章及其带来的晦涩语言，以及使用愈益广泛的灵与肉的歧义性。历经二三十年的光景，428座圣心修道院建造起来了。

——1860年，《法国史》，第XIII卷，第15章，第175页

血液过剩：马拉的"敏感"

法布尔·戴格朗迪②提到过"马拉的敏感"。那些把敏感与善良混为一谈，不懂得敏感一旦狂热起来会变为愤怒的人，这个字眼使他们感到吃惊。女人敏感起来会很残酷。就性情而言，马拉是女人，而且比女人还要女人，十分神经质，十分多血。他的医生布迪埃先生读了他的日记，每当看到他血液比平时超量、"面红耳赤"的时候，就给他放血。

——1850年，《法国大革命史》，
第XIII卷，第15章，第281页

血液如钢：贞女圣-茹斯特

如果不是那双注视的和生硬的眼睛，不是那两道剑眉，圣-茹斯特会让人觉得是女人。陶洛斯的贞女？不是的。无论眼睛还是眉

---

① 基庸夫人（Jeannec-Marie Guyon，1648—1717），法国天主教静修派修女，经历和著作均备受教会人士争议。

② 法布尔·戴格朗迪（Philippe-François d'Églantine，1750—1794），法国大革命时期演员出身的政治家。

毛——尽管浅淡而细长——都无法使人觉得纯洁。皮肤很有贵族气质，透亮，显得过于美丽，使人心生此人身体是否健康的疑问。那
104 条当年唯有此君才系的紧绷绷的宽领带给了政敌以口实——也许毫无道理——说他有深藏不露的冷酷的情感。领带和高挺的外套翻领似乎完全取代了衣领；这个效果因为长身和短领的不般配而更显得怪异。前额低凹，头顶仿佛被压陷，使得本来就不长的头发几乎碰到眼睛。不过，最奇怪的应当是他的神态，一副机器般的刻板模样，非圣-茹斯特莫属。相形之下，罗伯斯庇尔的生硬真的算不了什么。这副神态意在何为？一副特别的姿势？一种过分的骄傲？还是一种有意制造的尊严？这些都不重要。这副神态可笑是可笑，但更令人心悚。人们会觉得，一个举止如此生硬的生物，心肠必然也是生硬的。例如，他在发表演说的时候，从国王谈到吉伦特党人，根本无视路易十六的存在，然后突然转身走向右翼的席位；从他的言辞、整个身躯和含杀伤力的严酷目光里，无人不感到一种钢铁般的寒冷。

——1851 年，《法国大革命史》，
第Ⅴ卷，第Ⅸ册，第 5 章，第 97 页

乌血：路易十四

建立雕像一事，国王委派王储操办。他很少离开凡尔赛。他的血液变得乖戾。近几年中的暴力政治、狂饮暴食使他精神亢奋。鲁瓦①的激烈进谏、炮击、放逐②，这一切使他内心酝酿着一种恶

① 鲁瓦（François Louvois，1639—1691），路易十四的兵部大臣。

② “炮击”当指鲁瓦 1689 年率军摧毁莱茵伯爵的领地的战争。“放逐”当指 1685 年路易十四废除南特敕令之后大批放逐新教徒的事件。

劣的情绪。有了这种动辄发怒的倨傲，即使微不足道的小摩擦也会变成可怕的麻烦。国王的内心深处自有一位大胆的反对者——一个男人？不，无人有此胆量——可是，自然界有这种勇气。国王从凡尔赛宫的天花板上望见自己——不但是个男人，而且英俊、年轻和生机勃勃，好像一轮红日，此时，胆大妄为的自然界却告诉他："你是一个人。"自然界竟然把他领到了一个人人都会感到害臊的部位。此前，他曾经不得不强忍生于膝盖的肿瘤，现在，自然界却让他的肛门里也长了一个。除外科手术以外，没有别的办法可想。当时，这个新式而甚为严肃的手术在全欧洲引起了不小反响。手术十分成功，接下去是没完没了的吹嘘，果敢的手术师荣誉加身。正像莫里哀的剧中人那样，国王成了一位"出色的患者"，声名远播的受害者，出名的病人。人们依旧保守秘密，可是秘密迟早会泄漏出去。还有比这种期待更令人心烦的吗？一连九个月，他忍耐，让步，一边担心事情会传出去，一边不无道理地想到，整个欧洲都会嘲笑他，嘲笑能壮他们的胆。

——1860 年，《法国史》，第XIII卷，第 25 章，第 278 页

绛红色的坟墓：封闭的血

我们在做梦吗？这是一场噩梦，还是现实和历史？在布鲁日①，105
在玛丽和勇猛者查理的坟墓上，当人们看到这样一幅极幼稚的图景，即奥地利和勃艮第家族的谱牒时，他们提出的正是这个可悲的问题：

① 布鲁日（Bruges），比利时西北部的历史名城。

“让别人去打仗吧。至于你，幸运的奥地利，结婚吧！”
（Bella gerant alii：tu，felix Austria，nube.）

这些联姻都蕴含着战争，孕育大量的战役和饥荒；这些喜庆的火焰燃遍了欧洲。这是孕育力极强、繁殖极迅速的婚姻；这是填满丧礼、幼童和天灾的摇篮；如果想到无数贵胄把皇室的名号强加给偏远的人民，迫使他们服从王权，想到需用上百万人的鲜血当作乳汁的无辜婴儿并非少数，那么每一次诞生都值得人们落泪。

布鲁日的坟墓都用绛红色大理石建造，布满结实的雕塑，显得既堂皇又凄凉。当然，它们使人感到困惑并非没有道理。基座被铜质丫杈缠绕得严严实实，每一根枝蔓、每一片树叶都是一桩婚姻，每一粒果实都是一个王子的降生。在不谙内情的人看来，它们好像精巧的谜语，对于知情者却会引起恐惧；天使护持着它们，这些可爱的清纯童子；可是他们同样是死亡的天使。

请看勇敢者查理，查理五世的先祖，三场悲剧的产物：其一是无畏者若望的悲剧，即那桩置奥尔良的路易于死地并让英国人进入法国的夺命婚姻；其二是约克和兰卡斯特之间的悲剧，即玫瑰战争[①]，遭杀戮的王子多达 80 位（又有谁统计过老百姓的死亡人数呢?）；最后一场是葡萄牙的悲剧，凶残的佩德罗[②]的悲剧，是用佩刀建立王朝的那个杂种的悲剧。勇敢者查理本人则通过世袭、联姻和征伐，成为不知多少个国家的致命姻缘；他是它们之间的缓冲，

---

① 英国历史上的约克和兰卡斯特之间的玫瑰战争发生在 1455 年至 1487 年间。

② 凶残者佩德罗（Pierre le Cruel，1334—1369），卡斯蒂里亚和莱昂国王（1350—1369）。

但不是斡旋者，仅仅出于战争和仇恨而接近它们，因为他身上集中了弗拉芒人、瓦隆人和德国人之间的征战和拼杀。因此，在一个人身上，可见两次事关道义的战役，不共戴天的元素的两次荒唐的邂逅，二者因相遇而厉声呐喊。就种族而言，也就血统而言，他就是勃艮第，就是葡萄牙，就是英国，他一身兼领北方和南方；作为王子和君主，他是五六个民族。我在说什么？他是五六个不同的世纪，是蛮荒之地弗里斯兰①，在那里，阿米尼乌斯时代的日耳曼人村镇至今生机盎然②；他是工业化的法兰德斯，即当年的曼彻斯特；他又是封建贵族的勃艮第。

在迪戎市和根特市的金羊毛骑士团的教堂里，您瞧他的样子， 106
宛如一位哥特风格的路易十四，正在召集阿瑟王的圆桌骑士们。他是一切，他也什么都不是。或者说，如果他是一切，那么他也是疯子。他就是这样身殁南锡市的。他的女婿照样猝死，这个出色的猎手马克西米连身兼三种人：奥地利，英格兰，葡萄牙。在他身上，种族纠纷并没有表现为愤怒，而是眩晕，徒劳无益的烦躁，这场昏头昏脑的猎程一直延续到他死去；从始至终，他的脑际都被一只小妖精所纠缠，先是驱策他前行，然后令其迷乱，一刻也不让他安生。

菲利普是这两个疯子的产物，马克西米连的儿子，查理的孙子，却未能活下来。这个长相英俊的玩家整日与网球为伍，在儿童游戏里耗尽了精力，光荣地死在球场上。不过，他并非夭折得过早以至未及娶亲的地步。在从父辈继承的两种疯癫元素上，他添加了第三种，那就是疯人珍妮的深刻的忧郁。后者出自西班牙民族的不

---

① 弗里斯兰（Frise），荷兰北部省份，其古代居民是日耳曼民族的一支。

② 阿米尼乌斯（Arminius，公元前16—公元21），日耳曼部落联盟的首领，曾于莱茵河东岸条顿堡森林大败罗马军队。

幸的逼婚，是豪侠的伊莎贝拉·德·卡斯蒂里娅与吝啬的老马拉诺[1]费尔迪·南达拉贡结下的珠胎，她在儿子身上综合了三种疯癫，三次纠纷。查理五世体现着用混杂成分合成的一团混沌。

——1855 年，《法国史》，第Ⅶ卷：《文艺复兴》，第 13 章，第 296 页

血的对立物：石头

（米什莱在克拉玛尔解剖了女人尸体）

这些庸俗的女人显然从事过某种职业，她们的大脑形态十分简单，似乎处于原始状态。她们差一点让我铸成大错，误以为就这个器官的核心部分而言，女人通常比男人低劣。幸运的是，另一些女人的大脑使我恍然大悟，特别是另一个女性的大脑，作为特殊的病
107 理案例，它使贝娄先生对她的病症及其先例都有所认识。所以，我这一次获得了在其他死者身上一直缺乏了解的东西，即生命的历史、命运的历史。

这个极其罕见的特例，是在子宫里发现了一块体积颇大的结石，这个往往变异剧烈的器官——但也许从未如此严重——显示出一种反常状态。在生命衍育和生殖力的圣殿之内，竟能发现如此残酷的干涸，如此绝望的萎缩，一个阿拉伯半岛——不妨这么说，一块石头——不幸的妇人仿佛变成了石头。这个发现使我陷入了无边的沉思。

——1859 年，《女人·序言》，第 4 章，第 56 页

血的对立物：神经

古时候，女人是一具躯体。婚姻那时只是繁衍后代的手段，娶

① 马拉诺（marrane），中世纪被迫佯装改信天主教的西班牙的犹太人。

妻必须选择健壮红润的姑娘（在野蛮民族的语言里，红润和美丽是一个意思）。她们被要求有充沛的血液，而且做好了流淌的准备。人们在这方面大造声势。婚配的仪式就是一场血的浸礼。

现代婚姻主要是灵魂的结合，灵魂是最主要的。现代人幻想女人是精致的、圣洁的，已经不是红润的姑娘了。神经系统的整个生命都依附于她。她的血液只是运动和行动。血液在她的鲜活的想象力当中，在灵动的思绪当中，在属于一种病态娇柔的神经质的绰约风姿里，在她那动情而不时闪光的语言里，尤其在她那一往情深的眼神里，它时而使人忘情和陶醉，时而使人迷乱，更经常的是直达内心，让人潸然泪下。

而这正是我们所眷恋、梦想、追逐、欲求的。当今在婚姻这件事上，出于一种奇怪的前后矛盾，我们把这一切都忘掉了，我们反而寻觅出自强壮种族的姑娘，例如乡下的黄毛丫头；特别是当她置身于我们的悠闲无事、营养过剩的都市里的时候，必定会充分享受火红的生命之泉。

再者，神经势能的兴起，血液势能经历长期酝酿之后的衰落，这是一种我们时代的现象。假如卓绝的布鲁塞①重返此地，他那一度成功地从同代人的脉管里抽出的大量血液，又怎么能在我们这代人当中（我指的是文化阶层）找到呢？这是一种根本性的变化。变坏了，还是变好了？看法可以见仁见智。不过，可以肯定的是，人们变得更加精巧和工于心计。不断涌现的伟大作品和发现正是这30年光阴的标志。

——1858年，《爱情》，第Ⅱ卷，第119页

---

① 布鲁塞（François-Joseph V. Broussais，1772—1838），法国医学理论家，他的人体器官互动学说和颅相学曾引起广泛争论，著有《刺激和疯癫》等著作。

辛辣与舒缓

108 谁没有见过，在尘土飞扬的乡下，在变质的谷物脚下，珐琅绿色的斑蝥怯生生地踉踉跄跄爬过小径？这辛辣的养生灵药，它的爱情变成了毒药。医药界使用它，但并非从未受到惩罚。这种中世纪的药品不仅对人类有危险，对于动物似乎也并非无害。曾有很长一段时间，我养过一只母猫，它十分聪明，但热情奔放；除了其他任性的放纵行为以外，它还喜欢追逐斑蝥。它似乎被这种漂亮的虫子的刺鼻气味所吸引，如同蝴蝶追逐火焰那样。一种陶醉的喜悦。然而，就在母猫穿越花丛，抓住和碾碎这个危险猎物的当口，后者似乎奋起复仇了。由于一触即发的天性，母猫一经被蜇，便发出一声尖声怒号，怪异地上蹿下跳。剧痛压倒了火燎般的感觉。

另一种昆虫与之恰好相反。竹毛虫（bambou），也叫“malalis”，若把它的剧毒的脑袋去掉，剩下的便是可口的膏脂。按照巴西印第安人的说法，它有温性的镇静效果，能够使爱情入睡。品尝了膏脂的姑娘在鲜花盛开的树下睡了两天两夜；睡梦中，她奔跑在原始森林深处和清新的河岸，阳光从未照到过那里，也从未有过人的足迹。有的只是一只硕大的蝴蝶，孤零零地上下翻飞。不过，它并不孤独，爱情在此满足了对鲜美果实的渴望。

——1857 年，《昆虫》，第Ⅱ卷，第 14 章，第 184 页

殷红色的海洋

美丽的赤血，热血，它是大海奏起的凯歌。通过血液，大海以其无与伦比的力量激活和充实了它的巨人，其威力远远超过陆地上的一切创造活动。大海制造了这种元素。可怜的花朵啊，你已经委

顿、暗淡，然而大海完全可以为你再造血液，使你滋生红润，恢复生机。大海充满了血液，丰沛得不可计量。在那些大海之子的身躯内，血液本身也是大海，乍看上去，汹涌蒸腾，把无边的海洋洇染得通红。

奥秘是这样被揭示的。所有的原理在你身上汇聚，却被这位不知是谁的伟人弄得四分五裂。她拥有你的骨头，你的血液，你的精气与热情，拥有她的孩子们身上的每一种元素。

你似乎没有的东西，她也拥有：超凡的包容力，过剩的精力。她的呼吸，不妨称之为物理世界的英雄气概，令人莫名的欢欣和富有创造力。同样，这位伟大的造物者倾其全部威力释放出苦涩的喜 *109*
悦、蓬勃的生机以及她本身为之悸动不已的爱情的野火。

——1861 年，《海》，第Ⅳ卷，第 1 章，第 356 页

拥有红血和乳汁的动物

哺乳动物是温顺的种族，同我们一样拥有血液和乳汁，它们与上古时代的猛兽即出自原始泥沼的怪胎毫无关系。鲸鱼是较为晚近才出现的，它们遇到了洁净的水、自由的大海，祥和的地球……

大海的乳汁，也就是油脂，多得过剩；它的热乎乎的动物脂肪以空前的势头发酵，企图生存。这脂肪膨胀起来，形成一些庞然大物，即被宠坏的大自然的孩子们；它赋予它们无与匹敌的力量以及更有价值的东西：热情奔放的红血。这是红血首次出现。

这是名副其实的世界的花朵。如果与这种在绛红色中涌动、发怒和求爱的宽厚的生命相比，任何通过委顿、自私、垂死和相对缓慢的血液进行的创造活动都显得缺少心肝。高尚世界的力量，其魅

力和美妙全在于血液。有它便有欲望之火和爱情。爱家之情和爱种族之情经过人类的延伸，使生命达到神圣的顶峰：怜悯心。

不过，有了这种卓越的禀赋，神经的敏感性就会无限增强。我们更容易受伤害，更会享受，更能忍受痛苦。鲸鱼不具备猎人的嗅觉，听觉也不发达，一切全凭触觉。脂肪可以使它免于挨冻，却无法使它免受撞击。它的皮肤十分细腻，是用六种不同材料编织起来的，无论碰到什么都会发颤和抖动。皮肤上的柔软突乳都是触觉灵敏的工具。它的全部活力都来自丰沛的红色血流。躯体虽有大小之别，但血流量远远超过陆地哺乳动物。受伤的鲸鱼一下子便使殷红的血液充满大海，把大片海水浸染得通红。我们的血液以点滴计算，鲸鱼的血液是滚滚洪流。

雌鲸鱼的妊娠期为 9 个月。它的乳汁可口、微甜，是女性乳汁的那种温和的甘甜。不过，由于永远劈波斩浪地前行，乳房如果位于胸部前方，会使幼鲸很容易被碰撞；于是乳房下降到一个较低的、更安全的位置，即幼鲸出生的肚子。幼鲸于是得到保护，而且得益于已经劈开的水流。

船似的体形为这种生活所固有，它使得母鲸收紧腰围，不会长成妇人的粗壮腰身，那是一种可爱的奇迹，来自于安稳、长坐不起
110 和谐调的生活，一切都化为柔情暖意。这一位，海洋里的魁伟妇人，无论她多么温柔，仍然不得不让一切都服从于与波涛的抗争。尽管如此，藏在这副怪面具背后的机体并没有变；形式相同，敏感性相同。外表是鲸鱼，内里依然是女人。

——1861 年，《海》，第Ⅱ卷，第 12 章，第 238 页

血之花

色彩不会永不衰退，大多都会消融和消失。至于珊瑚，却仅

存骨架，看起来好像属于无机物，其实正是浓缩和加强了的生命。

女人的感觉比我们的要细腻得多，所以不会上这个当；她们隐约地感觉到，在这些树木当中，珊瑚是有生命的，由此产生了一种合理的偏爱。科学徒劳地告诉她们，那只是一块石头罢了；后来又说，那只是一小丛灌木罢了。她们却觉得两者绝不是一码事。

“太太，为什么那些宝石您都不喜欢，而偏偏喜欢这种红得可疑的树木呢?”“先生，它跟我的肤色般配。红宝石让人显得苍白。这个嘛，色调虽然发暗，不光亮，却正好可以映衬皮肤的白皙。”

说得不错。这两种东西十分相近。珊瑚和嘴唇、面颊一样，其中的含铁成分能够反衬肤色（沃格尔①），它衬托出前者的殷红，后者的浅红。

“不过，太太，这两种发光的石头光泽不同。”“没错，可珊瑚的光泽柔和，能维持皮肤的光泽和温度。戴上它，只消两分钟，它就变成身体的一部分，就是我自己了，跟我分不开了。”

“太太，这是最美丽的红色。”“大夫，把这个留给我吧。我喜欢。为什么？我也说不上来—— 如果真有一条有力的理由，跟别的理由一样，那就是它有一个真正的东方的名字：血之花。”

——1861年，《海》，第Ⅱ卷，第3章，第146页

① 可能指德国光谱化学家和照相师沃格尔（Hermann Wilhelm Vogel，1834—1898）。

女人陛下

111 米什莱始终把女人视为血液。这血液一旦静止、过剩，也就是说，当女人从中获取的不是孱弱，而是力量的时候，她们就自外于女性，失去了信誉。我们已经看到了对英国的帕梅拉们的厌恶，一伙暴饮暴食的贞女；也看到了对于玛丽·阿拉高克的厌恶，这位滴血耶稣的圣心会的鼻祖，因为充血而令人恶心。反之，如果血液干涸，女人枯竭，而且由于这种病患的作用而脱离了血液的良性环境，陷入了矿物质的地狱，她们就会丧失一切神话的功能。通常，在米什莱的女人世界里，“这个在欧洲被称为女人的半男人”的地位犹如洪水猛兽，因为她破坏了女人血液的深刻法则，也就是节奏。

米什莱被血所伤

我们知道，米什莱反复谈到“使女人成其为女人的爱情来潮，那个月复一月地为她们测时的神圣节奏”，而且几乎认定，他的未刊行的日记不会有别的主题。此类宣示之频繁，风格之豪放、抒情和细腻，都说明女人血液的意象是他的一道真正的心理创伤——在物理的或存在的意义上。一如既往，米什莱从中找到一种组织世界的新方式。

首先，月经使女人成为一个浑然天成的客体，并且因此而有别于男人。男人没有来潮和除旧布新的过程，除了皮肤和腹肠的更蜕以外，没有周而复始的脆弱时刻；男人只与按昼夜计算的时间有关，不涉及星球的运行；其生物学活动与重要成分的蜕变没有任何关联。

相反，月经来潮使女人与同样处于调节作用下的大自然融为一体。正像来到希望之乡的门口那样，男人站在大自然的门外；只有 112
通过历史，通过心甘情愿地投入正义和仁慈之间的世俗的战斗，他才能在天地之间找到一个角色。女人超然于历史之外；她掌握着时间的钥匙，是先知、仙女和宗教。“女人的神圣来潮遭到中世纪的羞辱和鄙视，被称为不洁之物；可是，正是由于它，女人才成了极富诗意的崇拜对象。”

血如催情药

所以，血液把女人变为一个超人的异己，从而使从男人变为女人的过程只能是一种接受奥义的活动，也就是米什莱借自但丁的说法：人性的迁移（tranhumanation）①。而且，传授奥义的催情药只能是女人的血液。如何做到呢？女性的蜕变像星辰一样，是受海洋调节的，它取消了动与静之间的全部逻辑对立。最终会聚起趋同运动的良好的稳定性，正是以周而复始的流动作为基本形态的。所以说，历史结束之时，正是女人开始之日。历史只是一种线性的辩证法，分两次完成：仁慈和正义，麻醉品和战斗；而且，它的唯一运动是一种野性的、不连贯的繁殖行为。“被我们愚蠢地划归阴性的历史是个粗汉，一个脸膛晒成古铜色，风尘仆仆的赶路人。大自然却是一个女人。”这就是说，历史性的时间像一根线一样笔直，逐渐消失，无法替代；与之相反，星辰、海洋和女人的循环式时间是休憩，是永恒的时间。历史的流动性因为是线性的，所以是不完美的（《历史上的铁路》②）。从构成方面来说，从周而复始的节奏中诞生的女人是成熟的历史、胜利的历史。

赎救的节奏

女性血液的赎救原理——也就是它的节奏——就是这样被找到的。血液的节奏的功能是在动态时间上追加一个固定时间，从而成功地削弱了二者的对立，但是丝毫不改变它们的性质。这就是说，提出女人的稳定性并不以损害其脆弱为代价。虽然女人每次战胜了

① 见于但丁的《神曲·炼狱篇》和《天堂》。米什莱在《教士，女人和家庭》（1845）第二部分第6章里专门讨论了这个概念。

② 尽管从维科那里吸取了很多东西，米什莱却一点也没有保留他的螺旋式历史的概念，即历史呈旋转和轮回的方式发展。——原书注

月经以后都无可弥补地解除了武装，但是这种流失却使女人变得空 114
虚，而且对于昏了头的、一往情深的男人是一种怂恿。月经来潮中的女人跟某些昆虫的必要的和可怕的蜕变相似，它是一种超级的赤身裸体，把女人变成无保护层、无隐私的一种存在，仿佛没有甲壳的蚂蚁或剥去了茧的蚕蛹。

偷窥者米什莱

在米什莱看来——他在这个话题上的放言高论何其多啊——女性特征只有逢月经期间才是圆满的。这就是说，爱情的目的并不是占有女人，揭示女人才更重要。“爱情的最钻心的刺痛，与其说是美貌，不如说是急风骤雨。”显而易见，米什莱的色情不考虑性高潮的快感，却十分重视经期的女人，亦即蒙羞的女人。这是一种有洞察力的色情，不是一种占有的色情；所谓坠入情网的米什莱、心满意足的米什莱，不过就是偷窥中的米什莱。

当然，在女人盥洗的隐私时刻偷窥，这种狂热罩着一件道德合目的性的外衣。而且，亲眼目睹总是被天真地当成亲临救护。米什莱本人曾说：爱情与怜悯紧密关联——事实上，他一直不断地在二者之间交替；他所说的怜悯，从来就是蒙羞女人的色情场景。因此才出现了关于丈夫的情欲的荒唐一页：被允许知晓经期秘密。这是一种彻底的转换；于是，通常由美貌或贞洁担当的色情功能转交给女人的流血时刻。

女人如野草莓

所以，米什莱的女性历史人物不是一些要么百依百顺，要么宽厚仁慈地委身于男人的妇女；她们不是某种占有的对象，而是某种剧烈变化的一道景观。因此，女人是在一切人性之外被评估的；评价她们的含血量绝不值得大惊小怪，这与按照含糖量评估水果本是一回事。远离多血的女人（玫瑰女人，菠萝女人）吧！隐蔽的女人（请理解为只顺从鲁莽的丈夫的妻子）才是不可缺少的；一句话，需要的是野草莓似的女人。

一个女人如果属于一个国家或一个社会阶层，从而理当恪守某种与其性别无关而是针对其血液功能的禁忌，那么她就被赶出了米什莱的天堂，例如英国女人、贵族女人。在这座天堂里，您反而能够看到人民的女人、历史的女人、米什莱的女人（鲁斯蒂卡和芭芭
115 拉①）。她们照理应该多一些顺从，少一些腼腆。米什莱曾经大肆吹嘘其色情的“善心”的那位黑种女人也是如此。她的百依百顺经得起任何苛求的考验，“她从来不敢肯定自己是否取悦于人，而且随时准备做任何事情，只要能少招惹别人厌烦。”可爱的女人通常都苗条、纤瘦，同时也很容易转入面红耳赤，也就是说，既远离血液过剩，又远离生硬的矿物质。她在夫妻生活当中百依百顺，但我们知道，她所顺从的绝不是男性的力气，而是丈夫的鲁莽唐突。中世纪农奴制度下的小村妇便是如此。面色苍白的阿黛娜伊斯②更是如此，虽然为了使娇妻接受这种特殊的色情，米什莱显然不得不大费周折。

这是因为，为人妻不一定包含夫妻生活的日常义务。顺从男人并不意味着对雄性情爱的节奏逆来顺受（米什莱总是恳求年轻的丈

---

① 曾经与米什莱发生恋情的女仆。

② 米什莱的第二任妻子。

夫们不要对妻子施暴），而是迁就那些我们了解其性质的神圣的鲁莽行为。有人曾把青年阿黛娜伊斯的悲剧设想成这样一个女人：脆弱、工于心计、抱负远大，陷入与一位馋嘴老人的婚姻。也许，苛求更多地来自别的方面，抗拒也许同样如此。一本秘藏多年的私人日记没有别的解释，因为它对礼数的震撼也许比对道德更强烈。教育方面的禁忌比性禁忌要严厉得多。

婢女似的男人

爱情艺术的转换要求具备一种特殊的风流倜傥。问题不在于愉悦女人的身体，而在于赢得她们的信任，使她们乐意向你敞开月经来潮的秘密。所以，米什莱运用的不是征服的技巧，而是说服的技巧。男人年轻力壮是没有用的，因为他要赢取的乃是一个秘密（在最具排斥力的世界看来，在最富于诗意的米什莱看来），而不是一种魅力；丈夫最好上点年纪，具备所有能说明为什么放弃矜持的身份，第二次娶妻时的米什莱就是如此，将届 50 岁的教授，既是父亲，又是世俗的教士，更是一位风流的听忏悔神父。而且，既然情欲已经缩减为最难启齿的私房话，女人能否做爱已经不重要：她的魅力全在于月经来潮。因此，女人可以性冷淡（青年阿黛娜伊斯便是如此），婚姻却不变质；男人不是在被占有的女人身上而是在被强暴的场景里找到完满和谐的。

这样一来，丈夫便不是严格意义上的雄性、传种者和主人，究 116
其本质，他是一个观众。于是，无需故作羞涩，丈夫的功能可以由任何人充当，只要那个人有权接近其娇妻的隐私。为了圆满完成自己的天职，丈夫必须承当类似于女方亲属的全部角色；他必须一身兼顾配偶、情人、母亲、仆人、婢女、医生。重要的是，他必须尝试一切由女性陪伴的场合，绝无遗漏。当米什莱想到女人的时候，他眼中的竞争对手不是男人或偷情汉，而首先是听忏悔的异性神父，因为这个人的职务使他有威胁性。这个具有竞争性的听忏悔神父无疑也可以是教士，但也可以是婢女，是朱丽叶①。在他的年轻的情妇的身旁，此人本来不该掌握令人渴望的权力：注视她，在月经期间协助她。这一神圣特权本来只属于丈夫，因为那其实才是真正的色情时刻。

米什莱的女子同性恋

因此，在米什莱看来，男女之间的关系绝非基于性别的不同；雄与雌都是道德形象，用于按照惯例对历史现象或局面做出评判：历史属于雄性，叙利亚是雌性。可是，从色情方面看，却只有一位观众和一个场景；米什莱本人既非男，亦非女，他只是一道目光；他接近女人的方式不要求有任何雄性特征。恰恰相反，出于某种遗传方面的禁忌，男性通常头一个被要求远离女人经血，米什莱因而竭力去掉自己的生殖器官；而且，既然这一来潮只在其他女人、女伴、母亲、姐妹或乳母那里才形成景观，米什莱于是把自己也变成女人、母亲、姐妹、乳母和妻子的女伴。为了以观众的身份而非拐骗者的身份制造女眷集会的效果，老狮子穿上了罗裙，凭着一种地道的女子同性恋，含情脉脉地跻身于女人世界，他甚至认为婚姻不过是姐妹之间的事情。

---

① 米什莱的散文《爱情》中的人物。

在米什莱看来，理想的爱情活动不是插入，而是延伸，因为能够充分展现爱情的并不是性，而是眼神。正如鱼被他视为一种胶质液体一样，米什莱把宇宙也看成光滑无痕的美妙物体；同样，保护、覆盖和包裹女人，在其整个表层上“跟踪”女人，不外乎阻止质料产生任何断裂。理想的恋爱中的男人形象归根结底是衣服，因 117
为海藻和鱼之浑然一体，正如皮肤和裹身的丝绸已经没有分别一样。当米什莱情意绵绵地描写身裹长袍的女人时，毫无疑问，他不仅盼望，而且把自己想象成一件加长的外衣，一个被跟踪和紧贴的秘密，从幅度上而非深度上被彻底吸收了。

女人的神圣君权

因此，男人是女人的寄生虫。女人是王后，男人是奴仆。这绝不是一种隐喻的说法，因为这是一种神圣的君权，又因为女人是绝对意义上的他者。

首先，女人的身体跟男人不同。她的核心成分和男人不一样：她的血液有节奏；她的呼吸来自肋下，显示乳房的轻微波动，也就是明显的情绪变化；她的食物微薄，摄入极少，芬芳精致；她的语言优于鸟类和男人，神奇的语言，神灵们的语言。再有，女人的肉体属于另类的柔韧物质，是人体，更是天使的胴体；女人为每个客体规定了理想美的尺度。例如，请看她的秀发，用不着拿丝绸相比，只需说，连最细的纤毫也会力求达到女人发丝的完美。女人是一种宇宙元素，一种超地球的金属，一种卓越的物质形态，既是最原始的（创世之初为女人），又是终极的（天堂必将归于母系统治）。

实际上，女人是一种既与人类比邻又外在于人类的元素，是紧紧拥裹着男人的一种氛围；一句话，女人是环境。“她就像天空之于陆地，既在下，又在上，也在四周。我们诞生于女人。我们靠她生存。我们被她紧紧围裹。我们呼吸着她，她是我们周围的空气，是构成我们心脏的元素。”作为一种元素而非一个人，女人高于任何民事法律，不受任何惩罚。请不要理解为女人必定无辜。女人不像小孩那样幼稚；她可能负罪，甚至负有某种责任；可是，她的人性止于遭受惩罚之时，如同一个乔装打扮的神灵，一遇到死亡威胁就恢复了本来面目。

蒙羞的女人

请注意，必须不断地把这种女性君权的基础恢复起来，即多血的缪斯，被削弱、出让、羞辱的女人。女人正是在最脆弱的时刻，
118 通过显示变异性而巩固其神奇威力的。因此，男人绝不可放弃窥伺蒙羞的女人，这是因为，只有当他见到女人空虚、可用、受制于月亮的节奏的时候，后者才可能充当将其领入自然的良性循环的媒介。所以，在米什莱的历史里，您可以看见许多总是被鲁莽的眼神羞辱的女人（贞德与士兵，安妮王后与萨拉·马尔伯勒，洗海水浴的女人），而且恰恰是在这些秉笔直书的片断里，米什莱找到了讴歌者的豪放的抒情风格，他的诗歌周而复始地锻造了一种君权。

女人是宗教

这是一种必要的暴君统治，只有这样才能把历史人物置于一个既前行又固定的周期中，从而拯救他们。让男人——被彻底剥夺了

生物节奏的男人啊！——委身于女人吧！让他们小心翼翼地与月经的好处反复结合吧！这样，他们就可以清除身上的线性时间的衰退，像大魔法师那样获得多重生命。因此，女人是最终的良药，她让时光停步；更妙的是，她让时光重新来过。女人名正言顺地拥有一些超人的名字；她们是仙女、先知、巫婆；男人通过她们获得更高深的知识，她们是宗教，是认祖归宗。她们因兴奋状态的循环往复而成为大自然的象征，故而成为男人的终极智慧。因此，只有老年人才能够接近女人；他们的姗姗来迟的爱情有着一种深不可测的东西：与其说是激情，不如说是玄妙的洞察力。

作为“大自然和人类之间的温柔的调和者”，女人是钥匙，她能开启①。请看卢梭，平日紧绷绷的，任凭命运摆布，缄口不语；只有女人才能够使他松弛下来，才能够把辩才、天赋和社交活动还给他。她们迫使他开口，启发他，产下他。再看中世纪，一个真正的封闭时代。被叫做巫婆的女人把握着自然界的良性科学的伟大方向。她的那些病痛的历史就是人类本身的历史。16 世纪是文艺复兴时代，只因巴拉色苏和法罗普②发现了“活水之源”（Fons Viventium）③，女人的深刻变异性；她只服从一个器官即子宫，一个功能即月经。然而，那还只是一段准备时间。待到致命的 19 世纪，停摆的历史终于被胚胎发生学和卵子生成学的革命所挽救，以至于此时在衰落的历史中继往开来的仍然是女人。大革命不可逆转地一举终

---

① 研究米什莱的生平，必须高度重视灵知派神秘主义对他的思想的影响。参阅奈尔瓦，巴朗士，巴尔扎克，孔德和勒南（《茹瓦赫的女修道院长》）。——原书注

② 法罗普（Gabriele Fallope，1523—1562），16 世纪解剖学家和医生，输卵管的发现者。

③ 此语当出自《旧约圣经·雅歌 4：15》。

结了历史的时代，自然的时代于是开始；在神秘的来潮中被发现的女人①骤然莅临，开始施行统治。

母性

119 所以，魔鬼的城市里只有男人（例如圣殿骑士团）。理想的城市一定由母权统治，也就是说，这个城市将基本上采取昆虫的形态，因为只有在胡蜂、蜜蜂和蚂蚁等构成的物种内部，雌性才是无可置疑的贵族。

而且，母权统治的城市也有过前历史形态：斯巴达是胡蜂的天下，雅典是蜜蜂的天下。这种相似性有一个反证：蚂蚁是“坚定的共和派”。可是，不应误解，米什莱之所以选中了母性，并非根据其生殖能力。诚然，作为母性所独具的一种禀赋，生殖力是一种良性价值，它能够证明某种仁慈心肠不无道理，但它绝不是昆虫世界的核心品德。真正的雌性，即分娩和延续种族的雌性是没有信誉的，因为她苍白、发育不足。自然的都市拥有勤劳的贞女，她们远远胜过注定从事植物性生殖的、脆弱的、无精打采的雌性传种者；她们的“身心完全奉献给一种领养子女的母爱”。这些“姨母和姐妹”般的蚂蚁是一批理想的统治者。在这里，我们又看到了姐妹关系的主题：对于米什莱来说，长于生养的女人一点也不重要（妊娠期不是剥夺了她的主要构造即血液的节奏吗?），重要的是姐妹般的女人，是血液呈周期性运动的女人，是能够私相授受“某些自然的

① 在这方面，米什莱征引了若弗鲁瓦·圣蒂莱尔和赛尔在胚胎发生学上的成果以及巴埃尔在卵子生成学上的成果，并在更普遍的意义上征引了科学院和法兰西学院从1840年至1850年十年间的科普活动的成果。——原书注

秘密”的姐妹们。毫无疑问，在这样一个理想的昆虫社会里，米什莱更多地把自己视为一个姐妹，而不是大胡蜂；姨母般的贞女的勤勉，及其被揭示和谨慎观看的女性特点，米什莱绝妙地一身兼备。

语言如乳母

显然，这部完整的女性神话有其特殊的语言。颇具讽刺意味的是，米什莱在谈论女人时不得不使用一种极为矫揉造作的语气，也就是小说的语气（米什莱的历史中的一个恶性主题）。请看他的著作里关于女人的重要段落吧：圣女贞德，女巫，（解救拉杜德的）勒格洛夫人①，俄国农奴卡提娅，《雅歌》中的黑人贞女；她们都是小说的女主人公——淫荡而荒唐的小说。无人不晓她们受到轻度的身体羞辱，也就是在米什莱的回忆里变得很可爱的那些“自然的事端”。可是，米什莱却一直把这些剥得精光的女人——而且比任何色情作家还要大胆——叫作“年轻的小姐”，“妙龄女士”，倾尽小资产阶级的乏味语言的浮艳词句。

其实，这依然没有什么值得惊讶的。家庭主妇的那种憨直的说话方式是一道附加的感官享受，因为它使米什莱正式拥有女性特征。这位吞噬全部人类历史的威严的历史学家，为了万无一失地当上鸨母和女性身体秘密的受托监护人，竟然色迷迷地相信乳母的语言。 120

① 让-亨利·拉杜德（Jean-Henri Latude，1725—1805）以在35年的监狱服刑期间多次越狱而知名，他写的囚徒回忆录《揭发暴政》在法国大革命期间风靡一时。贵妇勒格洛夫人（Mme Legros）读了他的回忆录后，于1784年将其解救出狱。

米什莱被血所伤

121 然而，这一切尚未结束。心中必然恐惧犹存。此刻，在花边织品的簇拥下，他显得苍白，动人心魄地美丽。唉！您真的了解这俊美掩盖下的可怕现实吗？

男人啊，你必须面对一切。这些印象攸关生死。你必须理解正在痛苦中煎熬的伟大主宰，也就是爱情……

“不，求求您，”你会说，“把诗歌给我们留下吧，丑恶是没有诗意的。如果把这些撕裂的内脏的刺眼画面拿给她看，她会变成什么样子？”

那就不必让她看了。可是你，你必须强忍着去看，这对你有好处。

没有办法让感觉松弛下来。眼见分娩后的子宫的细致画面，只要这些悲惨场面尚未把他变得心如铁石、麻木不仁，任何人都不会泰然自若。剧痛使人心惊胆战，冷彻脊骨……器官的刺骨疼痛，浊流沿着惨遭蹂躏的沟壑渗出，啊！真骇人！……令人却步……

当我从布尔哲利①的书中的精致插图里第一次看到这个令人心悸的物体时，我得到的正是这个印象。在高斯特和谢尔伯②的一本图谱里，一幅绝妙无比的图形展示了这个器官，虽然不那么可怕，但同样催人泪下。当子宫淌下血做的泪水时，我看到的景象是：无数赤色纤维组成的网络，好像丝线和紫色的缕缕发丝。

——1858 年，《爱情》，第Ⅳ章，第 225 页

---

① 布尔哲利（Jean-Baptiste Bourgery，1797—1849），19 世纪法国解剖学家，著有《人体解剖全书》，含 750 幅手术详图。

② 在《海》一书的注释里，米什莱说明“（我）关于鱼巢的描写得益于高斯特和谢尔伯两位先生”。

野草莓女人

一天，我与一位去国二十载的法国人重逢，他已经在外国安家立业，并结了婚。我笑着问他，贵夫人是否一朵绝色的英国玫瑰，或者德国金发女郎。他正色回答道，言辞略带辛辣："是的，先生，她们都很美丽，比我们的女人更有光泽。我把她们比作在园丁的培育下成长得最好的优良果实，最棒的菠萝草莓。她们也很有味道，满口的味道；唯一令人遗憾的是，她们少了那么点芳香。我更喜欢法国女人，尤其是南方女人，因为她们是野草莓。"

——1859 年，《女人》，第Ⅱ卷，第 2 章，第 223 页

黑女人

因为是黑种人而无法使体征更美，但黑女人的胴体仍然十分美丽。甜美的妙龄所焕发的那种魅力是希腊美女所没有的，后者之美来自体操训练，而且多少有点男性化。黑女人不仅可以鄙视丑陋的赫尔阿芙洛狄特①，甚至不逊于"蹲姿维纳斯"（见于土伊勒利花园②）。黑女人确实跟高傲的希腊女公民很不一样；她的血液、心灵、胴体都焕发着青春的气息，有一种出自天真的谦和柔顺；她从来不敢肯定自己能够取悦于人，而且只要能够少招惹别人的厌烦，随时准备付出一切。任何苛刻要求都不会改变她的顺从。由于对自己的面容不无忧虑，她对自身的完美曲线丝毫不感到心满意足，而 122

---

① 赫尔阿芙洛狄特（Hermaphrodite），希腊神话中的双性神。

② 土伊勒利花园（le Jardin des Tuileries）位于巴黎市区塞纳河北岸，东连卢浮宫，西接共和广场。园内的大理石雕塑"蹲姿维纳斯"是法国雕塑家安东·高伊瑟瓦（Antoine Coysevox，1640—1720）1686 年的作品。

这身材是用动人的娇媚和富于弹性的清新气质造就的。她把你宠爱的物品摆放在你的脚下。她颤抖着请求宽恕；她对自己提供的享乐是那样心怀感激！……她在爱，这份爱情充分体现在她的热烈的拥抱里。

——1859 年，《女人》，第Ⅱ卷，第 1 章，第 209 页

生命的诱人秘密

我的心生病了，病得如此严重，如此颤抖不已和激动，没有任何办法让它平静下来，于是我不得不再次提笔，写下这封信。

啊！亲爱的，我已经被你的手握得这样紧，我会变成什么呢？

我利用谈论这样那样的题外话，尽力使你忘掉我的那封不合时宜的、胆大包天的信。同你在一起的时候，我能够保持神态自若。可是，一旦离开你，我就感到极不舒服，牙关紧闭，心脏紧缩，或是怦怦直跳。我本应明天去看你，可是我很可能过后会卧床不起。此时此刻，我仍然因为发烧而浑身颤抖。朋友，我不怪你。啊！你有权对我做出别的责备。是的，你责备了我，我罪有应得。我对于你的身体的热烈的爱，正如对于你的灵魂一样，使我变得更机敏，也许有时还能让我更有洞察力。总之，我承认，它使我更加渴望了解你的生命的诱人秘密，而且，与我在发生最近的这场恋情时所享有的那种揭示它的权利相比，它使我更贪婪。

不过，如果你愿意，请相信，看到你的娇躯与这种高尚的精神，你的美丽、仁慈和英雄的心灵融合为一体，也同样让我产生强烈的好奇心。

在仔细端详你、倾听你的时候，你显示出一个纯净的心灵，我
123 甚至惊讶于你有一个身体，这使我对它更感兴趣。

在我寄出昨天那封怪信以前，我从来没有这种如此强烈的感觉。

由于你的高尚和骄傲的决定，你给了我一次欣赏和爱慕你的机会，因为你为我献出了你的经历，你的习惯，你的旧谊，也许还有你的家庭，向我倾诉了你年轻时的全部宗教思想。啊！我觉得浑身充满对你的尊敬和崇拜。

我如何配得上这么大的牺牲！也许因为我对你过度崇拜，延及你的整个人，才使我变得如此冒昧，勾起这么多困难的话题。你的一切都显得那么可爱和神圣。

亲吻你的手，如果你不介意的话。

儒勒·米什莱

——《致米娅拉海小姐的未刊信函》，第153页

婢女男人

……如果非得有一位婢女才能从事其他细致的工作，那么我倒 124
是可以为您举荐一位急于做这种工作的人，这个人比朱丽叶小姐、莉赛特小姐等出色人物还要热情一百倍；虽说她不怎么机灵，但绝不会对邻居女人说任何对您不利的话，不会在情夫那里嘲笑您，不会在您说话的时候背地里嚼舌头，不会……“那么，这样一颗珍珠究竟在哪儿呢？我要了她，这是我的私事……”“在哪儿？就在您身边。”

王后啊，您的臣子恳求跻身侍奉您的行列；假如您把他提拔到内侍的尊位，提拔到大管家、内务总管或者皇室总领的封建爵位，他将认为是高攀晋爵。我在说什么？普通医官就可以了（至少负责洒扫庭除），因为他的热情是没有边界的。所有这些内廷杂务，他都愿意无偿地统统担负起来，而且除了男人的职能。他还将无比骄

傲和荣幸地担当起女人的职能，王后啊，全看陛下您是否愿意接受他谦卑的侍奉。

——1858年，《爱情》，第Ⅱ卷，第7章，第148页

有一位医生，是个出色的丈夫，他对我说："您的书里最棒的地方是令人捧腹之处，是那些充满爱心的近乎母性的操劳，自愿的侍奉，从而使婢女毫无用场。这个讨厌的、危险的第三者是一堵把夫妻隔开的墙，两人的关系由于她而变得前途未卜。进入妻子的内室反倒成了探访，好像来到供养的情妇的家里似的。婚姻的好处在于时间充裕；因此才有了那些少见的顺当时刻，平日总是慢腾腾的女人此时才能被引发真正的情绪。情绪，感激之情，这些对她们都起着很大的作用。谁懂得关心那些小秘密，在她们的天然的脆弱时刻予以照顾，她们就很容易对谁心绪翻腾。您想了解女人吗？那就切记自然史上那种让生物变得脆弱委顿的蜕变期吧。它把低级物种拱手交给可怕的敌人，让它们丧失防御能力。很幸运，蜕变期在男人身上来势并不凶猛，蜕变总是发生在皮肤上，甚至在身体内部的皮层上。每天发生的肠道蜕变让他多有付出，变得虚弱。女人由于每月发生阴道蜕变，失去的要多得多。她具有必然经历蜕变期的生物都会有的特征，即需要躲藏起来，但也需要扶助。她是民间故事里的梅吕斯纳①：美丽的仙女，她的下半身往往是一条美丽而羞涩的水蛇，在蜕变期间藏匿起来。能让梅吕斯纳放心的人，让她自信，充当她的乳母的人真有福气！谁能取代呢？假如把这位亲切的羞怯人物（如此清白无辜）交给一个只会嘲笑她的鲁莽姑娘去戏

① 中世纪法国和卢森堡民间传说中的仙女，其下半身为蛇，有时也表现为带翅膀的飞龙。梅吕斯纳（Mélusine）是个充满母性和拓荒精神的形象，例如被迫离家出走，夜间却悄悄飞回家中哺育两个幼子。

弄，那倒真成了一种亵渎。这种极深的隐私应当只属于把它当成幸福和优遇的男人。这种优遇起初让她付出代价。然而，她渐渐发现他十分温柔，难以割舍。天性离不开习惯，而且极大地得益于小孩子的无拘无束。这是一些恩赐的幸运时刻，有善意的听众，轻易博取的同情；在这个过程中，亲昵的知己对她产生一种毫无威胁的磁力。魅力无边的羞涩（可以清楚地感到自己就是王后）已经没有任何防御能力，毫无保留地把一切托付出去了。深刻的忘情，彻底的委身。在这种时刻，梦幻般的爱情常常遇到罕见的完美幸福，以及有益于女性生命的（藏得很深的）来潮，生命彻底奉献，只为尽快更新，恢复青春，按照大自然的意志重归美丽。” *125*

——1859 年，《女人》，注释，第 459 页

皮肤与丝绸的婚姻

……精心粉饰过的丝绸不会产生巨大和深刻的效果。浑然天成的，甚至未着色的丝绸才与女人和美丽的关系最密切。只有琥珀和浅黄色的珍珠，以及不太新的镂空织品和花边才是丝绸最愿意相与为伴的物品。

高雅的首饰毫不刺目，它能使生龙活虎的青春产生温馨的魅力，并且让白皙的美女发出最温柔的折光。

这当中有一种诱人的真正的神秘感。颜色耶？闪光耶？棉花的确有光亮，上浆后往往还带着一股怡神的清爽。丝绸也许不闪光，但一道带电的柔和光线使之闪烁着光泽，这光线极自然地与女性的电流协调一致。丝绸是生动的织品，它愿意包裹生动的人。

在接受蠢笨的西方时尚以前，东方妇女只有两种衣服：上衣是真正的开司米羊绒（纤细的大披巾必须穿经一个指环），下身是漂

亮的丝织长裙，呈浅淡的金色或者淡黄色，闪烁着琥珀的磁性光亮。

这些与其说是衣裳，倒不如说是朋友，是温顺的奴仆，是灵巧和迷人的奉迎者。开司米羊绒暖和，柔软，无处不宜，自动摊开在战栗的浴女的胴体上。丝织的袍裙则不同，它轻飘飘的，不那么透明。白里透金的色泽使它与毛糙的皮肤正好相配，人们会说，这样的色泽一定来自于它的永恒的温存感和柔顺的适应性。它固然比不
126 上皮肤，却跟皮肤有点相似，或者说，它终将变为人体的一部分，融入人体，而且在某种意义上，仿佛是陪伴整个生命的一场梦，再不分离。

——1857 年，《昆虫》，第Ⅱ卷，第 13 章，第 173 页

女人的变异性

她们跟我们完全不同。她们以另一种方式思想、谈话、行动。她们的趣味与我们不同。她们的血液流通与我们也不同，时而迅疾如暴风骤雨。她们的呼吸与我们不同。由于预料到怀孕和下身的某些器官未来会移升，天性使她们用最上面的四条肋骨呼吸。这种必要性造成了女人最美丽之处，即乳房的柔和起伏，它用沉默雄辩地表达着所有的情绪。

她们的饮食跟我们不同，不仅餐数不同，食物也不一样。为什么呢？主要原因是她们的消化方式与我们不一样。她们的消化每时每刻都受到一种纷扰：她们的爱情发自腹肠的最深处。深凹的爱情杯盏（所谓骨盆）是一泓蕴涵各种情感的海水，妨碍着营养功能的规律性。

这些体内的区别在体外表现为另一种更强烈的区别：女人的语言不同。

昆虫和鱼类是缄默的。鸟会唱歌，它想咬准发音。男人的舌头不同，言语明快，语义清晰。可是，超乎男人的话语和鸟类的啼啭之上，女人有一种神奇的语言，不时打断这种话语或这种啼啭：叹息，感情充沛的呼吸。

难以估量的威力。只要觉察到她的到来，我们就怦然心动。她的乳房不停地起伏：她无须开口，我们就已经被说服，被她的一切欲念所征服。男人的哪一种夸夸其谈比得上女人的沉默？

——1858 年，《爱情》，第Ⅰ卷，第 1 章，第 50 页

一根女人的头发

有一位南方人（工匠，但明了事理）对我说，就抽丝和编织艺术而言，尽善尽美的人类艺术，即我们所追求的理想，乃是一根美丽的女人头发。啊！最柔和的羊绒，最纤细的棉花都无法与它媲美，我们的一切进步只能使我们望着这根发丝，感叹永远不能企及。我们远远落后了，这种绝顶的完美是大自然日复一日地通过游 127
戏造成的，面对它我们只能望洋兴叹。

这根发丝如此纤细、遒劲、耐久，从耳朵传至心脏的一声轻微的音响使它颤动，然而它柔和、热烈、光亮、带电……它是最美丽的人性之花。

——1857，《昆虫》，第Ⅱ卷，第 13 章，第 169 页

创世之初是女人

斯普伦格[1]说过（1500 年以前）：“应当说是巫婆的异端，不是

---

① 斯普伦格（Jacques Sprenger，1438—1494），多明我会宗教裁判所成员，为教皇英诺森八世撰写了《巫婆的铁锤》（*Malleus Maleficarum*）一书。

巫师的异端，因为后者算不上什么。”路易十三时代的另一个人说过：“有一个巫师，就有一万个巫婆。”

“大自然把她们变成巫婆。”全因女人的天赋所致，性情所致。女人天生就是仙女。周期性的狂热导致她天生就是先知。爱情的作用使她成为魔术师。她的精细和机灵（往往是怪异和有益的）使她成为巫婆，裁夺命运，至少能哄骗各种病痛沉沉入睡。

每个原始民族都有相同的开端；这一点我们在《游记》（*Voyages*）里已经看到了。男人从事狩猎，投身战争。女人工于心计，发挥想象，养育了梦幻和神灵。她们有时能够通灵，她们长出欲望和遐想的无限的翅膀。她们为了更好地计算时间而观察天象。可是，陆地并非缺少心肝。本身同样如花似玉的女人垂头凝望着爱情的花朵，彼此结识了。由于本身也是女人，她们要求花朵去疗治她们的意中人。

宗教和科学的发端就是这么简单，这样感人！此后，万物分门别类；我们看到了专业人士，杂耍演员，星象家，预言家，卜卦招魂者，教士，医生。不过，初始时节，女人曾经是一切。

正如一度兴盛的希腊民间异教①那样，一门强大而活跃的宗教开始于女先知，终结于巫婆。女先知都是俊俏的处女，她们在光天化日之下，培育异教，赋予它魅力和光环。后来，适逢中世纪的晦暗时期，异教在荒野和森林里衰落、生病，被巫婆藏了起来；巫婆的无所畏惧的怜悯心养育了它，使它活了下来。所以，女人是宗教之母，是它们的温柔的看护人，忠诚的乳母。神灵同男人一样，生

---

① 异教（paganisme）是基督教徒对民间多神教的称呼。古罗马时期，民间多神教在基督教的扩张下逐步消失。

与死都在女人的怀抱里。

——1862 年，《女巫》，序言，第 321 页

女人不可惩罚

没有任何严肃的手段可用于压制女人。仅牢狱一项已经是件麻烦事："看守员谁来看守？"（Quis custodiet ipsos custodes?）她们破坏一切，打碎一切；没有任何壁垒关得住她们。把她们交给断头台吗？我的天！做这种傻事的政府等于把自己送上断头台。大自然把爱情和延续种族置于一切法律之上，并且出于这个理由，在女人身上安放了这样一个谜（乍看十分荒谬）： 128

她们责任重大，却不可惩罚。整个大革命期间，我目睹她们逞凶，耍诡计，往往比男人还要罪孽深重。但是，打击她们就是打击自己。谁惩罚她们，谁就在惩罚自己。无论她们有什么样的行为，以怎样的面目出现，她们都把正义掀翻，摧毁一切相关的思想，让它遭到否定和诅咒。

——1853 年，《法国大革命史》，第Ⅶ卷，第 20 册，第 2 章，第 335 页注释

蒙羞的女人：初试海水浴

只要目睹这位可怜的造物浴后走出她初次尝试的海水，目睹她的苍白、憔悴、吓人的样子和致命的颤抖，任何人都能体会到这场试验的艰难和它给某些体质带来的全部风险。假如能够不冒任何风险，代之以一场舒适而小心的家中水浴疗法，那么您可以肯定，无人会甘心情愿地对付一桩如此困难的事情。

好像这印象还不够强烈似的，您补充道，一旦这位神色紧张的

女人现身人群，印象就会更加鲜明。那是一场残酷的展示，她得面对品头论足的人们，面对兴奋地看她出丑的竞争者，面对傻笑着的冷酷的轻浮男人，他们手执望远镜，观看一位蒙羞的可怜的女人在沐浴时的可悲事故。

为了能挺过这一切，女患者必须坚定信念，信任大海，坚信再无任何有效药物可用，坚信自己无论如何必须被海水浸透，方可收到功效。

此外，为了防范冷水浴诱发情绪起伏，顶多只能先洗洗温水浴，以利吸收。我们的皮肤上有许许多多小吸盘，它们像胃那样吸收和消化，因而需要适应浓烈的新食物，适应如何饮用海水分泌出的黏液，那咸咸的乳汁，海洋的生命；大海利用它来制造和再造生物。经历了从热水浴到温水浴再到冷水浴的阶梯式沐浴之后，皮肤就会建立起这个习惯，产生这种需要。皮肤会感到饥渴，会饮用得愈来愈多。

129 就头一场冷水浴的艰苦仪式而言，至少应当避开大群人的可憎的关注。最好是在一个安全的场所，除必要者以外无人在场的情况下进行，有一个必要时施以援手的忠诚的人[1]在一旁守望、支援，在她返回岸上的难受时刻，用热乎乎的羊绒巾为她擦身，献上一杯兑入数滴烈性药酒的热饮，以便略微活血暖身。

“可是，”有人会说，“有大群人观看，危险反倒会少一点。我们离维尔吉妮[2]还远着呢。她在生死关头宁可溺亡，也不愿沐浴。”错了。我们远比从前要神经质得多。我所说的这种印象是十分强烈

① 此非米什莱本人、姐妹、乳母和羊毛织品莫属。——原书注

② 法国作家贝纳丹·圣·皮埃尔（Bernadin de Saint Pierre，1737—1814）的小说《保罗和维尔吉妮》当中的主人公，溺海身亡。

和令人苦恼的，甚至在某些人身上可能带来致命的后果：动脉瘤，中风。

——1861年，《海》，第Ⅳ卷，第5章，第391页

女人给卢梭松绑

真实的卢梭出生于女人，为瓦杭斯夫人①所生。这一点他本人说得很明白。如果她不在身旁，卢梭便全然不知所措。在她面前，他彻底自由，口齿伶俐，滔滔不绝，热情奔放。

分手之后，卢梭被孤零零抛在巴黎的硬邦邦的石子路上，他装出各种鬼脸：罗马人、公民、野人。凭着毫不费力地展现出的才气和毅力，他追随着马毕利②和莫莱里③。于是，他被绑紧了。有了杜德道夫人④，他才找回了天性，松了绑。鬼脸消失，一位伽东⑤，

① 瓦杭斯夫人（Françoise-Louise de Warens，1699—1762），卢梭的最重要的保护者和情妇。

② 马毕利（Gabriel Bonnot de Mably，1709—1785），法国哲学家，著名哲学家孔迪拉克之兄。他认为私有财产是社会不公正和懒惰之源。著有《法国史之我见》和《论立法过程或法律原理》。

③ 莫莱里（étienne-Gabriel Morelly，1717—?），人称“被遗忘的启蒙哲人”，其著作《大自然的代码》曾长期被认为是狄德罗的托名之作。历史学家认为他最早奠定了社会主义学说的哲学基础。

④ 杜德道夫人（Mme d'Houdetot，生卒年不详）是卢梭在写作《新爱洛伊斯》期间热恋过的一位贵族妇女。

⑤ 伽东（Marcus Porcius Caton Uticencis，公元前95—公元前46），罗马政治家，反对克拉苏、恺撒和庞贝等皇权，坚定地拥护共和制。

一位日内瓦人。萨瓦佬①从真正的激情当中再次现身。

——1867 年，《法国史》，第 XVII 卷，第 4 章，第 44 页

雅歌

圣书被取出，充满乡土之美，仍旧令人赞叹，这是叙利亚之美，肉欲撩人，教益十分低劣，带着一股病恹恹的气息，发热病的气息，好像一阵催命而醉人的秋风。

故事并不晦涩，就像有的人竭力以求的那样；它其实十分清楚。

时值春季，在叙利亚（在希腊和一切地方），正是新的一次葡萄收获之后，人们正在开启和品尝美酒，举行庆祝之时，正是美男子阿多尼斯的含沙的赤血淌入比布勒城②之时。这是爱情的湍流，欣喜若狂的湍流，泪水的湍流。一位英俊的小伙子（埃米尔之子，我想），很年轻，“象牙般的”（eburneus）年华，皮肤白皙，风度翩
130 翩。为了品尝佳酿，他前往开凿于城外山中的酒窖。半路上，他遇到一位皮肤被东方的太阳晒得黝黑的美女。这姑娘就在附近看守葡萄园。他邀请她去酒窖品酒。姑娘懵懵懂懂，只觉得俊小伙的声音柔和得像姑娘，好像一位年轻姐妹。她接受了邀请，跟他去了。俊小伙让姑娘喝下了我叫不出名字的东西。走出来的时候，她的心突突直跳。她说：“再来啊！用你的嘴唇亲吻我吧！……抚摸你，这比你让我喝的酒更香甜……你身上真是芳香沁人！我要追随你的

---

① 19 世纪以前对萨瓦地区居民的略含贬义的称呼。在法国历史上，萨瓦一直是一个相对独立的山地小公国，有自己的方言和民俗。1860 年的《都灵条约》才将这个地区正式归入法国版图。19 世纪 30 年代前后，卢梭在这里（今上萨瓦省安锡市和尚贝利市）居住和写作。

② 腓尼基古城，今称基贝尔，位于黎巴嫩贝鲁特以北 30 公里。

香气。”

这清纯的姑娘最欣赏的，是小伙子的女人似的白皙胸膛(ubera)，“透着青玉色的精致的象牙白”(Venter ejus eburneus, distinctus saphiris)。经过比较，她脸红了，为自己的皮肤不够白皙而深感歉疚。“我的皮肤是深褐色，阳光的缘故。兄弟们与我不和睦，打发我来看管这片葡萄园……瞧，这就是我的葡萄园，我没有看管好……”

此刻，我看到她悲伤而优雅的微笑，没有丝毫怨恨。可是，我猜想：她那小巧的心脏正在担忧。如果她的兄弟当家，那她准是个孤儿。她会不会受到虐待？我害怕了。她也害怕了。看来她已经感到，自己现在应该由他来保护了。她紧紧依偎着他，不愿他离去。“我这么爱你，请你告诉我，你的帐篷在哪儿？（她天真地以为他独自看管羊群。）告诉我，你在哪儿午睡？……”见他沉默不语，她追加了一个不大不小的威胁，让他心生嫉妒：“别让我走错，误入你的伙伴们的帐篷里去呦。”可是她依然没有得到任何反响。小伙子用恭维、温情和答应送给她美丽的项链来应对。

她是个穷姑娘，而他却很富有。显然，他担心这个姑娘会依赖他。他到了结婚的年龄了吗？他是否宁可忘掉她呢？这很难说。

“一个再平常不过的故事。”可是，接下去的故事却不那么平常。姑娘身上出现了一股令人着魔的可怕的威力。爱情和激情席卷了她，改变了她，其中有七位精灵，好像多比的撒拉①身上所发生

① 见《多比传》：撒拉有过七个丈夫，先后在新婚之夜被魔鬼杀害，唯有多比得以幸免，与萨拉一起成为完美夫妻的形象。

的那样，好像用一个字眼造出整个世界的马德琳娜①。后者的威力恰恰在于没有任何威力，在于懵懂地追随暴风雨，在于毫不掩饰地说出："我爱得要死。"在于说出……任何女人都说不出的话。从这一刻开始，这首小诗语气迅疾，犹如魔鬼的长翅膀的龙卷风，席卷了一切。

爱人来了，情不自禁地回来了……他逃避，躲藏，终归徒劳无益。甚至有过那么一刻（亵渎），他当着朋友自我吹嘘，嘲笑可怜的姑娘。然而这些都是徒劳的。他已经被征服了。最妙的是，经过仅仅七个昼夜，姑娘神奇地长大了，变得高贵和骄傲，变成了女王；他对此惊讶不已；她的威严和美丽几乎使他惧怕。总之，这是他的当家女主人。

131 人们对于这篇诗歌，以及姑娘卧病不起的场面是相当熟悉的。哎！病得那么沉重，快要失去知觉了，全靠朋友照料——那个疾风骤雨的可怕夜晚，姑娘准备就绪，香料敷身，静等他来到；听见他，感觉到他，就会浑身战栗。悲夫！他居然一去不复返了！姑娘跑遍了漆黑的全城，遇上兵勇，惨遭毒打，受了伤。好心肠的小伙子受到感动，回到她身旁，而且带来珠宝、鞋子和漂亮的衣裳。此刻，他被姑娘的美丽所震慑，收起笑容，扑倒在地。

一切问题都在这一刻化解了。"对不起，"她说，"我们走吧（最末一章明确显示她前往小伙子家定居）。让我们去乡下生活吧！清早就能看见葡萄园里的花朵和果实，那该多么幸福……我的花与果都将属于你。"

---

① 《新约圣经》说抹大拉的玛利亚（Madeleine）曾经被七个鬼附身，后来成为追随耶稣的几个女人之一，也是头一个对复活的耶稣喊出"我主"的人。

黄昏时分，他们来到寂静的田野里。她含情脉脉地说："我闻到了曼德拉草（可使女人怀孕）的香味。"这温婉的暗示看来没有落空。第二天早晨，她模样大变，一种无法言说的庄严的恩泽似乎已经使她脱胎换骨，也许她已经做了母亲，小伙子自豪地高喊起来，带着东方人的强调口气："哎吆！这么温柔妩媚，从荒郊野外来到爱人身边，这是哪一位呀？"

这一切都是天性，是南方的血液，是爱情的表征。不过，我必须承认，阅读这个故事的时候，不可能不感到脑袋发沉。我更喜欢罗摩和悉达[①]的纯洁爱情，更喜欢白雪皑皑的皎洁圣山将花瓣扬洒在他们身上的场面。眼前这个故事香味过浓，香料过于浓烈，药酒过了量。我不知道书拉密是否像以斯帖[②]那样，果真在"没药油里泡六个月，再到香膏里泡六个月"，可是，如果催情的酒杯中漂浮着香膏油，就会使人犹豫是否还要饮用。许多诗节中再三提到香膏，即防腐的香料。至少有三位死者使用了它。还有缬草根，所谓印度黑草根（猫薄荷），对神经系统效力巨大。另外还有桂皮，以及我叫不上名字的各种香草，从寡淡的百合到十年开一次花的苦涩而浓烈的芦荟，应有尽有。 132

——1864 年，《人类的圣书》，第Ⅱ卷，第 6 章，第 390 页

---

① 罗摩（Râma），古印度国王，也是印度教的最高主宰之一，在《罗摩衍那》中是护持神毗湿奴的第 7 世化身。悉达（Sita）是他的妻子。

② 书拉密（Sulamite）是《旧约圣经・雅歌》中的美女。以斯帖（Esther）是《旧约圣经》里的犹太王后。两个形象均常见于西方文艺。

超 性

133 米什莱注定要以知己而非劫掠者的身份接近女人。因此，他只能一身兼具男女两性。实际上，他把亦男亦女视为理想的性别，把女性化的男人视为完整的人。对于米什莱来说，两性兼具的精神不外乎观念的雄性力量和本能的雌性环境。因此，整个创造活动分为获得知识的两种路线：一条精神路线，一条心灵路线。例如，有些宗教属于雄性（罗马法），有些属于雌性（基督教），有雄性的科学（历史），也有雌性的科学（自然史）。显而易见，两性分离是遗患无穷的；例如假如没有发现女人，19 世纪就是一个死掉的、欠完美的世纪，因为它把本能和思考对立起来。

心性与理性

这组浪漫的古老对立在维科那里就有了：心性与理性，即本能与思考，宗教与哲学（笛卡儿的真理“verum”属于智性，相对于集体性质的感性真理“certum”）。米什莱沿用了这组对立，其直接传承性纯属灵知派，即认为知识只有通过感情才能把握对象（莱辛，赫尔德，光照派①，巴朗士，圣西门主义者②）。这种灵知派教义与百科全书派哲学尤其迥异。于是，米什莱陷入了一种矛盾：一方面毫无保留地颂扬18世纪，另一方面也承认他的那些“用脑过度”的伟人并非完美。在这个问题上，米什莱的有些言论多少显得有点尴尬。不过，这种窘迫并没有延续下去，因为脱离了法国大革命，18世纪实际上是无从评价的。不过，如果说法国大革命的主宰者——哲学家们——只有单一的精神性别，那么，由于法国大革命 134
已经不是历史学（即用各种肇因和影响构成的体系），而是人民，亦即一种绝对性，大革命的参与者反倒具备双重的、完整的性别，雌雄兼备。

---

① 光照派（illuministes），各种自认为获得超自然的体验和启示的神秘主义派别，特别指18世纪流行于西欧的基督教光照会。

② 巴朗士（Pierre-Simon Ballanche，1776—1847），反对法国大革命的法国哲学家，其神学理论在19世纪初的法国文学批评界曾产生过很大的影响。此处圣西门主义者当指哲学家和著名空想社会主义者克劳德·亨利·圣西门（Claude Henri de Rouvroy，comte de Saint-Simon，1760—1825）的追随者。原著第50页等处提到的回忆录作家圣西门与他有远亲关系。

咖啡的流行

的确，没有两性的结合，就产生不了任何高超的东西，然而两性当中必有一个支配另一个。可是，看似有悖常理，主导的角色并不属于授精的一方（雄性）。观念只要被视为一种带电的甚至是机械的现象，便跟生硬的热量和炽盛的火焰一道归属于恶性物质。这里有必要记住，米什莱厌恶物质的带电运动。观念（请理解为纯智性的创造），火花的一种变体，永远作为一股反色情的势能被提出；请看有哪些能够人为制造它的东西：咖啡即是一例。咖啡是一种歧义的物质。这是因为，咖啡固然可以分享法国大革命的光荣，因其在18世纪的流行导致了清醒的批判，黑色的火花一举摧毁了昏昏沉沉的旧秩序，可是，它又是"性不在现场的证明"，是地狱三部曲（爱情的麻木状态）之一——另外两部是烟草和酒精。

龙舌兰的爱情

咖啡，观念，火花——尽管仍须敬重伏尔泰和狄德罗——是虚假的生殖活动的三场哑剧。问题在于一种不信任，与米什莱显然不相信性高潮是一码事。性高潮被逐出了色情的天空，因为它跟男人应当用来虔敬女人的礼数无关。它是对婚姻的一种滑稽模仿，不过是孤独和悲情而已。至少，对于一种粗犷的非洲花卉龙舌兰的爱情生活，米什莱就是这样描写的。

雌雄同体的英雄

因此，在性与精神的结合当中，观念（批判的思考）只占一个微乎其微的部分。只有孵化的元素，雌性的威力，才能引导婚配。换句话说，运作的程序颠倒过来了：不是思考改变本能，而是心灵、直觉让观念取得了完整的形式。应当把既干燥又不结果实的智性火花（雄性高潮）与孵化过程的均匀热量（雌性环境）区别开来。凡属高级生物、国家和元素总是以雌性为主，只有具备了“孵化的天赋”，即把观念转化为情感的雌性力量，它们才有能产性。

因此，归根结底，米什莱笔下的英雄均为雌雄同体的生命①，*135*
他们靠着从女人移借来的一种超自然的直觉，孵化出智性的能力。请看圣女贞德。成就这位巾帼英雄的并不完全是女性特点本身，而是因为她虽恭为女人，却兼具精神的两种性别，“激奋中的良知”②。米什莱的其他英雄豪杰，拉伯雷，路德，霍什，卡修泽科等，无一不具备这种组合。没有女人，便没有阳刚之气；然而，没有几粒雄性的火星，也绝不会有女中豪杰。才能的定义是：既是男人，也是女人，这种状态叫做单纯，也就是科学和无知的组合体，而这无知是紧跟科学其后的无知，即帕斯卡所说的第二种无知。

这种终极智慧被认为凡是雄性都具备，米什莱也没有忘记以此

---

① 雌雄同体从来就不是一种虚假的混合，因为人人都能从中看到女性的支配地位。——原书注

② “奥尔良少女的独特之处成全了她，这种独特之处并不全是她的勇气，也不是她的远见，而是她的良知。”（《法国史》，第Ⅴ卷，第Ⅹ册，第3章，第38页）——原书注

自命；他说自己兼有两种性别（“我兼具精神的两种性别，是个完整的人”）。他从不避讳身上可能显现的女人气，并断言这一切都来自母亲；他毫无保留地表现出某种神经质的多变性；在常人眼里，这正是女人的特点。凡是揭发他身上有女人味的，无论是指控还是恭维，他都不加辩解地全盘接受。① 他甚至意识到自己有女性的相貌，但从未采取任何行动予以纠正；相反，50岁以前，他的脸形纤细、狭长和苍白（他说自己长得像他的夫人）；老年以后则耷拉着一张老女人和通灵妇的脸。

亚性

观念，即批判性思考，通常被认为有贵族气，因而加倍失掉信誉。它相当好地代表一种亚性，而且凡是属于纯观念的东西都患有不育症。

观念的名字是智慧，可是这种智慧不过是一幅智慧的漫画。请看雅各宾党人的智慧，纯脑力活动，脱离了民众这一卓越的孵化环境：它导致一连串罪孽，也就是恐怖时期。有关公众安全和民族利益的高谈阔论全因理性特征而信誉尽失。火辣辣的错误优于干巴巴的真理，光荣的错误胜过低下的真理（“成功的失败不亚于胜利”的主题）。请看知识分子的大家族：严守教法派，耶稣会教士，炼金术士，大魔法师，聪明人，制度设计者，讽刺家歌德（多产的笑声的讽刺画），斯宾诺莎和黑格尔，宿命论者。所有这些理性的斗

---

① 尤金·诺艾勒在致米什莱的一封信中说：“跟任何一位伟大的艺术家一样，你我的身上都有女人。”——原书注

士都只有一种性别，即观念的性别；这不外乎说，他们都是僵尸（“如同死尸一具”①），而且是最差的一种死法，因为这是干巴巴的死亡②。

笑和流泪的天赋

本能、民间智慧和直觉都是雌性环境的原初形态；我们知道，跟观念的不结果实的震撼力相比，雌性环境保持着真正的能产性。 *137*

比如，笑与批判的反讽截然对立，具有生殖能力；生硬的罗伯斯庇尔，在谐谑面前会浑身发抖；法布尔、戴姆兰、拉伯雷、路德用喜悦丰富了他们生活的世纪；反过来，由于拿破仑-斯卡班不懂得 *138* 笑，法国被暴君所统治。微笑则有两种性质：一是嘲讽的（例如歌德），从而不结果实；二是遐想的，蕴含着一种不骗人的信仰（希腊人，轻摇着布娃娃入睡的小女孩），这种微笑多产，属于良性。

眼泪是另一种孵化环境。流泪是一种天赋，圣路易向上帝求之而不得；米什莱本人了解眼泪的生育力：那不是心智的泪花、隐喻的泪花，而是水和盐合成的泪水，是涌上眼眶、口中、脸颊上的泪水；因为泪水是善意的扩张的液体环境；我们知道，这种扩张是真正的生殖能力。

---

① 原文是拉丁语 *perinde ac cadaver*，出自16世纪耶稣会创立者伊格纳斯·罗耀拉颁布的训令，意思是凡耶稣会成员均须像僵尸一般无条件服从会规和等级制度。

② 米什莱为推广一种至今十分流行的迷信做出了很大贡献，即对于“观念”和“情感”所做的愚蠢而有害的区分，我们的反理智主义者仍在从中渔利。——原书注

通灵者：儿童和野蛮人

这种力量有自身的良性形象，正如批判性观念有它的恶魔：儿童居首。“七到十三岁的孩子适逢两个多事的年龄段（哺乳期和青春期）中间的那个特别清醒的年龄，因而具有一种把握微妙事物的特殊能力。”儿童结合起良知和直觉，成为米什莱的所有英雄豪杰的楷模，地道的反理智主义者。例如，卡修泽科身上便有孩子气，杰弗鲁瓦·圣-伊莱尔也有；英雄永远单纯，也就是说，在这种人身上，雌性（心灵）支配并且包裹着雄性力量（观念）。一条反证：法国大革命的主宰者们，高深的哲学家们，他们都缺少儿童的深刻的单纯性。所以，法国大革命未竟全功，没有办好教育。①

孵化活动的另一股力量是野蛮人。“野蛮人……我喜欢，而且接受这个说法。是的，它充满了一股新奇、生动、使万物返老还童的元气；如果说上层阶级拥有文化，那么我们拥有更多的生活热情……”在这里，这个关于行善的野蛮人的反理智主义主题（早已见于赫尔德）取得了一种纯粹的存在的价值，那种属于流动的热量和新鲜的、元气般的血液的价值。

热量在下

的确，热量与“光明”是对立的。光明是一种与海拔高度有关

---

① 与古典的譬喻（帕斯卡，达朗贝）相反，米什莱的人性不是一个走向衰老的人，而是一个恢复青春的人，他把自己的童年视为眼前的一座天堂。——原书注

的现象；批评性观念一旦连带着某种文化或某种明晰性，它就会因为贵族气和冰冷的性质（不生育）而丧失信誉。热量（即任何孵化行为所特有的品格）却相反，它是一种深层的现象，是民众的符号，不可胜数的符号，人民和野蛮人的符号。“我们这些野蛮人持续 139
不断地攻城略地，这对于重新温暖那些从我们的多产的热量升入比较寒冷的、也许更光明的气层里的人们，是绝对必需的。”

例如，法国社会便由温度不同的区域组成，从最佳的孵化环境即人民这只温暖包容的子宫，直到空气稀薄和寒冷的上层阶级。次序又一次被颠倒了：亚性的位置在上，它孤单、阴冷、不育；超性的位置在下，它温煦、孵育、散发着热量。请看那些生命勃发的世纪的兴起：文艺复兴，18 世纪，都处于僵化的教会的心腹地带，因为魔鬼是洗澡水，是大自然，它温暖了冰封的体系，教会于是从底部开始融化，一步步地被大革命的热乎乎的气息所吸引和吸收。请看人民：由于位于社会阶梯的最底端，他们才是完整的热量，是一切皆诞生于此的孵化层。

超性

这是因为，超性的定义是人民。他们拥有智慧与本能的最佳组合，精神的两种性别的这一结合构成孕育善的子宫。因此，仅凭逻辑便应当认为它是绝对正确的。人民所相信的必定真实，人民所做的必为善事。我们已经看到，一个民族的传奇即人民的思想才是历史可信度的真正基础。天性使然，从事脑力活动的历史学家——也就是雄性，因而不生养——自己是找不到任何真理的；撰写历史的人并不是他，而是人民在向他口授历史；他能够自诩做到的，仅仅是把人民所做过的、所设想过的东西向人民讲述，但不一定总是能够理解（意为：智性的活动）。所以，最优秀的历史学家来自人民，最贴近人民（米什莱正是尽力这样去做的）。同样道理，法国的建制并非产生于她的统治者：是人民的力量构思了法律，立法者不过把人民的决定以法律方式誊写下来，他们不过是人民的记录员（切记誊写员本质上是不生养的，因为他们只有观念的性别）罢了。

全民上帝

那么，在米什莱看来，什么是人民呢？人民就是“Herr Omnes”①，全民上帝。你说什么？人人都是上帝吗？是的，凡属亚性，教士，严守教法派，知识分子都是上帝，但绝不包括资产阶
140 级。米什莱的定义没有任何社会学的严谨性。人民不是一些明确的社会阶层的集合②，而是一种被双重性别和孵化功能所规定的元素，也就是说，归根结底，从它所具有的热量的潜能获得规定。请看《人民》一书：实际上，它没有把任何人排除在外，连富翁也在某种意义上隶属于人民；不过，他们的热量微乎其微，近乎高空大气层的不结果实的寒冷。

人民既然是元素，不是社会群体，逐个描写每个阶层的伦理学就完全没有必要了。贯穿米什莱的历史著作的生活方式只有一种，那就是米什莱本人的生活方式：整个人类生活被置于一个小资产阶级的背景之下，这与巴尔扎克的小说完全不同；在后者那里，社会

---

① 这是米什莱引用过的路德的原话。——原书注

② 仅举一例。马克思写道：“1871 年……无产阶级和农民组成了人民。”（《法兰西内战》，第 80 页）——原书注

依照各个阶层的占有方式极度分化；金钱无孔不入地决定着如何讲话、吃饭、居住和恋爱。

看来，一开始，在《法国史》中的泛基督教时代（当时他正在撰写有关《中世纪》的部分），米什莱对人民的构想更偏重伦理学，而不是灵知派神秘学说。人民起先是脆弱的，饱受煎熬，无法表达自己。因此，米什莱的英雄豪杰均遭败北：高德弗瓦·布庸（惨死于圣墓时仍为童男之身），托马斯·贝盖特，圣路易，农夫雅克，贞德姑娘。这是因为，那时米什莱的整个道德观都听凭颠倒的基督教辩证法的支配：先来者成了后到者，脆弱反倒准确预示着未来的力量。

亦是亦非

在米什莱笔下，以两性联盟为基础的人民逐渐变成一条获取知识的坦途。人民犹如女人，方向也基本一致，超然于历史之外，开启大自然，而且可能达到一个超自然的目标：天堂般和谐的人性。相反的性别构成一种超性，即第三种性别，完整的性别，它显示并且导致一切对立物的消解，施魔法似的打造一个光滑无痕的世界，一个不再被互相矛盾的诉求撕扯得四分五裂的世界。相互矛盾属于经院学术的范畴，也就是说，属于亚性（切记自省哲学本身就不结果实）。与之相反，超性的良性形象：儿童、希腊人、农夫 、（除歌德以外的）德国、人民，它们并不把对与错截然分开。此外，这一高超的模糊性还被米什莱赋予了同一个形象：哄着布娃娃入睡的小女孩。她虽然朝娃娃微笑，但是心里很清楚，那是布做的。

人民是点金石

141 矛盾事物的这种消解，实际上是一切灵知派教徒的纲领。在米什莱眼中，人民是关键性的实质、生命的实质，它能够克服那些当时被认为属于人类本性的矛盾；例如，既是诗人又是哲学家，既活跃又沉思，既信奉宗教又喜欢推理，既睿智又孩子气；一言以蔽之，灵知派的最大抱负：既老又年轻。

在这里，这个浮士德式的问题（尽管我们反哥德）获得了一个与神秘学说完全一致的解决办法。关于存在某种经由奥义秘传的、为官方哲学所不屑的神秘智慧的说法（柏拉图，普克鲁斯[①]，伯克莱，18 世纪末的光照派）由来已久。米什莱从这个传统接受下来的东西甚至包括了必须饮用特别的催情药，半固态的、温乎乎的，饮后会使尝试者获得一种超自然的知识，因为它是一道目光，摧毁一切对立。这副催情药就是人民。归根结底，在米什莱看来，人民是炼丹术士手中的点金石（这石头还有一个女人的名字：opus Virginis Mari，即圣母玛利亚的作品），是老年伯克莱的焦油，是谢林的氧气；是还原为原则的生命，是永不变质的统一的世界。因此，投身于人民之中，与之打成一片，使自己成为人民，这等于服用了长生不死的神药。

① 普克鲁斯（Proclus，412—485），古希腊哲学家，新柏拉图派学说的信奉者，著有《新柏拉图神学》等书。

说不出来的语言

不过，自摩西以降，凡是魔法师都望见过天堂，却不得门而入。米什莱同样看到了人民，却停留在人民的大门以外。尽管他在所有他撰写的序言里一再重申，他生于人民，人民是他的父亲，他仍然遇到一个巨大的障碍，无法完成神奇的认祖归宗。什么障碍？语言。“我生来属于人民，人民始终在我心中……可是，语言啊，他们的语言，却非我力所能及。我没有做到让他们开口说话……”

所以，米什莱最终惨遭一次挫败，整个救世的宇宙秩序换来一场苦恼。在这个光滑与热量大获全胜的世界的各种关系当中，出了哪些戏弄人的毛病呢？恰恰是语言问题，是如何像人民一样讲话 。因此，米什莱的话语——即他的著述——压垮了他自己，迫使他痛苦地远离天堂；也许在现代作家当中，他是头一个不得不用一种说不出来的语言吟唱的人。

散　篇[1]

咖啡的流行

143 在体制建立以前很久，巴黎就已经变成了一个偌大的咖啡馆。三百家咖啡馆开业，提供聊天场所。一些大城市也是如此，例如波尔多、南特、里昂、马赛等等。

请注意，药剂商也都出售咖啡，有柜台服务。值得注意的是，连修道院也急急忙忙地投入了这种赚钱的生意。在接待室里，外事修女率领勤杂修女，甘冒言语轻浮的危险，向过路的旅客提供咖啡。

---

① 本书 1954 年初版无此题目。

闲谈在法国从来没有如此热闹，谈得这么好。当时还没有像1789年那么多的高谈阔论，也没有那么热衷于引证卢梭。人们绝不引经据典。只要做得到，思想自发地奔涌、迸发。

毫无疑问，这种闪光的火暴现象，其光荣部分地归因于正逢其时，归功于一个移风易俗的伟大现象：咖啡的流行。

其后果极难预料，因为它并没有像今天这样，被麻醉的烟草所削弱或者中和。鼻烟人们吸得不少，香烟反而吸得不多。

小酒馆失宠了。那是路易十四时代的年轻人逡巡于酒桶和姑娘们之间的腌 去处。夜晚少了许多醉醺醺的歌声，少了许多卑行无耻的王公贵族。供人闲聊的雅致商铺变了样，似乎变成了沙龙，并且让风俗变得高尚起来。嗜饮咖啡就是爱好节制。

咖啡跟酒精饮料正相反，这种饮料朴实、健脑，增强明晰性，使人更清醒，因为它能够消除想象力的迷雾中的模糊而沉重的诗 *144*
意，让火花从真切的现实中迸发，让真理照亮它；咖啡是反情欲的，它以高昂的兴致提供了性不在现场的证明。

从查理二世时代（1669年）起，英国的咖啡馆始于五人议政署①，但是从未形成气候。人们更喜爱各种酒精饮料，即浓酒、粗啤酒。

咖啡馆在法国开放的时间较晚（1671年），效果并不显著，因为必须等到法国大革命到来，等到至少有了言论自由。

咖啡所经历的三个时代是现代思想的时代；它们标志着辉煌的**启蒙世纪**的庄严时刻。

---

① 五人议政署（the Ministry of the Cabal）是英王查理二世成立的御前议政机构，得名于五位成员的名字的缩写（Clifford，Ashley，Buckingham，Arlington，Lauderdale）。

甚至早在1700年以前，阿拉伯咖啡便为此做出了准备。您在勃纳尔的时尚作品里看到的漂亮太太在用小杯盏轻啜慢饮，嗅入阿拉伯半岛的纯正咖啡的芳香。她们在谈什么话题？一定是夏尔丹①的《后宫》、《苏丹后妃的梳妆》和《一千零一夜》(1704年)。她们正在把凡尔赛的烦恼和东方的乐园做比较。

不久，印度咖啡开始流行（1710—1720年）。大批量，到处可见，相对便宜。种植咖啡的波旁岛，即我们在印度的岛屿，一时间空前地大发其财。

这种出自火山土壤的咖啡引爆了摄政时代②和新的精神，突降的喜悦，对旧大陆的嘲讽，加上使它伤痕累累的连珠妙语；关于这些汹涌澎湃的火花，伏尔泰的轻灵诗句和《波斯信札》只给了我们一个模糊的概念。书籍，哪怕是最出色的书籍，都未能把握这场长了翅膀的闲谈。它来了，随之又去了，消失了，抓也抓不住。《一千零一夜》里的那位魔法师企图封入瓶子里的，正是这种资质高远的才华。不过，什么样的瓶子才能胜任无虞呢？

波旁岛的熔岩，阿拉伯的沙子，它们生产的咖啡都不敷享用。摄政王觉察到了，于是遣人到我们的安的列斯群岛，把咖啡移植到肥沃的土壤里。一位名叫德克里耶的骑士，心怀虔诚的爱，把御花园里的两株小灌木小心翼翼地带到了马提尼克。他仿佛挟带着一场革命，这个岛屿很快就达到每年输出500万公斤咖啡。这种圣多明戈的咖啡味浓，饱满，醇厚，滋补，醒神。它哺育了这个世纪的成熟期，那强劲的百科全书时代。布封、狄德罗和卢梭都饮用过。咖

① 夏尔丹（Jean Chardin，1643—1713），法国旅行家，因撰述逗留波斯期间的见闻而闻名。

② 当指1715年至1723年间的法国奥尔良公爵摄政时期。

啡将热量注入热情的灵魂，为预言家的敏锐目光增添亮度，这些人聚首于“泡高卜密室”①，他们从黑色饮料的底部看到了1789年的未来之光。

——1863年，《法国史》，第XV卷，第8章，第134页

龙舌兰草：雄性爱情的悲伤

你见过龙舌兰草么？一种温柔而野性未泯的非洲植物，尖尖的，味苦，刺人，它的叶子是肥硕的针形叶片。它每十年发情一次，而后死去。一天早上，长期积累在这粗糙的造物内的爱情的浆汁喷射出来，发出放枪似的砰然一响，走了，冲入天空。它射出一棵完整的树，足有三十余尺高，密布着悲情的花朵。 145

——1862年，《女巫》，第I卷，第7章，第419页

孵化

“这样一来，”智者们将要说，“你们就会放弃观念的坚实土地，踏上感情的变动之路……”

对此，我的回答是：观念很少或极少是全新的。本世纪几乎所有闪光的观念，希望带动它前行的观念，都曾经多次出现过，只是始终没有发挥任何效用。一个观念的兴起既不在于它首次出现时的提法，也不在于其最终的孕育过程，亦即被爱情的巨大热量所接受，从心灵的力量受孕，开花结果。

---

① 泡高卜（Le Procope）是一家巴黎老字号咖啡馆，位于第16区老喜剧院街12号，得名于咖啡馆开设者西西里人泡高卜。伏尔泰和狄德罗等启蒙思想家，法国大革命时期的丹东和马拉等人都经常光顾这里。另，咖啡渣用于占卜为西方习俗。

这样一来，观念就不是一个词语，而是活生生的事物了；它正是这样被爱，被拥抱，像一个新生儿那样被人类拥抱。

——1854 年，《法国大革命中的妇女》，结论，第 363 页注

不过是再犯一次小过失而已

雅各宾党人双倍地骄傲；他们迷恋自己的智慧。他们经常求助于民众的暴力和自己的臂膀；他们贱卖和怂恿民众，却从来不咨询民众。他们毫不理睬民众反对其蛮横体系的普遍意志。在 1793 年的俱乐部内，这些人代表各个行省投下的所有选票，无一不是执行圣-奥诺雷大街的那位至圣贤人发出的命令。他们利用难以觉察的少数派大胆地决定一些全国性问题，向多数派显示最凶恶的目空一切的态度，顽固地自信不会犯错误，并且毫不歉悔地为这种态度祭献上一大批活人。

他们的原话大致如此："我们是智者，强者；别人都是温和派的傻瓜，妇孺。我们人数虽少，教义却是优秀的。让我们拯救这群牲畜吧，别管它们是否愿意！多杀掉几个和少杀掉几个，又有什么分别？那些死到临头还抱怨的人，他们真是活人吗？受益的将是整个世界。"

146 "只是一日的罪过罢了……"好人路易十一①是这样说的："仁慈的圣母啊，不过是再犯一次小过失而已；死掉我的一个弟弟，获救的将是整个王国。"

"不过是再犯一次小过错罢了，明天人民就会获救；我们把道

① 路易十一（Louis Ⅺ，1423—1483），法国国王（1461—1483），史称擅用权谋，毕生与其弟查理（1446—1472）等政敌较量。

义和上帝都列入日程。”换言之：“等我们把这个糟糕透顶的民族归还给世界，同时不管他们怎么想，把一个微弱少数派的名字安在他们的头上；等我们利用恐惧的可耻习惯，把他们的道德活力彻底摧毁，那时只需一道小小的宣示，一纸加盖印信的空文，一切就会复活，重新站起；面对上天与大地，这个民族的枯萎灵魂将重新焕发青春。”

——1847 年，《法国大革命史》，第Ⅱ卷，卷首注释，第 XXVI 页

不结果实的微笑：歌德

（入侵法国：1792 年 8 月）

……请看，普鲁士国王的军旅中出现了德意志伟人墨菲斯道菲勒斯[①]，这位反讽手法的大师用滑稽杀死从利剑下逃生的人们。歌德绝不愿为微末的小事错过这次机会，以便观察激情后的沮丧和信仰的失落。

——1850 年，《法国大革命史》，第Ⅳ卷，第Ⅶ册，第 3 章。

……在这支国王和王子的军队中，有一位亲王，魏玛公爵，以及一个追随他的朋友，德意志思想界的王子，我们已经提到，后者便是大名鼎鼎的歌德。他前来观察战争，而且一路上趴在一辆军用货车里撰写《浮士德》的开头几段，返国后才发表。这位进谏的忠臣一五一十地表达见解，但从不超前，他以独特的方式道出德国的瓦解、忧虑和失望。在他的一部崇高的杰作里，德意志的道德空虚、精神躁动被化为诗一般的语言。借助席勒，费希特，尤其是贝多芬等附庸者，这部著作终于誉满天下。不过，此刻，这个时代尚

---

① 墨菲斯道菲勒斯（Méphistophélès），浮士德传说里的恶魔。

未来临。

——1850 年，《法国大革命史》，第Ⅳ卷，第 8 章

冷嘲热讽的德国

……对于德国，我曾抱有兄弟般的看法。我多么热爱那时的德意志啊！伟大而天真的德国，尼伯龙根和路德的德国，贝多芬和创建幼儿园的善人弗洛贝尔[1]的德国。不过，我不喜欢冷嘲热讽的歌
147 德的德国，也不喜欢好诡辩的黑格尔的德国，它产生了当今的宿命论。我本来希望德国更好。可是，目睹她死于胜利之时，被奴隶制国家普鲁士葬入铁铸的坟墓里，这使我愕然。

——1872 年，《19 世纪史》，第Ⅰ卷：《波拿巴的起源》，序言

微笑的流动性

世界上最伟大的艺术家们，温情地关注大自然的天才们，请允许我在此做一番小小的比较。你们是否注意到幼龄女童那感人的肃穆神情？清纯无辜，为自己将来要做母亲而兴奋；她轻摇着亲手制出的作品，拥吻它，给它生命，发自内心地对它说：闺女啊……如果你碰到这件作品时手重了一点，就会惹得她慌乱和喊叫起来。不过，小姑娘心里很明白，这个被自己弄活，开口说话，通情达理，从自己的灵魂获得生命的物件究竟是什么。

这个景象虽然微不足道，意义却很重大。这是孕育中的艺术，是艺术多产性的主要条件。这是爱，是微笑。爱的微笑能够创造。

---

① 弗洛贝尔（Friedrich Fröbel，1782—1852），德国幼儿教育家，幼儿园体系的首创者。

假如随着微笑已去，嘲讽即生硬的批判和逻辑开始，那么生命就会感到寒冷，胆怯，蜷缩起来，产生不出任何东西。弱者和不结果实者一边盼望有所出产，一边对他们的可怜的孩子使用“虽然……”、“除非……”一类的字眼，这些一脸庄重的傻瓜根本不懂，寒冷的环境产生不了任何生命；他们的冰冷的虚无将产生——虚无。

——《法国史》，第Ⅰ卷，1869年版序言，第ⅩⅧ页

流泪的天赋

我患过一种奇妙的病症，它使我的青年时代暗淡无光，不过它是历史学家的通病：喜欢死亡。我在拉雪兹神父公墓的大门外住过九年，当年那是我散步的唯一去处。后来，我又在比耶夫河①附近住过，在修道院的各个大花园之间，依然是坟场。我过的是一种人们会说是被埋葬了的日子，因为我的社交活动在陈年旧事当中，朋友也都是被埋葬的人。重新写出关于他们的传说，就能够唤醒已经消逝的千百件他们身上的故事。我了解乳母们吟唱的小曲的秘密，其中一些会产生可靠的效果。她们凭口音便认为我是她们的一员。圣路易求之不得的天赋，我那时便具备——“流泪的天赋”。

——《法国史》，第Ⅰ卷，1869年版序言，第ⅩⅤ页

“圣上生奇想，欲以涕泪蒙赐，遂向忏悔神父怨言眼中乏泪，恭然而悄告神父曰：彼等每临祈祷，素谓‘敬祈上帝陛下垂布恩施，赐吾等泉涌之泪’；当此时，圣上尝虔然曰：我主上帝，泉涌 150

① 比耶夫河（Bièvre），发源于伊芙林省的一条小河，在巴黎南部注入塞纳河。

之泪岂寡人所敢求者，篸若数滴当足润干涸之心灵哉……圣上复窃向忏悔神父坦言：适躬自祈祷上帝陛下之际，亦曾屡屡泫然。涕（缓）流面颊，下落口中，圣心每感其甘美，非但浸润心田，口中亦复如斯。”

——《听忏悔的神父》，转引自米什莱

——1833 年，《法国史》，第Ⅱ卷，第Ⅳ册，第 8 章，第 379 页

教会解冻

……大地仿佛依然披着一幅洁白的裹尸布，被沉重的冰层，被无情、无形、尖锐、残忍的晶体牢牢地封闭着。尤其是1 200年以后，世界犹如一座透明的坟墓那样遭到禁锢，里边纹丝不动和僵化的一切，人们都能够心怀恐惧地望见。

人们说“哥特教堂是一块晶体”。不错。1 300年前后，建筑艺术牺牲了以往的灵活随意和变化，没完没了地重复，从而与斯匹茨伯尔根群岛①的单调的棱柱体展开了角力。这是一幅展现生硬的晶体城市的真实可怕的图景，令人畏惧的教条觉得已经把生命彻底埋葬了。

但是，无论这不朽的建筑以什么样的支撑物、垛墙和拱肋作为依托，有一件东西却能够撼动它 。那不是来自外部的轰然重击，而是来自基础部分的一种莫名的、柔和的东西，是一种作用于这个晶体的难以察觉的解冻过程。它是什么？它是从某个世界倾泻而出的热泪所形成的一股谦卑的水流，一片泪水的海洋。它又是什么？它是一股未来的气息，是自然界的生命的强劲而不可阻挡的复苏。奇

① 斯匹茨伯尔根群岛（Spitzberg）位于北冰洋，主权属于挪威。

妙的建筑已经有不止一面墙壁开始坍塌，它在恐惧万分地自言自语：“这是撒旦在呼吸啊。”

坐落在火山上的海克拉冰川①便是如此，这座火山无需爆发，这座温暖、缓慢和仁慈的炉灶从底部轻轻地抚摸着冰川，召唤它，悄声对他说：“下来吧。”

——1862 年，《女巫》，第Ⅰ册，第 7 章，第 415 页

热量在下

民族性好像地质学，热量在下边。往下走吧，您会看到热量的增加；及至走到最底层，热量便燃烧起来。

穷苦人都热爱法国，他们对她负有责任和义务。富人也爱法 151
国，只因为她属于他们，对他们负有责任。穷苦人的爱国主义是一种义务感，富人的爱国主义是一种苛求，一种对义务的追索。

我们说过，农民通过合法婚姻迎娶了法国；法国是他的夫人，是要白头到老的；他是她的另一半。对于工人来说，法国是漂亮的情妇；他一无所有，却拥有法国，拥有她的过去，她的荣耀。他不受地方思想的束缚，热爱大一统。只要这种情感被削弱，他必然沦入悲惨境地，饱受饥饿和劳动的奴役。这种情感是永不泯灭的。

一旦我们谈到工匠和商人，这种可悲的利益的奴役就更加严重。他们总是认为自己危险临头，如同走钢丝……为了部分地逃避破产，他们宁愿冒彻底破产的危险……他们制造了七月，也抛弃了七月。

……如果我继续爬高，多么寒冷啊，好像身处阿尔卑斯山中。我到达了白雪覆盖的地带。道义的植被逐渐消失，民族之花凋零。

---

① 指冰岛的海克拉（Hécla）火山和冰川。

我仿佛到了一个被自私与恐惧的寒流一夜之间突然笼罩的世界……只要我再攀高一级，连恐惧也不见了，只剩下纯粹的利己之心，没有祖国，计算器似的自私自利：人没有了，只剩下数字……这是被大自然遗弃的真正的冰川……请允许我往下走吧，这里对我来说太冷了，冷得我无法呼吸。

——1846 年，《人民》，第Ⅰ卷，第 8 章，第 118 页

说不出的语言

如果死后剖开我的心脏，人们将会看到始终伴随我的一个想法："书籍怎样才能属于人民？"

谁来写这样的书呢？巨大的难题。有三件事是一定要做到的，三者很少同时出现：一是才气和魅力（别以为可以让人民接受任何软弱无味的东西）；二是来自于经验的技巧，极为细致，极为牢靠；最后（真是矛盾！）还得有圣洁的纯情，童贞般的高尚，它有时可隐约见于某些乳口小儿，但犹如空中一道电光闪过，转瞬即逝。

哎，真是个难题！既老迈又年轻，缺一不可；既得当智者，又得是童子！

我带着这些想法度过了一生。它们不断浮现，把我压得疲惫不堪。我于是感到了我们的悲惨处境，一种文人和聪明人的无可奈何。我看不起我自己。

我生来就属于人民，人民一直在我心中。我酷爱他们的古时候的重大事件。1846 年，我郑重地宣示了人民的权利，从来无人这样做过；1864 年，又提出了他们的悠久的宗教传统。可是，语言啊，人民的语言，却远非我力所能及。我未能做到让人民开口说话。

——1869 年，《我们的儿子》，第Ⅴ卷，2，第 299 页

阅读米什莱

米什莱的著作里有一种批判的现实性，它跟观念、影响或意象都不同。那就是主题。如何辨别米什莱的主题呢？ 155

重复

首先，主题是反复出现的，也就是说，主题在整个作品中一再被重复。比方说，教皇派与德皇派（即日耳曼世界与拉丁世界，忠诚派与严守教法派）这一组对立。您在米什莱的著作里可以看到十次，从头到尾都有。

这种重复有两个后果。首先，必须把米什莱当作一首复调歌曲来阅读，不光用眼，还要用耳、用记忆来阅读。我们必须切记，当我们遇到教皇派与德皇派这组对立的时候，由于重复本身的缘故，它并不构成一种历史学观点，却表达一种存在的选择。米什莱把这一组对立放入他的思想十分不同的时期，犹如把一个音乐主题粗浅地植入一部交响乐的各个部分。这是因为，米什莱承担了把教法派的大脑萎缩与德国人的善意扩张对立起来的全部责任——不光是精神的，也包括身体的责任。

其次，必须理解，主题抵制历史。历史——他那个时代的历史——改变了米什莱的意识形态，使得他此时是王权的奴仆，彼时是反教权的斗士①。可是，历史未能改变他的那些玄想。从 1830 年
156 到 1860 年间，米什莱大概改变了对基督教的看法：此时耶稣会事件②已过，并且发生了杜梅尼尔夫人遭忏悔神父的精神诱骗，以及无数政治上和个人方面的状况。这些变动发生在他的思想的一个总之极为关键之处，可是我们对此必须确定一个看起来似乎十分微末的主题，譬如那个关于小女孩似信非信的布娃娃的主题：您在 1837 年、1849 年和 1859 年都能看到。

此外，主题重复特性之所以有效，还因为它在米什莱笔下具有一种语言固定性：主题的总是通过同一个词语或同一个意象得到彰显：此处是布娃娃，荷兰航船，利剑和原则，彼处则为一个形容词（生硬，可疑，怪异，等等），后者拥有的代数式效力与一个实在的品质修饰语相同。说路易十五“生硬”，并非只是一种道德评价，

---

① 普鲁东（1858 年）说过：“这个人走过了多么不平凡的道路啊！复辟时期的狂热的天主教徒，今天却是像你我一样的革命派。”——原书注

② 当指耶稣会 18 世纪后半叶在欧洲的遭遇。耶稣会教士 1759 年在葡萄牙，1763 年至 1764 年在法国，1767 年在西班牙先后遭到驱逐。1773 年教皇克莱芒十四世宣布将耶稣会逐出天主教。

它同样表明某种特殊的厌恶，厌恶一种不连贯的实质。

实质

的确，主题是**实质性**的，表达着米什莱对若干物质的品性所抱有的态度：历史的对象永远可以归结为反感、有魅力或者它所导致的眩晕。野蛮人作为一个浪漫的普通实体，到了米什莱笔下则由某种实质的状态构成，成为一个流动性和生殖力的历史形象，是一个完整的包容性的元素。与之相反，我们总是被提醒，耶稣会教士是机器的一种代数式表现，也就是生硬的表现、缺乏质料的联系的表现。

主题的实质性特点引起两种后果。首先，主题能够让历史重新浮现。例如，米什莱从未有过任何独特的政治见解，只有 1840 年前后的小资产阶级的一般看法 。然而，这些一般看法一旦进入主题的状态，就变成了特殊的经验：他厌恶血液过量和血液停滞，这为他的反英态度提供了依据；反过来，他嗜好无限的流畅性和乳汁般的血液，这又使他的亲德态度有了根据；机械化之所以丧失信誉，全因他对生硬和不育症的厌恶；人民由于属于超性，亦即雄性观念和雌性情感的结合，从而成为救世主。因此，米什莱的主题有两个根源：一个是历史的，一个是存在的。正是出于这个理由，史学评论界在把米什莱的主题学建立起来之前，不应当去碰他。

其次，主题支撑起一整套价值体系；没有一个主题会不偏不倚。世界的全部实质便分为良性和恶性的不同状态。跟流行的看法相反，米什莱的道德观绝对不是玩弄辞藻，而是一种事关本体的道 157
德观。历史在肉身的法庭上接受审判：若断言善，必须根据其光滑、流动和节奏化的本质；若断言恶，必以其生硬和不连贯的本质为根据。

省约

最后，主题是可以省约的。野蛮人、儿童、眼泪等主题都可以省约为湿润和丰满的热量。耶稣会教士、机器 、烦恼和小说都是一个共有成分的倍数递减过程，这个共有成分便是生硬的死亡。因此，米什莱的历史著作完全被一张主题的网络所覆盖，主题依靠或独立或省约的关系彼此呼应。一套名副其实的代数于是形成，因为每个主题都能以省略的形式出现。只有分清主题，并且在每一个主题之后存入对于其实质性含义和与之呼应的其他主题的记忆，才能完整地阅读米什莱。

看到米什莱的著作里有“幻象”的提法之后，应当切记魔术幻象与主题的两种“取向”有关：一种是眨眼睛，踌躇不前，疑虑重重，模棱两可，龌龊，麻烦，怪异，亦即物质的不稳定状态；另一种是赌博，随意性，喜剧，意大利笑剧，亦即仁慈和女人世界。基于这两个藏而不露的参照系统，我们才能理解，为什么幻象能够使拿破仑信誉尽失。

主题网络的另一例是卡利斯泰纳，他是亚里士多德的侄子，被亚历山大的一道命令送上了十字架。如果忘记了被封为能量的哲学家的亚里士多德此处代表行动的主题，而亚历山大代表着赌博、仁慈、君主制的膨胀的主题，就会对上面这句话视而不见；这么说其实等于重提雄性正义与雌性仁慈之间的对立。

所以，谈论一门关于米什莱文本的解释学并不是夸大其词。米什莱是无法线性地阅读的，必须把文本的基础和主题的网络恢复起来：米什莱的话语是一套名副其实的代码，不用筛子不行；这张筛网不是别的，恰恰是作品本身的结构。由此可见，除了完整阅读，没有任何其他阅读米什莱的办法，因为必须毅然决然地立足于范围以内。

米什莱的第二任妻子搞错了：她一点也没有读懂夫君的作品，因为她只达到了辞藻华丽的外表，只搜集了一些（较弱的）观念，而没有看到（恒常的）主题。她在米什莱的手稿上做手脚，极为愚蠢地删削主题，亦即删削米什莱本人，这些都是明证。以下这篇米 *158*
什莱的文章经过了他妻子的斧削：读者会看到，文中唯一的米什莱元素，即荷兰航船的湿润的热量被愚蠢地删除了。与这种胡编乱造相反，应当提到布鲁斯特的洞察力：在模仿米什莱的笔调时，他懂得如何不仅找出遣词造句的癖好，而且找出隐藏的主题。

弗里斯兰的居民

手稿

那些粗制的服装十分美丽，一片片金饰与金色的头发完全契合；温柔卓绝的女人。她们往往带点男子气，宽肩阔背。应该等到她们上了船再看，看她们如何晾晒日用织品，照料幼儿，甚至执掌船舵。现在我明白了，圆滚滚的荷兰大船为什么有多层甲板。那是一艘诺亚方舟，必须装得下一大家子人，男的，女的，小孩，动物。船即是家，必须经常洗刷，仿佛总嫌潮湿得还不够。在水上讨生活的荷兰人总是不停地迁徙，因此必须在这里找到一块属于自己的土地。对他们来说，尽快抵达目的地并不重要，只要不影响这一方小小的天地就行。……请不要嘲笑他们，因为不停地清洗，以及种植被认为与这里的气候不大相宜的树木都是不言而喻的事情。两者都能达到净化的效果。与其说潮湿有害，毋宁说潮湿导致土崩瓦解。只有运河才有侵蚀作用，可又有什么办法？……他们抽烟，喝酒，等等。对抗西班牙和大自然的斗争结束以后，天生的物质主义使他们沉睡不醒。笛卡儿和斯宾诺莎，两个外乡人，相当好地表达了抗争和接纳。

——《1837 年的旅行笔记》，引自 J.-M. 卡雷：《米什莱和他的时代》，第 213 页

改动后发表的文本

费利西亚依然保留着粗制服装的美丽；一片片金饰在妇女们的前额上闪烁，并且与温暖的金发契合得如此完美。在这里，人们能够目睹过去和今天的不同。对于昔日的水手来说，抗争取代了观念。抗击外国人和大自然的斗争一旦结束，物质主义就在人民中间取得了支配地位，并且使他们昏昏入睡。水手们一旦踏上坚实的土地，便似乎失去了一切可做的事情。他们在小咖啡馆里打发日子，饮酒，玩扑克。如果一头钻进那些等待离港的荷兰驳船里，岂不更好？您沉浸在忘情的赞叹当中。男人们休息的时候，水手的妻子便承担起一切工作。您起初会觉得她们的肩膀过宽，气质过于男性化。可是，请看她们如何行动和履行本分，她们在船上冲刷甲板，晾晒日用织品，照料幼童，家畜，必要时甚至执掌船舵。此时您就会理解和欣赏胳臂和肩膀的力量了。

——《在欧洲的道路上》，遗作

布鲁斯特模仿米什莱笔法：勒莫瓦事件[①]

从深得奇怪的地表以下（1 300 米深处）可以采掘到钻石。若 159
想挖出这种闪光的石头——只有它才经受得住女人的目光中的火焰（在阿富汗，钻石叫“火眼”）——就必须无限地下降，直到阴间。俄尔菲斯[②]得迷失多少次，才能把欧莉狄克带到光明地带啊！可别气馁。假如你力竭心衰，钻石就会在那里开口，仿佛出自它清晰可辨的火焰：“加油哇！再深挖一锹，我就属于你了！”而且，只要稍微迟疑一下，就会毙命。命运全在于速度。这感人的困境。为了摆脱这种困境，中世纪已经耗费了许多生命。它在 20 世纪之初（1907 年 12 月至 1908 年 1 月）又出现了，而且更加残酷。终有一天，我会讲讲这个不平凡的勒莫瓦事件，任何一个当代人都想不到它的意义有多么深远；我将把这个矮个子男人公之于天下。此君手无缚鸡之力，双眼被可怕的研究灼伤，他也许是犹太人（杜鲁蒙[③]先生便持此观点，而且不无道理：以色列在整个中世纪的选居地道菲内[④]，至今仍有不少名叫 Lemoustiers 的人，即 Monastère[⑤] 的缩合字），

① 《勒莫瓦事件》(L'Affaire Lemoine) 是布鲁斯特特意模仿前人笔法写的小说，钻石商人勒莫瓦是小说中的主要人物之一。

② 俄尔菲斯 (Orphée)，希腊神话中善弹竖琴的歌手，曾历尽艰苦去地狱寻回贞妻欧莉狄克 (Eurydice)。

③ 杜鲁蒙 (édouard Drumont，1844—1917)，法国记者和作家，以反犹立场知名。

④ 道菲内 (Dauphiné)，法国东部旧省名。

⑤ 指 Lemoustier 这个字里头的 moustier 与 monastère 同义，“修道院”。但现代法语里只见于专名。

却牵动了全欧洲的政治界三个月之久，因为他迫使英国答应签署一份协议，以便挽救危难中的英国矿山和丧失信誉的公司，然而这份协议对高傲的英国是毁灭性的。假如我们把这个人交出去，英国将毫不迟疑地偿付与他本人体重相当的钻石。临时的自由，当代最伟大的征服行动（萨尤，巴特比①），曾经三次遭到拒绝。在啤酒罐跟前推理能力极强的德国人，眼看迪比尔公司②的股票日益下跌，再次鼓起了勇气（哈登公案的重审③，关于波兰的法律，不理睬国会）。历代犹太人的动人奉献啊！“你固执地诽谤我，毫无根据地控告我背叛，在陆地，在海上（德莱福斯事件，乌勒莫事件④）。那么好，我把我的黄金给你吧（请看19世纪末犹太银行业的巨大发展）；除此以外，还有你用金子的重量不是总能买到的钻石。”一个严肃的教训；在这个1908年的冬季里，我常常伤感地思考这件事。大自然此时虽然放弃了暴力，却变得背弃信义。从未见过这么温和的严寒，但是雾浓得直到中午仍不见阳光透入。气温也非常暖和——这更令人难熬。很多人死了，比前十年加起来还多。而且，从1月开始，白雪下面长出了紫罗兰。我的心情已经被这个勒莫瓦事件搅乱了，这似乎是个发生在财富针对科学的重大斗争中的小插曲。我每

---

① 萨尤（édouard Sayous，1842—1898），法国宗教史学家。巴特比（Anselme Batbie，1828—1887），曾担任法国第三共和国参议员和教育部长。

② 迪比尔公司（De Beers），从事钻石开采的跨国企业。

③ 哈登（Maximilian Harden，1861—1927），德国犹太裔记者，以揭露大人物的丑闻名噪一时，后反以诽谤罪入狱。

④ 德莱福斯（Alfred Dreyfus）和乌勒莫（Benjamin Ullmo）均为犹太裔法国人，前者是陆军军官，后者是海军士官。对他们的迫害发生在19世纪和20世纪之交，史家公认具有深刻的反犹主义的社会背景。

天都去卢浮宫。在王冠上的钻石跟前，群众情不自禁地驻足，远比在达·芬奇的蒙娜丽莎跟前更频繁。我多次难以走近。该不该说 160
呢？这项研究很吸引我，但我不喜欢它。其中奥秘何在？我从中感觉不到生命。这种对生命的需要始终是我的力量所在，也是我的弱点。正值路易十四统治的高峰时期，绝对王权似乎已经扼杀了法国的一切自由，在长达两年的时间里——一个世纪以上（1680—1789）——头疼的怪病每天都迫使我暗自思忖，这回我非得中断我的历史不可了。直到网球场誓言①（1789 年 6 月 20 日）发生，我的体力才得以恢复。同样，这种奇怪的结晶即石头世界的统治也把我搅得心烦意乱。柔顺的花卉已不复存在，而在研究植物的最困难时期，这种柔顺始终十分羞涩地——最好如此——鼓励我："拿出信心来吧，什么都不要怕，你还活着，活在你的历史当中。"

——马塞尔·布鲁斯特：《仿作和杂篇》，伽利玛尔书局②，第 41 页

已经提到的重要主题

一、恶性主题

关于生硬的主题：

- 机器
- 耶稣会教士

---

① 网球场誓言（Le Serment du Jeu de Paume），1789 年 6 月 20 日代表第三等级的 577 位议员结成反对路易十六的联盟，此举标志着法国大革命的开始。

② 此文最初发表于 1908 年 2 月 22 日的《费加罗报》，后来收入伽利玛尔书局 1919 年版的《仿作和杂篇》。

- 誊写员
- 雅各宾党人
- 经院学者
- 公众安全
- 反讽（歌德）
- 宿命论（霍布斯，莫利诺斯，斯宾诺莎，黑格尔）
- 矿物性
- 硬化的、冰冷的和贞洁的血
- 带电

关于空虚和浮肿的主题：

- 中世纪
- 模仿
- 烦恼
- 小说
- 麻醉品
- 亚历山大
- 血液过剩、滞塞

关于彷徨的主题：

- 正人君子
- 孔戴家族，尚蒂伊，萨德
- 赌博
- 魔术幻象
- 意大利笑剧
- 白色的血，封闭的血

二、良性主题

关于生殖力的主题：

（插入：）

- 行动
- 教育
- 斯多葛派
- 能量（18世纪） 161
- 笑
- 撒旦，女巫
- 英雄豪杰

关于热量的主题：

（孵化：）

- 似信非信（布娃娃）
- 眼泪
- 荷兰航船
- 野蛮人
- 儿童
- 德国
- 人民
- 流动而有节奏的血液

三、结对的主题

- 联合对统一
- 散文对诗歌

- 教皇派对德皇派
- 仁慈对正义
- 心性对理性

当年人们口中的米什莱

友人的看法：雨果（1）：致米什莱函

1860年7月14日于高城居

顷接大作①，一口气读了。您这样的人是不可或缺的；既然每个世纪都是一个斯芬克斯，那么它们也都应该有自己的俄狄浦斯。您来到那些隐晦的谜团面前，一语惊人地道破那可怕的谜底。那个徒有虚名的伟大世纪，那种徒有虚名的伟大统治必须戳穿，揭掉它盖在死人头上的假发，把藏在皇袍底下的罪恶亮给大家看。这件事您做了。感谢您。是

① 指《法国史》卷XIII。——原书注

的，我感谢您的这本书，我视之为一件个人义举。这个路易十四同样一直压在我的心头；像您一样，我在尚未发表的一首诗①里提到了他。我为我们两个心灵的这种契合感到喜悦。

您所有的著作都是行动。作为一位史学家和哲人，作为一位诗人，您赢得了斗争。进步与思想界将把您归入英雄的行列。您是多么了不起的一位画家啊！您把这种统治活生生地示众，随后将其斩首。就此停笔，只为再次捧读您的书。我不会离开您。

亲爱的大思想家，拥抱您。

——维克多·雨果

雨果（2）

今天是1870年12月20日，在我家晚餐桌上，某位P.先生问我："您知道米什莱为什么离开巴黎吗?"

——"不知道。"我说。

——"那是因为您来了。"

——"算了吧!"

——"他本想独自一人在巴黎。您在这儿是多余的。"

——"那又是为什么呢?"我问道。

——"他嫉妒您呗。"

——"原来如此！该不是担心我亲吻他的夫人吧?"

——"那倒不是，他是怕您亲吻他的荣誉。"

——《皮埃尔》，日内瓦世界中心书局，第45页

---

① 《精神的四方来风》，"英雄史诗篇：大革命"。——原书注

圣-勃夫（1） 164

对于这种处理历史的方法，我在此既不批评也不夸奖，因为我承认，它远离我本人的爱好和习惯。这样说已经足够了：米什莱先生用意志和才能把它变成了自己的东西，把它提高到一种举世无双的程度，他从此在人前成为大师；既然建议和忠告在这里都毫无用处，我恰如其分地接受这个有知识、想象力和良心的人；在他奉献给我们的那些闪光的和冒险的作品当中，我捧起他；我不计较那些令人错愕之处，我把公正的评价和敬意送给出类拔萃之处。一言以蔽之，米什莱已经建立起强大的实力；虽然我曾经长期不愿承认与此君素有旧谊，现在我投降：我最终承认这种强大的实力，我只要求不去讨论它。

——引自 J.-M · 卡雷：《米什莱和他的时代》，第 73 页

圣-勃夫（2）

我恳求奥利维埃提防一点米什莱。他是江湖骗子，他走到人们面前，用他的或别人的恭维话解除你的武装。……他已经独霸这里所有的报纸；希望他别再纠缠《瑞士杂志》了。这个人其实十分平庸，正跟我在一切华而不实的家伙身上看到的一样：奴颜婢膝，但求一逞（Omnia serviliter pro laude）。

——引自 J.-M · 卡雷：《米什莱和他的时代》，第 87 页

“艺术家”的看法——于斯曼[1]

在杜塔尔[2]看来，历史是最庄重的谎言，最幼稚的诱饵。……其实，不可能做到准确无误。他说，既然无人能解释例如新近发生的事件、法国大革命的内幕、巴黎公社的基础，那么又如何深入到发生在中世纪的事情里去呢？因此，剩下的事情不外乎是炮制个人见解，想象自己与另一时代的造物们同在，化身为那些人；假如可以做到的话，拾起他们遗留的衣钵，最后利用巧妙挑选的细枝末节，为自己打造虚伪的成套配置。概括地说，这就是米什莱做的事；这位神经质的老婆婆不同凡响地在各种小插曲里游荡，驻足于微不足道的事物，在被他夸大和宣称重要的闲闻轶事里轻柔地胡言乱语，一旦他的亢奋情绪和沙文主义发作，那些臆测的可能性便会大打折扣，那些猜想就会变得虚软无力。尽管如此，此君仍然是飞翔在各个世纪的上空，又从高空跳进晦暗的古老叙事里的唯一的法国人。

165 他的这部《法国史》既歇斯底里又滔滔不绝，既不顾羞耻又深谙隐私，不过其中某些地方却被来自远方的海风所掀动，人物活跃起来，走出了他的同事们用嘉言警句的骨灰将其埋入的坟墓；于是，米什莱是不是最不求翔实的历史学家便不那么重要了，因为他最有个性和艺术性……

——《彼岸》，格莱斯书局，1912，第 29 页

---

① 于斯曼（Joris-Karl Huysmans，1848—1907），法国作家。

② 杜塔尔（Durtal）是于斯曼的自传体小说《彼岸》中的主人公。

赞赏者的看法——贝基①

……她说：米什莱的一切被称之为矛盾之处——特别是在中世纪史里——皆来源于此。虽然有时候屈从于现代思想，即所谓现代方法，他还是做了他的工作，而因此进入了历史，所谓载入史册。然而，在世上从未有过的伟大才情的裹挟之下，他突然才情横溢，创造出整部著作。当他跟着时间走的时候，他只是一位历史学家而已。一旦尽情挥洒自己的才情，他就上升为回忆录作家和编年史作家。

他说历史是一种复活，人们让他照此说了很多话，此时他是在挥洒才情，而且应当理解为，他终归从历史和碑铭，从纯粹的历史，回到了回忆录的历史学和编年史，回到了回忆和衰老。

他说历史是一种复活，后人也照此说了很多话，此时人们的意思是，沿着公墓前行是不对的，沿着公墓的围墙前行也是不对的，连沿着古代遗迹前行也不对；既然身在同一种族之内——这个种族既是肉体的，又是精神的；既受到时间制约，又是永恒的——那就应当呼唤本族的前人；应当向本族内的前人求助。而且，既然身在本族内的一个移动的位置上，就应当用一种内省的目光在本族之内追溯，捕捉其落后之处；这一点只有通过回忆和衰老方可做到。

——《克里奥》，伽利玛尔书局，第229页

① 贝基（Charles Péguy，1873—1914），法国作家和诗人。

马克思主义者的看法——马提耶①

米什莱满脑子神秘主义，他乞灵于一道含糊不清的天意：对于他未能找到根源的所有弊病，他只提出一副救命药：教育。他无疑对人民所遭受的苦难感到震动，可是，至于如何终止这些苦难，他只会竭力怨天尤人和大声呵斥，形近荒唐可笑。正当马克思撰写《共产党宣言》的时候，他却颤颤巍巍地哀求阶级之间实现联合。他不仅根本没有培养民主反对派，而且把后者搞得心烦意乱，甚至
166 迷失方向。这是因为，他早年曾经在父亲的印刷作坊里度过几年，他据此而自诩属于人民。缺乏根据的自命罢了。他很早就频繁出入于镶金镀银的沙龙，为血统高贵的千金小姐当家庭教师，不管她们所属的君主制是合法的还是篡取的。实际上，他是传统教育制度结出的一颗美丽的果实，资产阶级的公子哥们在初级中学接受的就是这样的教育。这些色泽鲜亮的果实往往徒有其表。我常常惊讶于他的不连贯的、多半流于平庸的思想。这位哲学的业余爱好者从来就不是哲学家。

——引自 A. 沙波：《米什莱》，第 54 页

① 马提耶（Albert Mathiez，1874—1932），法国历史学家，著有三卷本《法国大革命》（1922—1927）。

今人论米什莱……

(1953年) 让·杜维尼奥[1]

米什莱是无人可比的：他那戏剧性的眼光无比锐利，他对于所经历的事件的那种莎士比亚式的把握无人可比。这位伟大的“导演”懂得如何处理阴暗面。他为一位不露面的观众奋笔疾书，这位观众不是阿克里巴·杜比涅[2]为之献上《悲剧》的希伯来人的神，而是历史。“实证主义者”责备他的细节不够确凿，可是对于他的洞察力却甘拜下风。对于

① 让·杜维尼奥（Jean Duvignaud，1921— ），法国作家、社会学者和人类学者。

② 杜比涅（Agrippa d'Aubigné，1552—1630），法国作家。

撰写者来说，历史是一种创造命运的方式，不是一门科学，他的确是在这一意义上的历史学家。他跟圣西门一样，懂得如何把握宏大的场面和测度纠结之处。他把他的人物推上皮斯卡托尔①所说的"命运的舞台"②，即宿命的前台，同时并没有将其缩小到他所认为的样子。在他身旁，一个被他叫做法兰西的伟大生命正在关注，同时本身也在发生变化；她所经历的那些激烈变动是最后审判者也难以理解的，然而却完全奉献给了米什莱本人：这是人类的一种近乎陀思妥耶夫斯基式的无限伤感；这部历史好像圣经中的上帝，在它的冷眼注视下，这个物种自我折磨和自我惩罚，加深了自身的痛苦与欢乐。

——《人民剧场》，第1期，1953年5—6月号，第15页

(1946年) 乔治·巴塔耶③

很少有人像米什莱那样，天真地相信几个简单的观念：在他看来，真理和正义的进步返归大自然的法则，都是必定能够完成的。在这个意义上，他的著作是一次展示道德信仰的正义之举。可是，
167 如果说，对于理性的局限，米什莱并无很强的意识，那些反理性的倾向有时却在他身上找到了同谋，这是一个使我踌躇的反常现象。《女巫》无疑是一部运气不错的著作——因为很明显，一些多年积累的、一直未利用的素材决定了这本书的写法。当人们谈论恶的时候，《女巫》使其作者成了人情味最浓的作家之一。

我觉得他似乎迷失了方向。在我们看来，他所遵循的道路——

① 皮斯卡托尔（Erwin Piscator，1893—1966），德国导演。

② 原文为德语 Schicksalbühne。

③ 乔治·巴塔耶（Georges Bataille，1896—1962），法国作家和哲学家。

随意性，完全被“不健康的”的好奇心所驱使——并非不能引向我们的真理。不容置辩，那些道路引向恶。但并非我们平日所行之恶，恃强凌弱之恶；相反，看似违反自身利益，是对自由的不可抗拒的渴望所要求的恶。也许，米什莱从中看到了一条善曾经走过的迂回道路。他尽可能将其合法化：女巫便是无辜的受害者，而且薨命于可怕的烈火。把神学家的价值观念颠倒过来是顺理成章的事。难道恶不在屠夫那一边吗？女巫代表着惨遭强者迫害的人性。先验地说，这些观点固然部分地持之有故，却妨碍历史学家把眼光放得更远。不过，他的控诉书掩盖着一种深刻的做法。很显然，引导米什莱的是对于恶的一种陶醉，这就是一种迷失。

……他把不止一个反叛的特征赋予了他所代表的世界。这是一种更为高尚的考虑：但求将来和时间绵延无虞。这样一来，他就为行动的自由设下了限度，而这些自由构成这个世界的方向。让我们不带贬义地说（我反倒希望提出一种强烈的感情），米什莱的生平便是对这种歧义性的回答。他一边撰写一部充满炽热的不安情绪的书，一边明显地受到焦虑的引导，甚至误导。米什莱《日记》里有一个段落说到（我因为没有找到而未读，但是通过第三者获得了相当确切的细节），在撰述过程中，他有时会感到缺少灵感，此时他就走出家门，来到一间气味令人窒息的路边公厕，猛做深呼吸，等到“尽可能地贴近他所深恶痛绝的对象”之后，返回案头工作。我只记得这位作家的面容：高雅，清癯，鼻孔翕张不停。

——《女巫》，序言，四方来风书局，第7页，第17页

(1946 年) 吕西安·费夫尔[①]:

(1846 年：米什莱发表《人民》一书。)

……一切为了恢复法国的威望而在 1830 年闹过革命的人们，一切为捍卫非其所选的议会或非其所喜读的报刊的权利而曾经走上街
168 头的人们，而且最重要的是，为了洗刷法兰西 1815 年的羞耻，为了摈弃这种对于优秀种族的子民比饥饿、牢狱和拮据更难忍受的耻辱，一切不愿接受逆来顺受的强制命令的人们，努力致富吧！一切不听从务必保持谨小慎微的命令的人们，当心你们的小命！[②] 所有曾经战栗着捧读米什莱的火热篇章的人们，一百年后的今天，我们这些 1938 年、1940 年 、1942 年和 1944 年的法国人，慕尼黑的义愤填膺的见证者，被灾难所震惊的见证者，对巧取豪夺的愤怒见证者，还有，我们这些有时对于那些主动帮助我们的人[③]的不理解、长期的不理解感到绝望的见证者，我们的感受跟我们的祖先——墨迹未干时的《人民》的读者——同样强烈。

——《米什莱》，特莱书局，第 13 页

---

① 费夫尔（Lucien Febvre，1878—1956），法国著名历史学家。

② 据友人 Philippe Bidegaray 点拨，前一句话针对的是法国历史学家弗朗索瓦·基佐在复辟时期的一篇著名讲演。该讲演教训法国穷人说，若想取得选举权，自己必须首先致富。后一句话针对的是不甘心受制于复辟制度的共和派。两句话显然都有反讽之意。

③ 当指美国政府。

附　录

生平述略

以下各页无意全面概括米什莱的生平和著述，169
目的只是为《法国大革命史》作者米什莱确定位置。因此，围绕着《法国大革命史》的撰写，这份年表分为三部分：撰写之前，撰写期间，撰写之后。

《法国大革命史》撰写之前

1798 年 8 月 21 日：儒勒·米什莱出生。

1810 年：被送入梅娄寄宿学校。

1812 年：进入查里曼大帝中学。

1817 年 5 月 15 日：获文学业士学位。

1818 年 7 月 8 日：获学士学位。

1819 年：提交法语论文《普鲁塔克〈名人传〉之考察》和拉丁语论文《洛克关于无限之观点》，获得文学博士学位。

1821 年 10 月 13 日：查里曼大帝中学代课学衔教师。

1822 年：在新成立的圣巴尔博中学（罗兰中学的前身）担任历史教员。

1824 年：娶鲍林娜·卢梭为妻。

1825 年：发表《现代史的时序图表》(1453—1789)。

1827 年 2 月 3 日：被聘为预科学校的哲学和历史教授，这所学校建立于 1826 年，取代了 1822 年被撤销的高等师范学校。发表《简明现代史》，并翻译了维科的一部著作《历史哲学原理》。

1831 年：发表两卷本《罗马史》，一部《世界史引论》。被任命为国家档案馆的部门主任。

1833 年：出版《法国史》的头两卷（发端—1270 年），和《法国大革命以前的法国简史》。

1834 年 1 月 9 日：应召取代基佐在巴黎索邦大学的讲席，发表开课演讲。

170 1835 年：翻译和发表路德的《回忆录》以及一部《维科选集》。

1836 年：向公众教育部提交一份关于法国西南地区的图书档案馆的报告。

1837 年：发表《法国律法的起源：普遍律法的象征与辞令之钩沉》和《法国史》第 3 卷（1270—1380）。

1838 年 4 月 23 日：开始在法兰西学院的讲座。

1839 年：米什莱的第一任妻子去世。

1840 年 5 月 5 日：第一次会见杜梅尼尔夫人。出版《法国史》

第 4 卷（1380—1422）。《米什莱先生作品集》在布鲁塞尔出版。

1841 年：与基奈[①]合撰《论耶稣会教士》并于 12 月 4 日完成《法国史》第 6 卷（路易十一和勇猛者查理）的写作。该著作于 12 月 7 日出现在书店里。

1845 年：发表《教士，女人和家庭》。纽约出版《法国史》最初几卷的英译本。

1846 年：米什莱丧父。《人民》发表。

《法国大革命史》撰写期间

1847 年：2 月 10 日：《法国大革命史》第 1 卷（第 1 册和第 2 册）问世。2 月至 3 月：在法兰西学院开讲“米拉波与革命的精神”课程。7 月：荷兰之旅。8 月：在诺曼底逗留。10 月 13 日：米娅拉海发出致米什莱的第一封信。11 月 15 日：第 2 卷（第 3 册和第 4 册）开始出售。12 月：在法兰西学院开授“社会的更新与革命”的课程。

1848 年：1 月 2 日：政府下令中止米什莱在法兰西学院授课。2 月 24 日：革命爆发。3 月 6 日：恢复授课。7 月 21 日：开始撰写《法国大革命史》第 3 卷。11 月 8 日：米娅拉海往访米什莱的寓所。

1849 年：1 月 19 日：第 3 卷毕功。1 月 25 日：开始在法兰西学院讲授“爱情与教育”课程，献给正成为他妻子的米娅拉海。2 月 10 日：第 3 卷（第 5 册和第 6 册）出版。3 月 5 日：从拉丁区迁入代尔尼区[②]。3 月 12 日：迎娶米娅拉海。8 月：前往比利时和阿

---

① 基奈（Edgar Quinet，1903—1875），法国历史学家，米什莱的同事和老友。

② 代尔尼区（Le quartier des Ternes）位于巴黎第 17 区的南部。

登省[1]旅行。12 月 27 日：在法兰西学院开始讲授“民众教育与妇女”课程。

1850 年：1 月 22 日：完成《法国大革命史》第 4 卷（第 7 册和第 8 册）。2 月 10 日：该书交付销售。3 月 10 日：开始撰写第 5 卷。7 月 2 日：米什莱的儿子出生。8 月 24 日：幼子夭折。9 月：暂居
171 枫丹白露。12 月 26 日：重新开始在法兰西学院授课（题目与前一年相同）。

1851 年：2 月：法兰西学院行政主任告知政府部长，在米什莱的课上出现了反对路易·波拿巴的抗议活动。3 月 11 日：出席诸同仁组织的专门会议。3 月 13 日：被勒令停课。3 月 20 日：学生为米什莱被中止授课举行抗议。4 月 8 日：部长明令停发米什莱的待遇。4 月 18 日：完成《法国大革命史》第 5 卷（第 9 册和第 10 册），并几乎立即开始出售。6 月 17 日：会晤赫尔岑[2]。7 月：前往波尔多和阿卡雄[3]旅行。10 月 24 日：拒绝领取半薪的建议。

1852 年：3 月 25 日：着手撰写第 6 卷；4 月 11 日：其在法兰西学院的教职被正式褫夺；5 月 12 日：搬离代尔尼区，迁入巴蒂乌尔[4]。6 月 3 日：拒绝做出为履行公职所必需的宣誓。6 月 9 日：放弃国家档案馆的官职。6 月 12 日：前往南特市。7 月 2 日：重新开始撰写《法国大革命史》第 6 卷。

1853 年：2 月至 3 月：米什莱染疾。6 月：逗留巴黎。8 月 1 日：完成《法国大革命史》全书。11 月：在意大利逗留。

---

① 阿登省（Ardennes）在法国东北部。

② 赫尔岑（Alexander Herzen，1812—1870），俄国作家，政论家。

③ 阿卡雄（Arcachon），法国波尔多以西临海小城。

④ 巴蒂乌尔（Batignolles）街区在巴黎第 17 区。

《法国大革命史》撰写之后

1854 年：发表《法国大革命中的妇女》。

1855 年：发表《法国史》第 7 卷和第 8 卷（文艺复兴与宗教改革）。

1856 年：《法国史》第 9 卷和第 10 卷问世（宗教战争，神圣联盟与亨利四世）。

1857 年：《法国史》第 11 卷（亨利四世与黎塞留）问世。

1858 年：《法国史》第 12 卷（黎塞留与投石党）问世。

1860 年：《法国史》第 13 卷（路易十四与南特敕令的废除）问世。

1862 年：发表《海》。

1862 年：《法国史》第 14 卷（路易十四与勃艮第大公）问世；《女巫》出版。

1863 年：《法国史》第 15 卷（摄政时期）出版。

1864 年：发表以《人类的圣书》为题的有关宗教史哲学的论文。

1866 年：《法国史》第 16 卷（路易十五：1724—1757）问世。

1867 年：《法国史》第 17 卷（路易十五和路易十六）问世。 172

1868 年：发表《山》。

1871 年：在《面对欧洲的法国》小册子中抗议阿尔萨斯和洛林两省并入德国。

1872 年：出版《19 世纪史》第 1 卷。

1874 年 2 月 9 日：米什莱逝世于椰海斯。

参考文献

克里斯多夫·克里木编写（1995 年）①

1. 米什莱的著作

175 —拉丁语论文《洛克关于无限之观点》（De percipienda infinitate secundum Lockium）和法语论文《普鲁塔克〈名人传〉的考察》（Examen des《Vies des homes illustres》de Plutarque），1819 年。

—《现代史同期图表》（1453—1789）②，1824 年。

—《现代史的时序图表》（1453—1789），1825 年。

—《历史哲学原理》，以灵活的译法译自维科《新科学原理》，1827 年。

—《简明现代史》，1827。

—《世界史引论》。《罗马史》，两卷，1831 年。

—《法国大革命以前的法国简史》，1833 年。

—翻译马丁·路德《回忆录》，1835 年。

—编译《维科选集》，1835 年。

—《法国律法的起源》，1837 年。

—《圣殿骑士团公案》（资料汇编）第 1 卷，1841 年。

—《论耶稣会教士》，法兰西学院的授课讲义，与基奈合作编写，1843 年。

---

① 本书有巴尔特最初编写的《参考书目》，见第 14 页。——原著出版者注

② 原文如此，疑误。

—《教士，女人和家庭》，1845 年。

—《人民》，1846 年。

—《大学生》，1848 年。

—《圣殿骑士团公案》（资料汇编）第 2 卷，1850 年。

—《北方的民主传说》，1851 年。

—《法国大革命中的妇女》，1854 年。

—《法国大革命中的士兵》，1854 年。

—《鸟》，1856 年。

—《昆虫》，1857 年。

—《爱情》，1858 年。

—《女人》，1859 年。

—《海》，1861 年。

—《女巫》，1862 年。

—《人类的圣书 》，1864 年。

—《山》，1868 年。

—《我们的儿子》，1869 年。

—《面对欧洲的法国》，1871 年。

法国历史： *176*

《中世纪》，6 卷，1833—1844 年。

《法国大革命史》，7 卷，1847—1853 年。

《现代史》，7 卷，1857—1867 年。

为作品全集题写的序言，1869 年。

《19 世纪史》，3 卷，1872—1873 年。

书信集：

《致米娅拉海小姐（米什莱夫人）的未刊信件》，1899 年。

《保罗·希尔文发表的未刊信函》，1922 年。

《日常信函》，第一卷：1820—1832；第二卷：1833—1838；L. 勒基庸与 S.-B. 戈理费斯、C. 克劳瑟里合作汇编、排次并评注。

遗作：

《盛筵或一个意大利的冬天》。

《我的青年时代》。

《我的日记》。

《罗马》。

《走在欧洲的道路上》。

日记：

米什莱的日记在加布里埃尔·莫诺的两本关于米什莱的书里发表了一部分；但是，因为不可在 1950 年以前公之于众，完整的《私人日记》由米什莱夫人交给了法兰西研究院，并于 1959 年由伽利玛尔书局开始刊行，由保罗·维亚拉奈总其成。全套日记如下：

—《青年时期的撰述》（1820—1832 年间的日记、回忆录、思想笔记），1959 年出版。

—《日记》第 1 册：1828—1848，1959 年出版。

—《日记》第 2 册：1849—1860，1962 年出版。

—《日记》第 3 册：1861—1867，1976 年出版。

—《日记》第 4 册：1868—1874，1976 年出版。

手稿：

米什莱仍有一些未刊手稿保存在巴黎市历史图书馆。

全集： 177

一套由保罗·维亚拉奈担任总编辑的《米什莱全集》正在弗拉玛利昂书局编纂当中。目前已经问世的14卷如下：

—卷Ⅰ：1798—1827，1971年出版。

—卷Ⅱ：1828—1831，《现代简史》，《世界史引论》，《罗马史》，1972年出版。

—卷Ⅲ：1832—1838，1971年出版。

—卷Ⅳ：《法国史》，Ⅰ—Ⅳ册，雅克·勒高夫题序，1976年出版。

—卷Ⅴ：《法国史》，Ⅴ—Ⅸ册，《中世纪史晚期》，1975年出版。

—卷Ⅵ：《法国史》，Ⅹ—XVII册：1422—1438，1978年出版。

—卷Ⅶ：《法国16世纪史，文艺复兴，宗教改革》，1978年出版。

—卷Ⅷ：《法国16世纪史，宗教战争》，1978年出版。

—卷Ⅸ：《法国17世纪史，亨利四世与黎塞留，黎塞留与投石党》，罗伯特·卡萨诺瓦编订，1983年出版。

—卷XIV：（1851—1859），*Legendes d'or*，《北方的民主传说》，《法国大革命中的妇女》，《盛筵或战斗教会的统一性》，1980年出版。

—卷XVII：《鸟》，《昆虫》，爱德华·卡普兰校订，1986年再版。

—卷XVIII：（1858—1860），《爱情》，《女人》，阿利马达瓦·高文

达校订，1985 年出版。

—卷XX：（1866—1871），《山》，《我们的儿子》，《面对欧洲的法国》，琳达·奥尔，弗朗索瓦兹·皮尤特，罗伯特·卡萨诺瓦编订，1987 年出版。

—卷XXI:《19 世纪史》，1982 年出版。

图书馆收藏的著作：

除了上面提到的《日记》、《全集》和《日常信函》以外，以下著作也可以在图书馆找到：

—《维吉尔的蜜蜂》，Rezé，Séquences，1992。

—《垂亡的中世纪》，克罗德·麦特拉题序，Bruxelles，Ed.，Complexe，1990。

—《法国史》，克罗德·麦特拉撰写介绍并点评，Genève，Edito-service (Groupe Guild/Ed.，Atlas)，18 vol.，1987。

—《法国大革命史》，钱拉·沃尔特编订并评注，Gallimard，coll. "Biblithèque de la Pléiade"，2 vol.，1939。

—《法国大革命史》，Laffont，coll.，"Bouquins"，2 vol.，1979。

—《法国大革命史》，Ed.，du Bicentenaire，J. de Nonnot，7 vol.，1988。

—《关于我的〈法国大革命史〉的写作方法和精神》，A.
178 Braik，1988。

—《从南特敕令的废除到 Cevennes 战争：1685—1704》，Presse du Languedoc，1985。

—《大学生》，Ed.，du Seuil，coll. "Pierres vives"，1970。

—《女人》，Flammarion，coll. "Champs"，1981。

—《法国大革命中的妇女》，法朗索瓦兹·纪卢编订，Carrière，1988。

—《热里科》，L'Echoppe，1991。

—《圣女贞德和其他文本》，Gallimard，1974。

—《儒勒·米什莱在利吉里亚：1853—1854》，泰蕾莎·迪·斯卡诺编订并翻译法文，法语文本和意大利语译文对照，Schana/Nizet，1988。

—《未发表的高等师范学校讲义：14，15 和 16 世纪》，法朗索瓦兹·贝利奥编订并撰写介绍，Ed.，du Cerf，1986。

—《路易十四和南特敕令的废除》，Flammarion，coll. "Champs"，1985。

—《路易十四有罪》，帕斯卡·奥利题跋，Arles，B. Coutaz，1992。

—《海》，L'Age d'homme，1981。

—《米什莱与诺曼底》，法朗索瓦·巴比亚汇集并刊行，Condé-sur-Noireau，C. Corlet，1989。

—《山》，Aujourd'hui，1983。

—《1793 年 7 月 16 日，约瑟夫·沙斯利埃殒命里昂》，A，Braik，1989。

—《中世纪，法国史》，Laffont，coll.，"Bouquins"，1981。

—《我们的儿子》，Slatkine reprints，1980。

—《人民》，Aujourd'hui，1977。

—《人民》，Flammarion，coll. "Champs"，1979，重版由保罗·维亚拉奈题序和注释，coll. "GF"，1992。

—《审判路易十六》，阿兰·布罗题序，Bruxelles，Ed. Complexe，1992。

—《文艺复兴和宗教改革》，Laffont，coll.，“Bouquins”，1982。

—《法国大革命》，第 1 卷：“伟大的日子”，米歇尔・伏威尔题序，保罗・伯蒂梯叶选文并评注，Le Livre de poche，coll. “Nouvelles approche”，1988。

—《法国大革命》，第 2 卷：“大革命肖像”，莫里斯・阿古隆题序，出处同上。

—《法国图景》，乔治・杜比题序，O. Orban，1987。

—《女巫》，Flammarion，coll. “GF”，1966。

—《女巫》，影印本，范麦勒艺术设计，J. de Bonnot，1987。

—《女巫》，新的校订版，引言，变体，并经乌特・库斯特审
179 定手稿，Nijmegen，W. A. H. M.-Kusters，1988。

—《老修士团成员卡米勒・德穆兰》，Ed. Pierre Pachet，Belin，1987 。

译著，序言，刊物：

—*Le Procès des Templiers*（《圣殿骑士公案》），米什莱选文并刊行，让・法维叶题序，Ed. Du CTHS，2 vol.，1987。

—Grainville，Jean-Baptiste Fran ois Xavier Cousin de（葛兰维勒）：*Le Poème du dernier homme*（《最后一个人的诗》），米什莱题序，A. Braik，1989。

—Marin Luther（马丁・路德）：*Mémoires*（《回忆录》），米什莱翻译并排次，Mercure de France，1974，reed. 1990。

—Giambattista Vico（维科）：*L'Antique Sagesse de l'Italie*（《意大利的古代智慧》），米什莱译笔自由，布鲁诺・班沙尔撰写介绍并注解，Flammarion，coll. “GF”，1993。

2. 有关儒勒·米什莱及其著作的文献和评论

—Eugène de Mirecourt（米赫古尔），Michelet（《米什莱》），Havard，1857。

—Eugène Noël（诺埃勒），*Michelet et ses enfants*（《米什莱和他的孩子们》），Maurice Dreyfus，1876。

—Cabriel Monod（莫诺），*Renan*，*Taine et Michelet*（《勒南，泰纳和米什莱》），Calmann-Lévy，1859。

—Mme Edgard Guinet（基奈），*Cinquante Ans d'amitié*：*Michelet et Quinet*（《半个世纪的友情：米什莱与基奈》），Armand-Colin，1899。

—Gabriel Monod（莫诺），*Michelet et l'Italie*（《米什莱与意大利》），未发表过的信函和文件，Rome ，Estratto della Rivesta d'Italia，1903。

—Gabriel Monod（莫诺），*Jules Michelet*（《儒勒·米什莱》），Hachette，1905。

—Robert Van der Elst（范登埃斯特），*Michelet naturaliste*：*esquisse de son système de philosophie*（《博物学者米什莱：浅谈他的哲学体系》），Paris，1914。

—Gabriel Monod（莫诺），*La vie et la pensée de Jules Michelet*（《儒勒·米什莱的生平和思想》），Champion，2 vol.，1923，重印本1975。

—Mickiewicz（米基维茨），*Le Trilogie du Collège de France. Mickiewicz*，*Michelet*，*Quinet*（《法兰西学院三部曲：米基维茨，米什莱，基奈》），Paris，musée Adam Mickiewicz，1924。

—Jean-Marie Carré（卡雷），*Jules Michelet et son temps*（《米什

莱和他的时代》)，影印本，Ann Arbor (Michigan)，UMI Books on demand，1993。

—Z. L. Zaleski (扎尔斯基)，*Michelet*，*Mickiewicz et la Pologne* (《米什莱，米基维茨与波兰》)，Ferdinand Alcan，1926。

—Jean Guéhenno (盖昂诺)，*L'Evangile éternel. Etude sur Michelet* (《永恒的福音》)，Grasset，1927。

—Alfred Chabaud (沙波)，*Jules Michelet* (《儒勒·米什莱》)，Grasset，1929。

—Georges Girard (钱拉)，*Discours prononcé à l'Académie française par Mgr Dupanloup pour la réception de M. Jules Michelet* (《杜邦鲁大人在法兰西文学院为儒勒·米什莱举行的欢迎会上的讲话》)，乔治·钱拉整理，Ed. du Trianon，1932。

—Jean Pommier (鲍米耶)，Les idées de Michelet et de Renan sur la confession en *1845* (《1845 年米什莱和勒南对忏悔的看法》)，extrait
180 *du Journal de psychologie normale de pathologie*，E. Alcan，1936。

—Daniel Halévy (阿莱维)，*Jules Michelet* (《儒勒·米什莱》)，Hachette，1938。

—Gérard Walter (沃尔特)，*Préface à l'Histoire de la Révolution* (《法国大革命史》序言)，Gallimard，coll. "Bibliothèque de la Pléiade"，1939。

—Lucien Febvre (费夫尔)，Michelet (《米什莱》)，Ed. des Trois Collines，coll. "Les classiques de la liberté"，1946。

—Auguste Dupouy (杜布伊)，*Michelet en Bretagne* (《米什莱在布列塔尼》)，Ed. des Horizons，1947。

—Oscar A. Haac (哈克)，*Les principe inspirateurs de Michelet*

（《激励米什莱的原则》），PUF，1951。

—Mary E. Johnson（约翰逊），*Michelet et le Christianisme*（《米什莱与基督教》），Nizet，1955。

—Jean-Louis Cornuz（高努兹），*Jules Michelet. Un aspect de la pensée religieuse du XIXe siècle*（《儒勒·米什莱。19世纪宗教思想的一个侧面》），Genève，E. Droz；Lille，Giard，1955。

—P. Van Thieghem et J. Seebacher（范提海姆和西巴克），*L'Oeuvre de Michelet*（《米什莱的著作》），Hachette，1956。

—Jean Pommier（鲍米耶），*Michelet interprète de la figure humaine*（《米什莱，人类形象的解说者》），Londres，The Athlone Press，1968。

—Jean Gaulmier（高米叶），*Michelet*（《米什莱》），Desclée de Brouwer，coll. "Les écrivains devant Dieu"，1968。

—Paul Viallaneix（维亚拉奈），*La "Voie royale" de Michelet, essai sur l'idée de peuple dans l'œuvre de Michelet*（《"阳关大道"，论米什莱的人民观》），Delagrave，1959；Flammarion 再版，1975。

—Gabrielle Sueur（苏鄂），*Micheletà Bihorel*（《米什莱在比霍海》），Bihorel，Groupe d'histoire et d'études de Bihorel-lès-Ruen，1974。

—*Michelet et le peuple*（《米什莱与人民》），巴黎第十大学1975年二月23日南戴尔研讨会论文集，Nanterre，Université de Paris X，1975。

—Georges Tournis（图尔尼），*Michelet*（《米什莱》），Cercle parisien de la lingue française de l'enseignement，1975。

—Jeanne Calo（卡罗），*La Création de la femme chez Michelet*

（《米什莱著作中的妇女的创造活动》），Nizet，1975。

—*Michelet cent ans après*（《百年之后话米什莱》），由 Paul Viallaneix 汇集的论文和见证，Presse universitaire de Grenoble，1975（另参阅 Daniel Leuwers 撰写的书评，载 *Europe*，novdéc. 1975。

—Aimé Dupuy（杜普伊），*Michelet en mission au pays d'Aquitaine*（《在阿基坦地区出差的米什莱》），Sodieg，1976 。

—Irène Tieder（迪黛），*Micheletet Luther：histoire d'une rencontre. A propos des Mémoires de Luther écrits par lui-même et mis en ordre par Michelet*（《米什莱与路德：相遇前后。关于路德自撰和米什莱编排的〈回忆录〉》），Didier，1976。

—José Cabanis（卡巴尼斯），*Michelet，le Prêtre et la femme*（《米什莱，教士和女人》），Gallimard，1978。

—Thérèse Moreau（莫罗），*Le sang de l'Histoire：Michelet et l'idée de la femme au XIX*[e] *siècle*（《历史之血：米什莱，19 世纪的历史和关于妇女的观念》），Flammarion，1982。

—*Michelet*（《米什莱》）（介绍册），龚古尔学院选编，EPI，1987。

—Eric Fauquet（弗盖），*Michelet ou la gloire du professeur d'histoire*（《米什莱或历史教授的荣誉》），Ed. du Cerf，1990。

—Lucian Febvre（费夫尔），*Michelet et la Renaissance*（《米什
181 莱与文艺复兴》），费朗和布罗代尔编定版，Flammarion，1992。

—*Michelet écrit：l'Hisoire de la Révolution*（《米什莱疾书：大革命史》）（1989 年 6 月 30 日至 7 月 1 日瓦斯刻伊研讨会论文集），维亚拉奈撰写介绍，Les Belles-Lettres，1993。

—François Corréard（高磊阿），*Michelet*（《米什莱》），Société

française d'imprimerie et de librairie, coll. "Classiques populaires", 日期不详。

外文著作：

—Linda Orr（奥尔），*Jules Michelet：Nature，History and language*（《儒勒·米什莱：自然界，历史和语言》），Londres，Cornell University Press，1976。

—Edward K. Kaplan（卡普兰），*Michelet's Poetic Vision：a Romantic Philosophy of Nature，Man and Women*（《米什莱的抒情目光：关于自然界的一种浪漫哲学》），*University of Massachussetts，1977*。

—Stephen A. Kippur（基普尔），*Jules Michelet：a Study of Mind and Sensibility*（《心智和感性的研究》），State University of New York Press，1981。

—Oscar A. Haac（哈克），*Michelet*（《米什莱》），Boston，Twane，1982。

—*Jules Michelet si revolutionarii romani：in documente si srisori de epoca 1847—1874*（《从 1846—1874 年期间的文献和信函看米什莱和罗马尼亚革命党的关系》），引荐性研究和评注，Martin Bucur（布楚尔），Cluj Napoca（罗马尼亚），Dacai，1982。

—Johns R. Williams（威廉姆斯），*Jules Michelet：Historian as critic of French Literature*（《儒勒·米什莱：作为法国文学评论家的历史学者》），Birmingham（Alabama），Summa Publication，1987。

—Ann Rigney（芮格尼），*The Rhetoric of historical representation，three narrative histories of the French Revolution*（《历史表

现方法的辞令，关于法国大革命的三篇叙述历史》)，Cambridge/New York/Port Chester. Cambridge University Press，1990。

—Arthur Mitzman (米兹曼)，*Michelet historian*：*Rebirth and Romanticism in* 19*th* *century* (《历史学家米什莱：19 世纪的复活与浪漫主义》)，Yale University Press，1990。

—David Bevan (贝文)，*InvisibleDialogue*：*Malraux*，*Michelangelo and Michelet* (《看不见的对话①：马尔罗，米开朗基罗和米什莱》)，Amsterdam，Rodopi，1991。

一般读物：

—Hippolyte Taine (泰纳)，*Essais de critique de d'histoire* (《批评和历史论集》)，Paris，1858。

—Marcel Hervier (艾尔维耶)，*Les écrivains français par leurs contemporains* (Le XIXe siècle，2e partie) [《同代人眼里的法国作家(19 世纪第二部分)》]，Mellotée，1942。

—Jean Pommier (鲍米耶)：*Les Ecrivains devant la Révolution de 1848* (《面对 1848 年革命的作家们》)，PUF，1948。

—Roland Barthes (巴尔特)：*Essais critiques* (《评论集》)，Le Seuil，1964。

—Thomas de Quincey (昆赛)："Jeanne d'Arc. A propos de l'Histoire de France de Michelet" (《贞德：关于米什莱的〈法国史〉》)，dans *De l'assassinat considéré comme un des beaux-arts*，Gallimard，1963。

---

① 原文为 invicible，当为 invisible 之误植。

—Elie Faure（富尔）：*Les Constructeurs*（《营造者》），Gonthier，1965。

—Georges Poulet（布莱）：*Mesure de l'instant*（《瞬间的尺度》），Plon，1968。

—Michel Serres（赛尔）：*Hermès ou la Communication*（《赫尔墨斯或沟通》），Ed. de Minuit，1968。

—Alain Besançon（贝藏松）：*Histoire et Expérience du moi* 182
（《自我的历史和体验》），Flammarion，1972。

— Gaëtan Picon（毕龚），*Michelet*（《米什莱》），dans *Tableau de la literature française*，tome 3，*De Mme de Stael à Rimbaud*，Gallimard，1974。

—Claude Roy（卢瓦），*Les soleils du romantisme. Descriptions critiques*，*XIXe siècle*（《浪漫主义的太阳》），评论性描写，19 世纪，Gallimard，1974。

—*Autour du romantisme. De Volney à Jean-Paul Sartre. Mélanges offerts à M. le professeur Jean Faulmier*（《浪漫主义种种，从伏尔内到萨特。让·高米叶教授纪念文集》），Association des publications des universities de Strasbourg，1977。

—Hubert Juin（茹安），*Lectures du XIXe siècle*（《19 世纪文选》），Première série，Union générale d'éditions，coll. "10/18"，1976。

— Paul Bénichou（贝尼舒），*Le Temps des prophètes. Doctrine de l'age romantique*（《预言家时代。浪漫主义时期的教义》），Gallimard，coll. "Bibliothèque des idées"，1977。

—Marcel Raymond（雷蒙），*Romantisme et rêverie*（《浪漫主义

与梦想》），Corti，1978。

—Monique Brosse（布罗斯），*Michelet*，*la mer*（《米什莱，大海》），dans *Le Sud*. *Mythes*，*images*，*réalités*，actes du 16e Congrès de la Société française de literature générale et comparée，Université de Paul Valéry de Mompellier，1984。

—Véronique Naoum（娜乌），*La femme seule et la vieille fille*，*deux personages*，*deux auteurs*，*Michelet et Balzac*（《独身女人和老姑娘，两个人物，两位作家，米什莱与巴尔扎克》），dans *Madame ou Mademoiselle? Itinéraires de la solitude feminine*，*XVIII e-XIXe siècle*，Montalba，1984。

—Louis Daménie（达梅尼），*La Révolution*，*phénomène divin*，*mécanisme social ou complot diabolique?*（《大革命，一个神圣的现象，是社会机制还是险恶的阴谋?》），雅克·布瓦斯勒旺题序，Guez en Bouère，D. Martin Morin，1988。

—*Révolution*，*Résurrections et Avenement*：*mélanges offerts à M. le professeur Paul Viallaneix*（《复活与兴起：保罗·维亚拉奈教授纪念文集》），publié par le Centre de recherches révolutionnaires de l'université Blaise-Pascal（Clermont-Ferrand II），texts réunis par Simone Bernard-Griffiths et Stéphane Michaud，liminaire par Max Milner ，Sedes/CDU，1991。

—Paul Viallaneix（维亚拉奈），*La trace de Michelet*（《米什莱遗踪》），dans *Les lieux de mémoire*，tome 3，"Les France"，Gallimard，1992。

可查阅的文章：

— Paul Viallaneix（维亚拉奈），“Un discourse inconnu de Michelet”（《米什莱的一篇未刊行的演讲》），*Revue de la France ancienne*，décembre 1950。

— “En marge du banquet：deux inédits de Michelet”（《盛宴的边缘：米什莱的两篇未刊作品》），*Revue d'histoire littéraire de la France*，A. Colin，juillet-septembre 1953。

—Pierre Malandain（马拉丹），“Michelet et Napoléon à travers les peintures de l'Europe”（《从欧洲绘画看米什莱和拿破仑》），Eirope，avril-mai，1969。 183

—Gaëtan Picon（毕龚），“Michelet et la parole historienne”（《米什莱和历史话语》），in Jules Michelet，*L'Etudiant*，Ed. du Seuil，coll. “Pierres vives”，1970。

—Jeanne Favret（法弗莱），“Sorcière et Lumières”（《女巫与光明》），*Critique*，*avril*，1971。

—Paul Viallaneix（维亚拉奈），*Romantisme*，no. 1－2，1971。

—Dominique Jamet（沙麦），“La Cause du people”（《人民的事业》），*Le Figaro littéraire*，15 septembre 1971。

—Claude Janoud（亚努德），“Un visionnaire savant”（《博学的预见者》），ibid.

—André Rétif（雷蒂夫），“Michelet，percurseur de mai 1968”（《米什莱是 1968 年五月运动的先驱》），*Vie et Langage*，XXI，1972。

—Jacques Madaule（马道勒），“Prélude au centenaire de Michelet”（《米什来百年纪念序曲》），*Esprit*，no. 41，mars 1973。

—H. Suwala (苏瓦拉), “Zola, disciple de Michelet” (《米什莱的门徒左拉》), *Les Cahiers de Varsovie*, no. 2, 1973 。

—Hubert Juin (茹安), “Vers Michelet” (《走向米什莱》), *Magazine littéraire*, mars 1974。

—Emmanuel Berl (贝尔勒), “Michelet au Panthéon” (《众神庙里的米什莱》), *Le Figaro littéraire*, 9 février 1974。

—Jean Borie (鲍利), “Michelet, le dernier Français universel” (《最后一个世界性的法国人米什莱》), *La Quinzaine littéraire*, 1e décembre 1974。

—Florice Dulmet (杜尔麦), “Michelet et l'amour” (《米什莱与爱情》), *Ecrits de Paris*, juin 1974。

—André Gues (盖斯), “Contribution au centenaire de Michelet” (《为米什莱逝世一百周年而作》), *Ecrits de Paris*, novembre 1974。

—Xavier Laurie (娄里), “La Langue de Michelet” (《米什莱的语言》), *Vie et Langage*, XXIII, 1974。

—Jean-Pierre Richard (理查德), “La fiancé du vent. Commentaire d'une page de Michelet” (《虚假的未婚夫。评米什莱笔下的一页》), *Poétique*, V, 1974。

—Irène Tieder (迪黛), “Heine et Michelet” (《海涅与米什莱》), *Etudes germaniques*, XXIX, 1974。

—Roland Barthes (巴尔特), “Modernité de Michelet” (《米什莱的现代性》), *Revue d'histoire littéraire de la France*, *LXXIV*, *sept. -oct*, *1974* 。

—Franck, Bowman (鲍曼), “Michelet et les métamorphoses

du Christ”(《米什莱与基督的变形》), ibid。

—Bernard Leuillot(勒尧),“Rimbaud, lecteur de Michelet”(《米什莱的读者兰波》), ibid.。

—Jacques Seebacker(西巴克),“Le côté de la mort, ou l'histoire comme clinique”(《死亡那一边,或作为诊所的历史》), ibid,。

—Michel Serres(赛尔),“Michelet, la soupe” (《汤汁米什莱》), ibid.。

—Abel Verdier(韦尔迪埃),“Cinq letters inédites de Michelet *à* sa femme Athéna? ïs”(《米什莱致妻子阿黛娜伊斯的五封未刊行的信》), ibid.。

—Jacques Villard(韦拉尔),“Michelet *à* la lumières de 1900”(《从1900年看米什莱》), ibid.。

— Jacques Seebacker(西巴克),“Le people de Jeanne”(《贞德的人民》), *L'Information littéraire*, *XXVII*, 1975 。

—Alain Besançon(贝藏松),“Michelet, Renan et l'histoire”(《米什莱,勒南与历史》), *Contepoint*, no. 19, 1975。

—Jean Gaulmier(高米叶),“Michelet, Renan et la liberté”(《米什莱,勒南与自由》), ibid.。

—Claude Mettra(麦特拉),“Un être complete, ayant les deux sexes de l'esprit”(《一条具备精神的两种性别的完整生命》), *Les Nouvelles littéraires*, 29 sept. , 1975。 184

—Alain Pons(庞斯),“De la *nature commune des nations* au people romantiqe. Note sur Vico et Michelet”(《从〈国家的共同性〉到浪漫的人民。关于维科和米什莱的评语》), *Romantisme*, no. 19，1975。

—Jean-Pierre Richard（理查德），“La sorcière dedans/dehors”（《里/外的女巫》），*Littérature，22 mai 1976*。

—Wiktor Weintraub（温特罗普），“En marge de l’amitié de Mickiewicz et Michelet”（《写在米基维茨和米什莱的友谊之外》），*Revue de Littérature comparée*，1976。

—Hubert Juin（茹安），“L’esprit de Michelet fécondé par le corps d’Athénais”（《因阿黛娜伊斯的身体而丰富的米什莱的精神》），*La Quainzaine littéraire*，16 février 1977。

—José Cabanis（卡巴尼斯），“La femme de Michelet”（《米什莱的女人》），*La Nouvelle revue française*，avril 1977。

—A. Murat（缪拉），“Michelet historien-géographe”（《历史和地理学家米什莱》），Cahiers Charles Maurras，no. 60，1976。

—Paul Viallaneix（维亚拉奈），“Michelet，la Réforme et les réformés”（《米什莱，宗教改革与新教徒》），*Bulletin de la Société de l’histoire du protestantisme français*，CXXII，1977。

—Eric Fauquet（弗盖），“Les campagnes d’écriture du Banquet de Michelet”（《米什莱〈盛宴〉里的文字战斗》），*Littérature*，VII，décembre 1977。

—Eric Palix（巴利克斯），“Proudhon，un ami méconnu de Michelet”（《普鲁东，米什莱的一位未谋面的朋友》），Michelet et Proudhon，Lettre inédites（1851—1863），*Revue d’histoire littéraire de la France，1977*。

—Jean Borie（鲍利），“L’histoire et la nature chez Michelet”（《米什莱笔下的历史和大自然》），*La Nouvelle revue française*， mars 1978。

—Michel Cadot（卡道），“Courbet，illustrateur de Michelet”（《米什莱的插图画家库尔贝》），*Romantisme*，no. 8，1978。

—Georges Jarbinet（沙毕奈），“Michelet et la pays de Liège”（《米什莱在列日地区》），*La Vie wallonne*，LII，1978。

—Yves Clogenson（克劳根松），“Hyusmans et Michelet（*La Sorcière*）”（《于斯曼与米什莱〈女巫〉》），*Bulletin de la Société des amis de Joris-Karl Huysmans*，XVII，1978。

—Mireille Simon（西蒙），“Deux géants du XIXe siècle，Sand et Michelet”（《乔治桑和米什莱，19 世纪的两个巨人》），*Présence de Georges Sand*，no. 4，nov. 1979。

—Jean Borie（鲍利），“Michelet，prêtre de la femme”（《女人的布道者米什莱》），*La Quainzaine littéraire*，1e mars 1979。

—Pierre Enckell（恩克尔），“A l'écoute de la mer”（《倾听大海之声》），*Les Nouvelles litéraires*，29 nov. 1979。

—Paul Pelckmans（皮尔科曼），“Le prêtre，la femme et la famille. Note sur l'anticléricalisme de Michelet”（《教士，女人和家庭。评米什莱的反教权态度》），*Romantisme*，no. 23，1979。

—Jean-Claude Margolin（马尔戈兰），“Michelet，lecteur de Luther”（《路德的读者米什莱》），Revue de Synthèse，no. 93－94，janvier-juin 1979。

—Irène Tieder（迪黛），“Les silences de l'histoire. Michelet，Luther et la guerre des paysans”（《历史的沉默。米什莱，路德和农民战争》），*The Hebrew University Studies*，*in Literature Jerusalem*，VII，Spring 1979。

—Paul Viallaneix（维亚拉奈），“ Michelet，machines，machinisme”（《米什莱，机器，机械论》），*Romantisme*，no. 23，1979。

185 —Paul Viallaneix（维亚拉奈），“La Jeanne d’Arc de Michelet，légende romantique”（《米什莱笔下的贞德，浪漫主义传说》），*Travaux de linguistique et de literature*，XVII，1979。

—Raymond Trousson（特鲁松），“ Michelet，lecteur de Rousseau”（《卢梭的读者米什莱》），*Spicilegio moderno*，Pise，1979。

—Paul Viallaneix（维亚拉奈），“Michelet，la Réforme et les réformés II：les amitiés protestantes”（《米什莱，宗教改革与新教徒之二：新教徒的友谊》），*Bulletin de la Société de l’histoire du protestantisme français*，CXXVI，1980。

—Hilde Olrik（奥勒利克），“Michelet et Lombroso ou le discours exorciste”（《米什莱与隆布罗索，或驱邪咒语》），*Revue romane*，Copenhague，1980。

—Maria Donzelli（董泽利），“La conception de l’histoire de J. B. Vico et son interprétation par Michelet”（《维科的历史观与米什莱的释读》），*Annales historiques de la Révolution française*，1981。

—Bernard Leuillot（勒尧），“Michelet en travail. Genèse et alentours de l’Histoire du XIXe siècle”（《工作时的米什莱。写作《19世纪史》的缘起和准备》），*Travaux de linguistique et de literature*，1981 。

—François Marotin（马罗丹），“Michelet et les femmes de letters”（《米什莱与女文人》），*Femmes de letters au 19e siècle：autour de Louise Colet*，Presses universitaires de Lyon，1982。

—Hélé Beli（贝利），“Le Banquet de Michelet”（《米什莱的盛

宴》)，*Esprit*，no. 84，décembre 1983。

—Jean Borie (鲍利)，“La fabrique du people” (《打造人民》)，*La Quinzaine littéraire*，*1e aout 1984*。

—Eric Fauquet (弗盖)，“Michelet et l'histoire de l'architecture républicaine” (《米什莱与共和制架构的历史》)，Gazette des Beaux-Arts，CIII，janvier-juin 1984。

—Christian Robin (罗宾)，“Verne et Michelet，chantres de l'océan” (《凡尔纳与米什莱，海洋的歌颂者》)，La Nouvelle revue maritime，no. 386 - 387，mai-juin 1984。

—Jacques Delarum (德拉鲁姆)，“Dédales de la création historique. Robert d'Abrissel vu par Michelet” (《创造历史的迷宫。米什莱眼中的罗伯特·达比塞尔》)，*Romantisme*，no. 48，1985。

—Paul Viallaneix (维亚拉奈)，“Un type dans le genre de Michelet (Péguy)” (《一个米什莱式的家伙 (贝基)》)，*Revue des letters modernes*，no. 731 - 734，1985。

—Oscar A. Haac (哈克)，“La Révolution comme religion” (《作为宗教的大革命》)，*Romantisme*，no. 50，1985。

—Laudyce Rétat (莱塔)，“Michelet et le royaume des mère” (《米什莱与母亲们的王国》)，ibid. 。

—Paul Viallaneix (维亚拉奈)，“Michelet et la Révolution de 1789” (《米什莱和 1789 年大革命》)，ibid.

—Paul Viallaneix (维亚拉奈)，“La révocation selon Michelet” (《米什莱所认为的废除》)，*Foi et Vie*，LXXXIV，juillet 1985。

—Willy Spens (思彭斯)，“Michelet et ses disciplesFoi” (《米什莱和他的门徒》)，*Ecrits*，janvier 1986。

—Nicole Taillade（泰亚德）“Naissance de la parole prophétique chez MicheletFoi et”（《米什莱笔下的预言的诞生过程》），*Le prophétisme et le masianisme dans les letters polonaises et françaises à l'époque romantique*，Actes du colloque organize par lInstitut de philosophie romane et le centre d'études françaises de l'Université de Varsovie（sept. 1982）. Editions de l'Université de Warsovie，1986。

—Martin Bucur（布楚尔），“Michelet et les révolutionnaires rou-
186 mains d'après des documents et des letters de l'époque 1844 - 1874”（《从1846—1874年期间的文献和信函看米什莱和罗马尼亚革命党的关系》），*Revue d'histoire littéraire de la France*，LXXXVI，1986。

—Antoine Fongaro（封加罗），“De Vigny *à* Rimbau，par Michelet”（《从维尼到兰波，中经米什莱》），*Parade sauvage Revue*，no. 4，septembre 1986。

—Raymond Trousson（特鲁松），“Michelet lecteur de Voltaire”（《伏尔泰的读者米什莱》），dans le tome II du *Siècle de Voltaire-Hommage René Pmeau*，Oxford，*The Voltaire Foundation at the the Taylor instiotummion*，2 vol. 1987。

—Pierre Aszlo（阿兹洛），“La fabrique du texte chez Michelet，une page de *La Mer*”（《米什莱打造文本：〈海〉的一页文字》），Poétique，XVIII，1987。

—Guy Neuman（纽曼），“Claude Simon et Michelet. Exemple d'intertextualité génératrice dans Les Géorgiques”（《克罗德·西蒙与米什莱。〈农事诗〉里的一个衍生互文性的例子》），*Australian journal of French studies*，XXIV，1987。

—James Dauphiné（道芬尼），“Shakespeare ou du genie

tutélaire dans le journal de Michelet”（《米什莱日记中的莎士比亚或天才守护人》），*Romantisme*，no. 17，4e trimester 1987。

—Jean-Yves Guiomar（纪尧玛尔），“Lettre inédites de Michelet à Guillaume Lejean”（《米什莱致纪尧姆·勒让的未发表的函件》），*Cahiers mennaisiens*，no. 21，1987。

—Jacques Marsat（马尔萨），“Michelet，Messie de la République?”（《米什莱是共和国的弥赛亚吗？》），*Etudes*，no. 168，janvier-juin 1988。

—Michel Bressolette（布索莱特），“L'historien selon Michelet”（《米什莱眼中的历史学家》），*L'Ecole des Lettres*，LXXIX，15 juin，1988。

—Bruno Claisse（克莱斯），“Métropolitain，Rimbaud et Michelet”（《大都市，兰波和米什莱》），*Parade sauvage Revue*，no. 5，jullet 1988。

—Pierre Pénisson（贝尼松），“Michelet，Quinet et l'Allemagne”（《米什莱，基奈和德国》），*Revue de Synthèse*，CIX，1988。

—Ann Rigny（芮格尼），“Du récit historique—La prise de Bastille selon Michelet”（《历史叙述——米什莱笔下的夺取巴士底监狱》），*Poétique*，XIX，1988。

—Paul Viallaneix（维亚拉奈），“Michelet，une histoire révolutionnaire”（《米什莱，革命的历史学家》），*Magazine littéraire*，no. 258，oct. 1988。

—Roger Philippe（菲利普），“Yes-tu? Que fais-tu? Michelet，Barthes et la place du people dans l'histoire de la Révolution française”（《你在那里吗？你做了什么？米什莱，巴尔特和人民在法国大革命史上的地位》），*Europe*，no. 715－716，nov.-déc. 1988。

—Robin Kemball（肯伯尔），"Herzen，Michelet et *Les Légendes démocrotiqes du Nord*"（《赫尔岑，米什莱和〈北方的民主传说〉》），*Etudes de letters*，oct.-déc. 1988。

—Yves Baudelle（博代尔），"Michelet，portrait de Robespierre"（《米什莱是罗伯斯庇尔的肖像》），*Nord*，no. 12，décembre1988。

—Michel Guyon（纪庸），"Révolution et christianisme"（《大革命与基督教》），*Ecrits de Paris*，no. 497，février 1989。

—Michel Guyon（纪庸），"Les aveux de Michelet"（《米什莱自供》），*Ecrits de Paris*，no. 502，juillet-aout 1989。

187 —D. G. Bevan（贝文），"De Michelet *à* Malraux：l'aimable métamorphose"（《从米什莱到马尔罗：可亲的变化》），André Malraud Review，no. 21，1989。

—Jacques Landrin（朗德兰），"La Bretagne de Michelet，mythe et réalité"（《米什莱的布列塔尼，神话与现实》），Ouest et Romantismes，Actes du colloque du 6－9 déc. 1990（université d'Angers），Centre de recherches en literature et linguistique de 'Anjou et des Bocages，2 vol.，Presses de l'université d'Angers，1991。

—Arthur Mitzman（米兹曼），"Sand-Leroux-Michelet，le triangle d'or du romantisme social"（《桑-勒鲁-米什莱，社会浪漫主义的金三角》），dans *Georges Sand*，*une oeuvre multiforme*，*Recherches nouvelles*，no. 2，Amsterdam/Atlanta，Rodopi，1991。

—Philippe Desan（德赞），"Aux sources de la Renaissance，Michelet"（《到文艺复兴的源头去，米什莱》），*Journal of Mediaval and renaissance Studies*，Duke University Press，1992。

—Louis Le Guillou（勒基尤），"Une tentative de conversion de

Michelet en 1845”(《米什莱 1845 年的一次改宗的尝试》), *Travaux de litérature*, no. 5, 1992 。

—Jacques-Louis Duchin (居善), “Le mythe du people dans l'oeuvre de Michelet” (《米什莱作品中关于人民的神话》), *Mythes et mythologies*, no. 51 - 54, 1992。

—Jean—Michel Rey (雷伊), “Michelet revisitant ses livres” (《米什莱谈他的书》), Etudes, no. 378, jianvier-juin 1993。

—Marianne Roussier-Puig (鲁西耶-皮伊), “Michelet, Hertzel et *Les Véroniques du people*” (《米什莱, 赫尔泽勒和〈人民的薇罗妮卡〉》), *Romantisme*, no. 23, 2e trimester, 1993。

—Arthur Mitzman (米兹曼), “Michelet, Lamennais, et Béranger à la veille de la Révolution de 1848” (《米什莱, 拉马丁和贝朗日在 1848 年革命的前夜》), *Cahiers mennaisiens*, no. 27, 1993。

—Francis Haskell (哈斯凯尔), “Michelet et l'utilisation des arts plastiques comme sources historiques” (《米什莱和作为历史源泉运用的造型艺术》), *Annales Economie Société Civilisation*, no. 48, 1993。

—Laurence Richer (利舍), “Legenda Aurea. Michelet de Vendée en Sibérie” (《金色传奇: 旺岱的米什莱在西伯利亚》), *Voix d'Ouest en Europe, Souffles d'Europe en Ouest*, Actes du colloque international d'Angers du 21 - 24 mai 92, texts réunis par Georges Cestron, publication du centre de recherches en literature et linguistique de lA njou et de Bocages, Presses de l'université d'Angers, 1993。

期刊专号和展览说明书：

—《法国档案馆米什莱展览会说明书》(*Catalogue de l'exposition Michelet des Archives de France*)，1961，préparé par Jean-Pierre Babelon et Paul Viallaneix，160 p.，559 documents.

—《旺沃镇米什莱中学百年展览会说明书》(*Catalogue de l'exposition de Vanves*)，1964，centenaire du lycée Michelet à Vanves，1864－1964.

—米什莱《法国史》序言的注解（未发表）。Notes de Michelet pour sa préface à l'《Histoire de France》（inédit)，*La Quinzaine littéraire*，16 février 1973.

—《拱门》杂志 1975 年第 25 期（*L'Arc*，n° 52，1er trimestre 1975）（载有罗兰·巴尔特，雅克·勒高夫，罗伯·芒德鲁，克罗德·麦特拉，皮埃尔·诺阿，保罗·维亚拉奈等人的文章）。这一期刊登了米什莱的一篇未发表过的重要文章："L'Héroïsme de l'esprit"（《精神的英雄主义》）。

188 —《地中海学刊》(*Cahiers méditerranéens*)，1e trimester，1973。

—《欧洲》杂志（Europe)，décembre 1973.

—《法国文学史杂志》(*Revue d'histoire littéraire de la France*)，LXXIV，1974。

—《浪漫主义》(*Romantisme*)，X，1975。

—《米什莱和瓦斯科伊展览会说明书》，Catalogue de'exposition Michelet et Vascoeuil，rédigé par François Papillard，Paris，Association des amis du chateau de Vascoeuil et de Michelet，1974。

—《我-巴黎：米什莱逝世百年展览会说明书。巴黎市历史图书馆》，Catalogue de l'exposition Jules Michelet organisée *à* la Bibliothèque historique de la Ville de Paris，mars-mai 1975. Centenaire de la mort de Michelet. Notes de Michelet relatives *à* Paris；rééditions de quelques réflexions relatives *à* Paris，publiées dans le Journal et de comptes-rendus du cours du Collège de France de 1838. Bibliothèque historique de la Ville de Paris，1975 。

—米什莱纪念馆（厄尔省瓦斯科伊镇）："儒勒·米什莱（1798—1874）：我爱瓦斯科伊"展览说明书（catalogue par François Papillard），Condé-sur-Noireau，C. Corlet，1994。

附　论

罗兰·巴尔特：当代西方文学思想的一面镜子

李幼蒸

对于告别了神学和形而上学的“后尼采主义”西方思想界而言，如果用“虚无主义”表示其人生观倾向，则可用“怀疑主义”表示其认识论倾向。传统上，怀疑主义是西方哲学史上的一个主要流派，现代以来成为文学理论的主要思想倾向之一。罗兰·巴尔特则可称为20世纪文学理论世界中最主要的怀疑主义代表，足以反映二战后西方文学思想的主要趋向。以下从几个不同层面对此加以阐释。

1. 伦理和选择

罗兰·巴尔特和保罗·萨特两人可以代表二战后法国两大“文学理论思潮”形态：文学哲学和文学符号学。这两种相反的“文学认识论”，均相关于近现代以至当代的两大西方文学和美学潮流：存在主义的道德文学观和结构主义的唯美文学观。一方面，巴尔特缩小了文学的范围，将通俗文学排除于文学“主体”之外；另一方面，他又扩大了“文学”外延，把批评和理论一同归入文学范畴，以强调“文学性”并不只体现于“故事文本”和“抒情文本”之中。巴尔特曾将近代西方文学视为无所不包的思想活动，申言“从中可获取一切知识”。1975年的一次访谈中，在被问及“30年来，文学是否似乎已从世界上消失了”时，他回答说，因为“文学不再能掌握历史现实，文学从再现系统转变为象征游戏系统。历史上第一次我们看到：文学已为世界所淹没”。他在此所指的“文学”，主要是以19世纪现实主义小说为代表的文学传统，其内容和形式相互贴合而可成为人类思想的重要表达形态。但是19世纪小说形态，自20世纪以来，一方面已为表达范围迅速缩小的主观主义小说所取代，另一方面则蜕化为不再属于“文学”主体而归入了作为大众文化消费商品的通俗小说（包括其现代媒体变形：电影电视）。然而在二战结束后被解放的法国，和英美“高级文学”的校园生存形态不同，其文学，特别是小说文学，一度重新成为社会文化活动的主流，并提出了有关“文学是什么”这类社会性大主题。主要由萨特和加缪发起的这场有关文学使命的争论，无疑是由二战期间法国知识分子所遭受的特殊刺激所引发，因此容易赢得受屈辱一代法国知识分子的共鸣。在疗养院读书6年后返回巴黎社会的巴尔特，也开始卷入“抵抗运动”文学家之间的理论论战中去。文学或小说文学，应该“干预”社会和政治问题么？这个问题的提出也有一般性和特殊性两个方面：客观上，20世纪小说和小说家已经没有知识条件来面对社会政治问题的解决了；主观上，已经受现代派文艺一百年洗礼的文学家个人又有什么伦理学的理由来“参与”社会政治问题的解决呢？另外一个超越二战历史情境的现代文艺思想的“内部张力”则是，东西欧洲现代派文艺一直具有一种双重混合性：社会政治方向和反社会的个人主观方向的共在。于是，二战的外在历史遭遇和现代文学思想史的内在张力，共同成为萨特和巴尔特文学思想分歧的共同背景。简言之，关于文学和道德之间关系的争论，一方面涉及作家选择道德实践的理由，另一方面也牵扯到作家道德实践能力的问题。

在结构主义论述中，尽管同样充斥着意识形态因素，但其主要实践方式——文本意义分析——内在地相关于人类一切文本遗产解读中的共同认识论和方法论问题，也相关于人文社会科学的整体情境，从而含蕴着较普遍的学术思想意义。此处所说的过去和未来，不是指其现实社会文化影响力，而是指其内在的精神性和知识性激发力。作为结构主义文学理论主要代表的巴尔特，一方面揭示文学家“社会参与”决定的内在逻辑矛盾，另一方面提出了一种脱离社会实践的文学伦理观：所谓“对语言形式之责任”。后者也是与20世纪西方文艺形式主义的一般倾向一致的。

我们可以说，二战政治经历和存在主义思想，二者共同形成了战后法国左翼知识分子的充满矛盾的道德观：放弃（神学的和逻辑的）超越性“绝对命令”之后，人们企图在“存在论的虚无主义”和“介入论的道德承诺”之间探索一种“合理的”个人信仰基础。萨特和加缪于是成为战后法国文化政治运动的领袖。在疗养院读书期间受到两人思想影响的巴尔特一开始也把此张力关系作为个人思考社会和文学实践方向的框架。加缪的荒谬人生观比萨特的存在主义更能符合巴尔特的认识论虚无主义。所不同的是，巴尔特不是把虚无和荒谬作为思考的对象，而是将其作为思考的边界。结果，巴尔特虽然同情和接受萨特和加缪有关“生存荒谬情境”的观点，却本能地拒绝任何相关的具体实践选择（政治）。这种二元分离的伦理学选择态度和策略，贯穿着巴尔特一生，其中亦充满着另一种矛盾生活态度：自言厕身于左派自由主义阵营（其特点是批评社会现状），却从不介入后者的具体政治实践（所批评的对象日益趋于抽象）。晚年（1977）在一次访谈中，巴尔特说，他与一些左翼文人的立场“非常接近”，但“我必须与他们保持审慎的距离。我想这是由于风格的缘故。不是指写作的风格，而是指一般风格”。用风格作为区分个人实践方向的理由，与其说是一种解释，不如说是一种回避，但却可反映巴尔特内心深处的一种当代信奉尼采者所共同具有的伦理学虚无主义。不过由于此虚无主义是以理性语言表现的，其理论话语遂对读者提供了一种较高的“可理解性”价值。

2. 意义和批评

巴尔特被公认为一名杰出的文学理论家，他也自视为一名“理论性批评家”，但其文学理论思维的特点是“非哲学基础性的”，也就是“符号学式的”。他曾说，如果“理论的”应当即是哲学的，他的理论实践不妨也称作是“准（para-）理论性的”。这是他愿意自称为符号学家的理由之一。在他看来，符号学是不同于哲学的一种新型理论思维形态。在1978年的一次访谈中，他说，自己从未受过哲学训练，但其思维仍然具有某种“哲学化”的特点，即属于理论化一类；他进一步阐明，他的思想方式，“与其说是形而上学的不如说是伦理学的”。我们可以看到，巴尔特将历史理论和伦理学，与历史哲学和道德哲学作出的区隔，具有重要的认识论意义（巴尔特少谈各种哲学名词，其深意在此）。

巴尔特在20世纪50年代从事媒体文化评论的前符号学时期，以其对消费社会和大众文化中的象征和记号现象进行“去神秘化”的文本意义解析而引人注目，其目的在于揭示出“资产阶级”和“小资产阶级”文化意识形态现象的深层意义或二级意义。文化意识形态作品（电影、戏剧、时装、广告、运动、娱乐等等）被其形容为“神话”，即视为消费社会中具有“欺骗性”、“误导性”的文化操纵之产物和效果。早期巴尔特的符号学实践大量针对于文化意识形态意义层次的揭露，岂非也显示了另一种社会“介入观”实践？此时谁能够说巴尔特不关心社会公义和理想呢？但是巴尔特的意识形态符号学实践止于此“神话揭示”活动，并只将其视为一般文化意义分析工作的实验场（巴尔特往往喜欢用“历险”一词，以强调“思想实验”的不可预测性），而绝不进而转入其他社会性行动领域。无论对其伦理学立场的考察，还是对其文化批判立场的考察来说，我们正可从此似是而非之自白，体察其思想内部之矛盾和张力。

巴尔特的“文学思想实践”主要停留在“文本”意义构成的分析层次上（兼及具体文本解读和一般文本分析原则）。其最初的动机是批评和揭示所批评的论说之内在矛盾，结果在此层次上的纯属理智性活动，却强调着一种“中性”性质（巴尔特用“中性”代表他的非社会介入观，我们则不妨也用其指其推理方式本身的“不介入”性质）。虽然巴尔特自己绝非可以免除意识形态偏见，但他的不少分析、批评、主张都在相当程度上“体现着”一种准科学性的分析方法，从而使其最终成为一名符号学家。这也是巴尔特思想对我们的最大价值所在：他以其天才创造力为我们提供了大量分析和解读典籍文本的分析经验，这对于我们有关传统典籍现代化研究目标来说，比任何西方哲学方法都更直接、更有效。因此，在我们说巴尔特是当代西方思想的一面镜子时，首先即指他的分析方法“反映着”一种战后新理论分析方向，这是一种跨学科思想方式，它来自语言学、社会学、历史学、哲学、精神分析学等众多领域。而另一方面，不可讳言，他往往只是从不同学术思想来源凭直观和记忆随意摘取相关理论工具，而此思考方式的创造性价值在于：他可恰到好处地针对特定课题对象，自行配置一套相应理论手段，以完成具体课题的意义分析工作。

3. 小说和思想

巴尔特作为“文学思想家”，其含义有广狭两方面。首先，他是专门意义上的文学家，即文学研究者和散文作家；其次，由于他从事有关文学的一般形式和条件的理论探索，所以其工作涉及人类普遍文学实践的结构和功能问题。巴尔特对小说形式，特别是 19 世纪小说形式有着特殊兴趣，其中含有一种超越文学而涉及一般思想方式的方面。19 世纪“小说”是现代综合思想形态的原型，其中涉及在常识的水平上对诸现代学科知识的综合运用（跨学科）和模仿生活的叙事话语的编织。当 20 世纪以来小说不再能履行此职能之后，如何在文学中继续进行综合性知识运用，就成为现代文学理论的课题之一。巴尔特于是把此“跨学科”知识吸取方式也贯彻到文学理论分析（包括小说分析）实践之中。就思想综合性推进的必要来说，古典小说和现代文学理论遂有着一脉相承的关联，巴尔特正是因此之故才同时维持着两种精神活动：古典小说赏析和现代理论分析。巴尔特对当代法国实验派的“反故事”小说的推崇，实乃对传统小说形式之未来价值的否定。在他看来，文学必须“干预”社会生活的理由欠缺伦理学上的正当性，而且文学干预社会的方法多可证明其无效，结果今日现实主义小说往往事与愿违，达不到有效解说的目的（至于小说作品作为文学外的鼓动工具现象，则与文学本身无关）。巴尔特往往从后者入手批评“介入文学”，以显示社会派小说的理路似是而非。小说的抱负和其社会声名往往外在于小说家的主观意图。另一方面，在现代社会和学术发展的条件下，严肃小说的确难以再成为社会性道德实践的有效工具；文学的观察分析能力和时代知识的要求全不相称。这一历史客观事实却成为巴尔特构想另一类文学秉性的借口或渠道。巴尔特表现其文学怀疑主义和唯美主义的新文学实践形式，仍然是文本批评分析。巴尔特屡次谈到文学的“死亡”，即传统小说的死亡。因为现代以来很少有严肃知识分子会再重视小说故事情节了。他自己就承认极难亲自构拟人物和情节。巴尔特说：“我知道小说已经死亡，但我喜爱小说性话语。”“小说性”被看作一种话语形式。他关心的是小说式话语、小说式经验本身，也就是人类叙事话语本身，而非用小说所表达的思想内容本身。巴尔特的“小说哲学”（有关现实主义小说的消亡和新小说的未来等）暗示着文学世界本身的消亡。他在各种先锋派作品表面之间游荡却难以实际投入；他的文学理论批评实践，也间接地反映着文学世界本身的萎缩状态。最后，小说这种对他来说既重要又可疑的文学形式，竟然成为他进入法兰西学院后的主要“解析”对象。实际上，巴尔特在法兰西学院的小说讲题系列，成为他的文学乌托邦和社会逃避主义的最后实验场。

4. 权势和压制

巴尔特和萨特的文学实践立场虽然表面上相反，但两人都是资本拜金主义和等级权势制度的强烈批判者。萨特所批判的是社会制度本身并提出某种政治改良方案，巴尔特的批判针对着西方文化、文学和学术性权势制度及由其决定的文学表达方式。如前所述，萨特的社会政治介入观不免导致后来易于察觉的判断失误，巴尔特的文化语言性批判反因其对象的抽象性和稳定性而获得了学术上的普遍性价值。巴尔特的文学“伦理学”在社会实践方面的逃避主义（不是指其实践学的怯懦，而是指其人生观和社会观的游移不定），使其权势批判只停留在抽象层次上。这种一个世纪以来对“资产阶级文化意识形态”普遍存在的批判态度，实际上反映着西方现代主义和先锋派文艺对唯物质主义工商社会及其唯娱乐文化方向的普遍反感。不过西方左翼知识分子的共同秉性均表现为观念的理想主义和实践的浪漫主义之混合存在，人生理想的高远和社会改进的无方，遂成为其通病。西方左翼知识分子亦为当代西方各种社会文化理论的主要创造者之一，而其共同倾向是反对不当权势之压制并憧憬正义理想。但是由于其“理论知识”普遍忽略了“现实构造”的多元化、多层化特点，以至于往往在权势的“当与不当”之间没有适当的判断标准，反而因此导致他们社会性理论论述易于发生某种“现实失焦症”：在理论和实践两方面脱离客观现实。而其正面效果则是：为理论性思考标志出难点和有效边界。结果，巴尔特在抽象层次上的反权势、反教条、反制度的意义分析活动，却可为世人提供一种具有普遍性的认知对象：有关权势压制制度和其对文化思想操纵方式之间的意义关系分析。

巴尔特的大量符号学的、去神秘化的文本分析实践，都在于揭示此种被操纵的意识形态文本的意义构造和功能。实际上，巴尔特对资本拜金主义的批判态度，根本上源于一种反权势立场，这是他对马克思主义产生同情的根源之一。但他从未有兴趣从社会学和政治学角度对此进一步探索。虽然和其他结构主义者一样，他也是有关各种学术机构化、制度化的权势现象批评者，包括所谓学院派的文学批评（拉辛论战）的批评者。作为符号学家，其更根本的反思对象则是制约思想方式的文学和学术语言结构本身。巴尔特从事有关语言学、语义学、修辞学、风格学等各种类型的结构主义实践，其中都包含着对制约思想方式的文本内在意义机制的批评。这一态度是和心理、意识、思想等内容面的传统型解释说明方式相对立的。而由于其怀疑主义实践论，巴尔特对“权威”的批评也就日益从社会性层面转移到语言学层面和学术性层面。其批评之目的，实为摆脱传统权威对作家和学者思维形式创新所加予的拘束和限制。从政治性权威向学术性权威的转移，是和他从社会性意识形态关切向理论性意识形态关切之转变一致的。结果，唯美主义也成为反权威的一种方式，如其晚年着重宣扬的“文本欢娱”观等。这个和写作常常并称的难免空洞的概念，最后成为巴尔特现实逃避主义的最后媒介。文学为了写作本身，写作为了欢娱本身！所谓享乐主义不过是巴尔特用此身体感官性传统名词象征地表示的一种口实，用以避免对思想之实质进行更为透彻的分析。这样他就企图将文学实践还原为文学的物质性过程（写作）及其感官性效果（快乐）了，用传统上作为贬义词的感官主义暗示着对正统思维的一种“反抗”，以至于进而从感官享受过渡到更极端的“身体性目标”：如晚年提出了所谓“慵懒观”的正当性。身体的放纵和身体的慵懒，都是避免积极生存方向选择的借口。这只不过是巴尔特表面上回归享乐主义的灰暗心理之反映。

5. 理论和科学

巴尔特将他人的理论和方法视作自己分析的工具之零件，其独创性表现在如何拆解和搭配这些现成理论工具，以使其创造性地应用于各种不同研究课题。巴尔特被称作理论家，是指他的注重理论分析的态度和进行理论分析的实践，而非指其重视独立的理论体系建设。巴尔特在不同时期对采纳不同理论资源时表现的某种随意性，有时不免遭受专家诟病，但批评者有时忽略了他在一次分析工作中维持理论运作统一性的创造性表现。至于在不同课题和不同阶段内理论主题偏好的变动性，并未妨碍他在具体课题中完成文本意义分析的目的。一方面，文本意义分析成为人文科学话语现代化重整的必要步骤，另一方面，意义分析工作要求着人文科学各学科朝向跨学科乃至跨文化方向的继续发展。巴尔特的理论实践经验进一步反映着人类知识特别是伦理学知识的根本性变革的必要。在此意义上，无论是尼采的怀疑主义还是结构主义的怀疑主义都应该看作是朝向人类理性主义思考方向的重要精神推动力量。因为真理的动因之一即怀疑主义。

在巴尔特的"理论工具库"中，符号学当然是最主要的部分。巴尔特是所谓法国"最早一位"符号学家、最早一部《符号学原理》的作者以及高级学术机构内一位"文学符号学"讲座教授。作为现代意义学的基本学科，符号学当然是他文学理论研究中最直接相关的一种。他对任何现成符号学活动中的体制化、教条化（符号学作为元科学）的反对，反映了他绝非有兴趣在学术界追求某种所谓新兴学科符号学的创建。巴尔特企图超越学院派的"科学批评"而朝向自己的所谓"解释性批评"，不过，后者的批评"可靠性"却是以其文学分析论域的缩小为代价的。

6. 古典和前卫

巴尔特是文学唯美实验主义的倡导者，兼及创作和理论两个层面，其实践方式本身则成为西方先锋派、现代主义、后现代主义诸不同现代美学倾向的汇聚场，从而反映着西方文艺从古典时代向现代、向未来变迁过程中的面面观。巴尔特是将西方理性怀疑主义和反理性唯美主义并存于心并使之交互作用的文学思想家。由于其唯美主义是通过文本分析方式表达的，所涉及的唯美主义一般情境，表现出更深刻、更内在的理论认知价值。因此，巴尔特的理智性文学文本分析，是我们体察和了解现代西方非理性主义文艺作品特色的一面镜子。无论是其理论性分析还是其美学性品鉴，都表现出一种作品“内在主义”的思考倾向，这种思想方式的内在一致性，使其学术价值超出许多当代西方理论修养更为深厚的哲学美学家。受过古典语言和古典文学正规训练的巴尔特，首先是一位希腊罗马古典文学的专家，其次也是法国近代古典文学的研究者，最后更是法国民族文学思想的特殊爱好者（正是这一点使他不至于成为德国形而上学的俘虏：萨特和德里达的黑格尔主义和海德格尔主义、利柯的康德主义和胡塞尔主义。但巴尔特也因此并不很熟悉英美现代派文学作品）。

我们应该注意另一种矛盾现象：巴尔特理智上对先锋派作品和东方哲理诗的推崇与他在感情上对法国古典文学的真正“喜爱”（米什莱和福楼拜）之间的对比。先锋派或现代派都是相对于传统和历史的“革命性”或“革新性”尝试，其“新颖性”主要体现于形式方面的变革。先锋派批评家在其中支持的主要是其摆脱传统的力度和方向；新的形式成为求新者（不满现状者）的一种精神“寄托”。先锋派作品的无内容性、“空的能指”，即巴尔特所说的不朝向所指的“能指的运作艺术”。巴尔特毕生在现代派文艺和古典文学之间的同时性交叉体验和实验，“客观上”反映了先锋派文艺的“否定性价值”，实际上超过了其“肯定性价值”，也就是说，“先锋派”之所以是一种实验艺术，主要代表着文艺家对“现状”的不满、逃避和解脱的努力。作家和理论家遂生存于已完成的传统历史之稳定性和待完成的未来历史之尝试性的张力之中。20世纪各种现代派文艺作品所包含的否定性方面远超过其肯定性方面，这就是何以其形式如此变动不居的原因之一。

7. 欲望和写作

巴尔特说，今日“不再有诗人，也不再有小说家，留下的只是写作”（《批评与真实》）。“写作”后来成为巴尔特最喜爱的一个文学理论“范畴”，不过它也是一个最空洞的范畴（以至于激怒许多批评其偏爱“术语”的学人）。按其写作论，写作者不能按其思想的社会性价值或作用来规定，而只应按其对写作“话语”的意识来规定。他说，传统的小资产阶级将话语作为“工具”，新批评则将其视为“记号或真理本身”。这一论证方式从空到空，难怪使大学教授（皮卡尔）不快。巴尔特执意强调的是文学话语不通向所象征的外在世界，而是通过符号学方式朝向语言本身。作为理论分析的对象，“写作”范畴也许是明确的，而作为文学实践的目标，“写作”却绝非明确的。巴尔特不强调写作内容的“正当性”，而强调其“形式”的正当性。那么这种作为新文学观念的“文学形式之伦理学”究竟是什么意思呢？中性、零度、白色、不介入等脱离社会内容的写作方式，固然与各种现代派文艺理念相合，但为什么这就是正当的呢？巴尔特人生观的这一自我主义特点，导致他自始至终采取“中性”或“零度”的反文学介入观，而他在其一生中三次社会冲突尖锐时期（法西斯占领时期、战后反资本主义运动时期和1968年社会大动荡时期）采取的脱离具体社会实践而最终将压制自由的根源说成是（资产阶级）语言结构本身的结论，无疑是一种伦理学逃避主义的表现。不妨说，相对于文学政治道德学，巴尔特试图为自己建立一种“文学（写作）的（反）伦理学”。

实际上，由于现代历史和社会的根本改变，巴尔特和其同时代人，获得了外在于历史的理由和条件，可不必参与各种人为的社会性实践（它们为各种隐蔽的意识形态力量所推动和操纵），而得以逻辑上合理地“实验”其“中性”而“快乐”的生存方式：所谓实践一种“写作伦理学”。而巴尔特说，他心目中想写的东西，其实常常是一些老旧的东西和古老的故事，并不一定是先锋派作品（他的枕边书永远只是古典类书籍）。所谓“写作”范畴因此不是相关于内容的，而是相关于形式的。他说：“写作是提问题的艺术，而不是回答或解决问题的艺术。”巴尔特在法兰西学院四年中的最后阶段，本其“文本欢娱”哲学而陷入了一种极端唯美主义实践。他不仅在其最后一部作品中返回到最初一部作品中的写作主题，而且在其中返回自己最初曾热衷的“纪德自我主义”。这种伦理学的自我主义，结果以消除伦理选择主体的存在为目的，此主体的剩余部分遂成为被动的“美感享乐主义者”。伊壁鸠鲁主义式的享乐主义，遂成为躲避道德问题的借口。1977年在回答访问者的“你有一种道德观否”的问题时，他刻意加以回避问题本身而答称：这是“一种感情关系的道德，但我不能进一步说明，因为我有许多别的东西要说”。因此，巴尔特和众多当代西方的反主体论者，实质上是在进行着一种放弃伦理选择权的“选择”。巴尔特类型的反主体观，结果反而从反面使伦理主体的作用更加凸显。而巴尔特的文学理论思想之所以比大多数纯学者或哲学理论家的论述更重要，正因为他是能够从文学的理论和实践这两方面来思考和表现此一伦理危机情境的。此外，巴尔特理论话语的时代适切性，还表现在他的超越（18世纪）启蒙主义和超越（19世纪）现实主义的潜在思想前提上，因为这使他不必把启蒙时代不可回避的宗教问题和政治问题纳入自己的理论思辨构架之内，从而使自己的伦理学情境较为单纯。对于我们来说，巴尔特伦理思想中的虚无主义之本质，因轮廓更为清晰也就更具有普遍意义。

巴尔特对启蒙主义时代的负面评价，凸显了他和相当多当代西方知识分子对历史、政治、社会、文化错综复杂关系认知的简单化态度。一方面正是这种态度为其反介入伦理观提供了运作上合理的边界，另一方面也客观地反映了他这位对“历史形式”进行分析的思想家本人，未曾有机会亲历和深入较复杂的“历史内容”过程。当他揶揄伏尔泰积极进取的道德“快乐感”是来自君主专制时代历史之偶然时，这只不过反映着处于民主时代的西方知识分子伦理经验的单薄和肤浅；而主体意识本来是深植于人类伦理学情境本身的。在启蒙时代和19世纪，西方知识分子生存于丰满真实的历史社会张力场内而必须面对个人的伦理学选择；20世纪社会和知识条件的革命性演变使得知识分子脱离了此社会性选择张力场。其结果是，一者进行不适切的社会性反应；另一者拒绝进行社会性反应。理论知识和实践知识，遂陷入持久而普遍的结构性分裂之中。

时代思想的混乱和丧母之痛使得巴尔特陷入空前忧郁心境，但终于在辞世前完成了自己向学院和读者应许的一部“小说”作品，实为一部关于小说和文学的论述。巴尔特为文学赏鉴和文学分析而生，而非为故事编织而生；毕生以各种叙事文本为研究对象，却从不曾自行制作（文学的或历史的）叙事。小说是他的分析对象，一如电影是麦茨的分析对象，他们不是也不需是故事编写者。但重要的是：巴尔特确曾把自己“写小说”之意愿，当作一种计划加以期待、准备甚至宣布，并把最后一部作品定名为意义含混的“小说的准备”。是就一般小说理论而言，还是针对自己的小说写作意愿而言？巴尔特对听众抱歉道，即使期待中的小说不是由自己所直接完成的，所勾勒的理念轮廓，也可供其他作家参照。1977 年曾经主持 Cerisy 巴尔特研讨会并与作者熟识的研究专家安托万·孔帕尼翁（Antoine Compagnon）在不久前回顾说，在《小说的准备》原稿手迹上，他吃惊地看出巴尔特写稿时流露出来的深刻的忧郁和不安，这部作品似乎像是作者对自身死亡准备的一部分。巴尔特对此死亡意象的演示，表现出一个现代“无永生之念者”与其死亡预期的关系，从而凸显了反人本主义伦理学的内在困境。因此，巴尔特远不只是学者理论家，其内心含蕴着（不合时宜的）诗学怀乡病，而其表面的主张不过是另一种生存愿望的变相表白。这种向往文学乌托邦境界的分析性表达，遂可成为我们再次反思人类一般伦理学情境和文学伦理学情境的一面镜子。巴尔特在《小说的准备》中援引但丁、渴望“新生”，实则正在积极地奔向自身的死亡，以使其最终达成一种美学虚无主义实践。

8. 文学和理性

德里达在其《论书写学》中说：“理性这个词应当抛弃”。但是我们应该注意到有关现代西方“理性”的多元表达。作为理论家的巴尔特，正是以其推理的精细而成为现代人文科学意义论中不可多得的思想家的；对象的非理性性格和方法的理性性格应当加以区别。另外当然也有一个作为唯美主义“非理性”作家的巴尔特，此时他可跻身于福楼拜和马拉美以来的前卫作家行列。重要的是，在将理性的“巴尔特分析”对比于非理性的“巴尔特美感”时，二者的交互作用所产生的一种特殊的“可理解性”，遂成为特别具有解释学潜力的一种独特智慧。巴尔特自身文学唯美主义追求（古典诗人原型）和怀疑主义理性思辨（古典哲学家原型）的二重身份，使其文学思想具有一种特殊价值。巴尔特的文学探索相当于美学认识论问题的提出，而并非其解决。换言之，巴尔特是以对先锋派文艺的“肯定句式”来提出一种实质上是“疑问的”句式。因此，读赏古典和探索前卫，虽然存于一心，却属于两类精神过程。在此意义上，一个世纪以来的现代派、先锋派、前卫派文艺，代表着现代西方文化精神的动荡不安，其严重性和难以解脱性，也源于两种内外不同的冲力：唯物质主义的科技工商社会之永恒精神压力和传统价值信仰基础在理性面前的解体。对于20世纪人类历史的这一全新局势而言，巴尔特的这面文学怀疑主义之镜，对其作出了最深刻的“反映”。

译后记

《米什莱》迄今有过三个法文单行本（1954，1988，1995），都是法国色伊出版社刊行的，并于2002年收入《罗兰·巴尔特全集》（291～449页）。1945年初版书名为《米什莱自谓》（Michelet par lui-même）。1995年版改为《米什莱》。这个汉译本是根据1995年版翻译的。

关于本书的写作背景：1942—1946年间，巴尔特因患肺结核住院疗养。在此期间，他大量阅读了米什莱、加缪、萨特、拉辛、罗耀拉、尼采、歌德等人的著作。不过，在这些作家当中，只有米什莱的著作他是完整阅读的（巴尔特1977年12月5日答法国文化电台记者问），而且按照他后来一直使用的方法，做了上千张卡片的笔记和摘录。巴尔特此后在罗马尼亚和埃及教书期间，始终带着这批卡片。最终在 1954 年变成了这本小书。

再说说本书的意义和行文风格。这本书是继《写作的零度》之后，巴尔特的第二本书。可是，发表后却远不如第一本书那样好评如潮。巴尔特这本书的语言运用遭到当时不少人的诟病。例如权威的《世界报》(1954 年 4 月 10 日) 在“新书评论”栏目中甚至对作者发出呼吁：“老爷啊，请您还是用法语吧！那时您就会看到，你的这些所谓发现其实都是陈词滥调，甚至是在滑稽的标题下的伪科学。”

《米什莱》是巴尔特的一部早期的文学评论，它的分析方法、体例和文体风格在巴尔特的全部著述中自有其特殊的地位。上述《世界报》的冷嘲热讽可以从反面证明它的行文风格之特殊。首先，关于分析方法，巴尔特在本书“卷首语”里宣布，不谈米什莱的生平和思想发展，而要找出作品里的“结构”，即一个把那些让米什莱“始终难以释怀的东西组织起来的网络”。理由呢？因为“米什莱是无法线性地阅读的，必须把文本的基础和主题的网络恢复起来：米什莱的话语是一套名副其实的代码，不用筛子是不行的；这筛网不是别的，正是作品本身的结构。”(原文第 147 页)。在这个意义上，《米什莱》的结构主义方法在当时无疑具有开创的意义，同时也是后来数十年中流行的主题研究的先声。

与这种结构研究相配合，本书在体例方面未循常规，没有采用例如《写作的零度》的论述方式，而是在一组作者设定的主题之下，先做出评论，然后佐以米什莱著作的长段摘录（本书初版即得名于此）。这些主题反映了作者对于米什莱著作的见解，往往也是最富原创性的提法。此外，在修辞风格方面，按主题进行的论述明显地模仿米什莱的笔法，例如频繁使用雄奇险峻、夸张浪漫的譬喻手法，大量运用排比，无主语句，无动词句，命令句，亦即极富米什莱风格的插入语。这些都增强了评论的力度和浪漫主义的文采，并且造成一种欲与读者直接对话的效果。风格的刻意模仿显然意在唤起法国读者当阅读米什莱伤口的感受。这种修辞风格也许正是本书最大的特点之一。20年后，在《米什莱的现代性》一文里，巴尔特本人也说：在米什莱的话语里，包括隐喻和换喻在内的“象征主义的”替换手法占有突出地位（《法国文学史杂志》1974年9/10月号）。

基于这样的认识，译者虽然尽力反映巴尔特这部早期著作的行文风貌，但是限于水平，在移译象征性修辞法方面仍然遇到不少困难。放开“雅”字不谈，“信”与“达”的矛盾在词汇搭配问题上尤显突出。也就是说，即使原文理解无误，仍可能出现“信”而不“达”的情形。究其根本原因，无疑与法汉词汇的语义结构相异有关。巴尔特的一些说法在法语里已属突兀险峭，译成汉语后更显不伦不类。遇到此种情形，译者的原则是先“信”后“达”，“雅”字次之，并以“原文当初还挨了骂”自释。翻译本来就是甘苦自知的事，啰嗦这几句，唯期方家识者的指教而已。最后，李学伟编辑为这本书付出了认真细致的努力，我要向他表示诚恳的谢意。

张祖建　谨识

2007年5月底初稿，12月25日改定，加州菲利蒙市

Michelet/Roland Barthes

图书在版编目（CIP）数据

米什莱/（法）巴尔特著；张祖建译．
北京：中国人民大学出版社，2008
（罗兰·巴尔特文集）
ISBN 978-7-300-08834-1

Ⅰ．米…
Ⅱ．①巴…②张…
Ⅲ．米什莱，J．（1798～1874）-文学研究
Ⅳ．I565．064

中国版本图书馆 CIP 数据核字（2007）第 2000054 号

本书的出版经由法国外交部资助
罗兰·巴尔特文集
米什莱
［法］罗　兰·巴尔特　著
张祖建　译

出版发行	中国人民大学出版社		
社　　址	北京中关村大街 31 号	**邮政编码**	100080
电　　话	010－62511242（总编室）		010－62511398（质管部）
	010－82501766（邮购部）		010－62514148（门市部）
	010－62515195（发行公司）		010－62515275（盗版举报）
网　　址	http://www.crup.com.cn		
	http://www.ttrnet.com(人大教研网)		
经　　销	新华书店		
印　　刷	北京市易丰印刷有限责任公司		
规　　格	148 mm×210 mm　32 开本	**版　　次**	2008 年 1 月第 1 版
印　　张	8.5 插页 11	**印　　次**	2012 年 6 月第 2 次印刷
字　　数	194 000	**定　　价**	29.80 元